UN DRAME

ÉLECTORAL

Couverture

PAR

J.-M. GAGNEUR

PARIS

E. DENTU, ÉDITEUR

LIBRAIRE DE LA SOCIÉTÉ DES GENS DE LETTRES

PALAIS-ROYAL, 13 ET 17, GALERIE D'ORLÉANS

ET A LA LIBRAIRIE CENTRALE, 24, BOULEVARD DES ITALIENS

———

1863

UN DRAME

ÉLECTORAL

DU MÈME AUTEUR

Sous presse :

UNE FEMME HORS LIGNE.

1 volume grand in-18.

BEAUGENCY. — IMPRIMERIE DE F. RENOU.

UN DRAME
ÉLECTORAL

PAR

J.-M. GAGNEUR

PARIS

E. DENTU, LIBRAIRE-ÉDITEUR

PALAIS-ROYAL, GALERIE D'ORLÉANS, 13 ET 17

LIBRAIRIE CENTRALE

24, BOULEVARD DES ITALIENS.

—

1863

1862

UN

DRAME ÉLECTORAL.

PREMIÈRE PARTIE.

I.

LE CANDIDAT LIBÉRAL.

Par une belle matinée de septembre 185., trois jeunes gens descendaient à pied la grande route qui conduit à C..., une petite ville d'un de nos départements de l'Est.

Des albums, des cartons, leur mince bagage, leur désinvolture élégante, certaines locutions essentiellement parisiennes les faisaient reconnaître de prime abord pour des artistes venus des bords de la Seine et en quête de quelques beaux paysages.

L'un d'eux, Maurice Mérieul, jeune écrivain d'un remarquable mérite, s'est fait connaître par quelques poésies, mais surtout par des travaux d'économie, de critique et d'histoire. Il se rend à C... Il est accompagné dans ce voyage par Roger Mérigat, peintre, et par Noël Lecrique, un de ces apprentis

1

artistes qu'on appelle *rapins*. Noël suit Roger autant comme ami que comme élève.

Les trois voyageurs avaient quitté le chemin de fer à M..., et, sur le point de monter dans une de ces carrioles nauséabondes autrefois appelées diligences ou célérifères, ils avaient reculé d'horreur et d'épouvante, et pris bravement la résolution de faire en touristes le restant de la route.

Arrivés vers le milieu du vallon appelé Creuse d'Aulny, Roger voulut esquisser cette gorge pittoresque, que doraient alors de splendides clartés.

En cet endroit, la grande route de M... à C... est resserrée entre deux montagnes, dont les pentes rapides et couvertes de bois sont hérissées de pointes de rochers. Des blocs énormes, détachés des sommets, sont venus rouler jusque sur les accotements de la route. Un ruisseau qui coule au fond de cet étroit vallon, tantôt promène paisiblement ses eaux limpides, tantôt bondit en torrent écumeux au travers des roches verdâtres qui encombrent son lit ; et son murmure qui, selon les accidents du terrain ou l'abondance des eaux, mugit ou soupire, ajoute encore au charme tout particulier qu'on éprouve devant la sauvage beauté de ce paysage.

En général, le pays offre un aspect triste et austère. De grands bois, un sol aride, une sombre végétation impriment à cette contrée quelque chose de grave, de mystérieux. On n'y est plus qu'à deux lieues de l'antique ville de C.

Il semble, à voir ces montagnes entièrement couvertes de forêts, qu'on aborde un pays que la civilisation moderne a respecté ; il semble qu'on pressente l'approche d'une ville endormie sous des ruines et d'une population encore asservie à la superstition et aux préjugés d'un autre âge. Enfin, ces grands arbres où apparaît le gui sacré, rappellent aussi les temps druidiques. En effet, sur le territoire même d'Aulny se trouve une énorme pierre appelée par les habitants de l'endroit *Pierre levée*, et qui n'est autre chose qu'un *Dolmen*.

Pendant que les deux artistes dessinaient et s'extasiaient devant le riche coloris du feuillage, devant les belles teintes d'ocre et de terre de Sienne répandues sur les mousses et sur les rochers, Mérieul, pensivement appuyé contre un arbre, laissait errer des regards mélancoliques sur le paysage.

Noël est resté le type du gamin de Paris. Sa physionomie est malingre, étiolée, mais il est nerveux et vivace. Il y a de l'ouistiti dans ses traits incorrects, fins et mobiles, dans ses yeux vifs et moqueurs où l'esprit pétille.

Roger, malgré ses succès, est encore un vrai bohême ; il en a la désinvolture, la gaieté et l'insouciance. Ses traits sont irréguliers, mais sa physionomie exprime un caractère heureux, une de ces natures loyales et bonnes qui commandent la sympathie. Cependant son œil gris, quoique franc et bien ouvert, est observateur et caustique ; mais la raillerie y est tempérée par la bonhomie, et la pénétration y est bienveillante.

Tolérant pour les ridicules individuels, il se montre implacable dans ses sarcasmes contre les vices qui prennent le caractère d'un travers social.

C'est un peintre de talent et un caricaturiste de

génie ; c'est un Gavarni qui met en charge les misères humaines et les injustices que sanctionnent les
préjugés.

Quant à Maurice, bien qu'il n'ait point la perfec-
tion traditionnelle des héros de roman, il possède à
un haut degré deux qualités qui semblent s'exclure, la
force et la grâce. Ses premiers essais littéraires réu-
nissent en effet la fermeté du dessin et le tour ingénieux, la profondeur de l'idée et l'élégance de la
forme.

Au premier coup d'œil, une certaine naïveté, un
charme très-vif, empreints sur son visage, empêchent
d'apercevoir les indices d'un vigoureux esprit ; mais
en l'observant plus attentivement, on soupçonne
bientôt l'ardente pensée qui fermente sous cette enveloppe juvénile. Il a cette énergie physique qui seconde si bien les puissantes conceptions du cerveau.
Son front a cette forme décrite par Lavater, et qui
révèle toujours de grandes facultés : ni trop élevé ni
trop large, arrondi par le haut et penché légèrement
en arrière. Dans la coupe fière de son nez, un peu
allongé, dans le soulèvement fréquent des narines,
on devine une nature passionnée, un esprit libre. Sa
bouche, quand il médite, a une expression léonine ;
mais quand il sourit, elle annonce la bonté et une
gaieté insouciante. Dans ses yeux noirs, très-beaux
et pleins de vitalité, éclate l'ardeur de la jeunesse.
Ils ont d'ordinaire cette fixité intense qui exprime
la concentration de la pensée. On devine quel vif attrait l'amour doit prêter à ce regard, et de quelles
clartés la passion doit le faire resplendir.

— A quoi penses-tu, Maurice? demanda Roger,

quand il eut achevé son esquisse. Médites-tu ton
discours d'entrée pour l'ouverture de la législative ?

— Je songe, au contraire, à la témérité de mon
entreprise. Quels sont mes titres à la députation?
quelques ouvrages dont personne ici n'a peut-être
entendu parler, quelques articles de *Revues* qu'en
revanche tout le monde a lus et critiqués.

— Plains-toi de la critique, ingrat ! répliqua Roger ; de la critique qui t'a sacré grand homme ! Allons, relève ton noble front ! que le courage et l'espérance gonflent ta poitrine d'homme, comme on
dit aux théâtres des boulevards ! Compte beaucoup
sur le père Berthaud et peu sur la fortune, car la
fortune est une fière traîtresse.

— La fortune est femme, donc elle a des droits à
la perfidie, dit sentencieusement Noël.

— Et c'est Noël qui parle ! interrompit Roger. As-
tu remarqué, Maurice, que depuis quelque temps ce
scélérat de Noël fourre des femmes partout?

Noël chanta :

> J'avais une marraine,
> Que mon cœur, que mon cœur a de peine!

—Parole d'honneur ! reprit Roger, il se compare
à Chérubin. Crois-tu, par hasard, que Chérubin avait
ce nez en pied de marmite?

—Bah ! la marmite a du bon quand elle est pleine,
repartit Noël. D'ailleurs la beauté chez l'homme n'est
qu'un préjugé ; la femme aime avant tout le sentiment ; or, mon cœur en déborde. Mais, à propos de
marmite, la nôtre ne déborde guère. Je crois pour-

tant qu'il reste au fond de ce havresac quelques tranches de cervelas. Si nous les savourions en les humectant d'une goutte quelconque, de cette *eau d'afe*, par exemple? Quant à l'eau du torrent, réservons-la religieusement pour nos effets de lumière.

Les trois voyageurs s'assirent sur le gazon et commencèrent un repas plus que rustique, mais nécessaire, car la ville était encore éloignée.

— Ah ça! Maurice, reprit Roger en s'adressant à son ami qui restait plongé dans sa méditation, il paraît que la belle nature te donne le spleen. Ou bien es-tu pris d'un accès de lyrisme, et nous fabriques-tu quelque églogue sur les paysannes et sur les vertus champêtres?

— Les vertus champêtres, j'y crois peu, répondit Maurice.

. — Mais, fit Noël, les paysannes, quand elles sont jolies?

— Jolies! avec des mains calleuses et des ongles en deuil?

— Voilà pourtant l'aristocrate qui se présente comme candidat démocratique, fit observer Roger.

— On peut être démocrate et apprécier médiocrement les mains parfumées des senteurs de basse-cour.

— Bah! ce n'est qu'un détail, répliqua Noël.

— Ainsi, dit Roger à ce dernier, tu serais capable d'aimer une paysanne ailleurs qu'à l'Opéra-Comique?

— Pourquoi pas! Qu'est-ce en effet, que l'amour?

— Il y a beaucoup de manières de l'entendre, repartit Maurice. Pour le grand nombre, ce n'est qu'un instinct; pour la faible minorité, c'est un sentiment;

pour l'exception des raffinés, c'est un luxe, c'est un art.

— Non, dit Roger, l'amour, c'est le caprice.

— Bah ! fit Noël, l'amour n'est qu'une faribole.

— Enfin, pour moi, reprit Maurice, l'amour est la recherche d'un idéal peut-être impossible.

— Voilà qui est bête, s'écria Roger.

— Et rococo, ajouta Noël.

— C'est tout ce que vous voudrez, mais c'est ainsi, persista Maurice. Cela explique pourquoi je n'ai pas encore aimé sérieusement. J'ai pourtant du feu, du sentiment, voire même une certaine dose d'esprit romanesque, enfin tout ce qu'il faut pour être amoureux à en perdre la tête. Je puis toutefois aimer un instant, dans le premier enthousiasme d'une rencontre imprévue, alors que mon imagination fait la plus grande partie des frais. Mais c'est là précisément qu'est le défaut de mon organisation. Je fais l'idole trop belle, trop poétique, trop divine, et bientôt l'illusion tombe. Or, la perte d'une seule illusion, même la plus minime, suffit à opérer le désenchantement. Si je me marie jamais, j'épouserai tout simplement une bonne bourgeoise qui raccommodera mes chaussettes, et soignera mon pot-au-feu.

— Fi ! une servante, dit Noël.

— C'est-à-dire une personnalité qui se sacrifie à la tienne, ajouta Roger.

— C'est ainsi, reprit Noël, que finissent les grands hommes. *De profundis !*

— Mais enfin, continua Maurice, avez-vous jamais rencontré une femme complétement belle?

— En fait de beauté je suis éclectique, répondit

Roger. Tu veux une femme à sept octaves : moi, je compose mon octave avec plusieurs femmes. De ton idéal, je me contente de ramasser les parcelles éparses. J'aime un nez par-ci, une oreille par-là ; à l'une, j'emprunte des mains de duchesse, à cette autre, un pied de créole.

— Mais, répliqua Mérieul, c'est exactement comme si, au lieu d'une statue, d'un chef-d'œuvre, on vous en offrait les débris.

— C'est possible, mais ma théorie présente un avantage péremptoire. Ton idéal ne saurait être à la fois brune et blonde. Or, j'aime à la fois les yeux vert-de-mer, ces yeux perfides, pleins de coquetterie et de finesse ; j'aime les yeux bleus, tendres et rêveurs ; j'aime ces prunelles orangées qui couvent du feu. L'amour vit essentiellement de variété. L'amour, c'est le caprice diapré, la fantaisie brillante, insaisissable, qu'un rien fait éclore, un sourire, une boucle rebelle ; et qu'un rien aussi, un temps gris, un pied mal chaussé, une intonation de voix fausse ou vulgaire, fait évanouir. Amours éternelles ! Cette alliance de mots incompatibles ne peut même s'appliquer à ces amours romanesques, extravagants, qui absorbent l'être tout entier, et qui ne sont qu'un état de démence, heureusement passager.

— Allons, je vois que tu es pour le sérail, dit Maurice.

— Oui, pour le sérail d'Occident.

— Euh ! euh ! le sérail oriental n'est pas à dédaigner, opina Noël.

— Est-il pacha, ce Noël ! fit Roger. Je ne le méprise pas non plus complétement, le sérail d'Orient ;

mais l'amour sans la coquetterie, l'amour des Orientaux, est à l'amour français ce qu'est la gloutonnerie à la gastronomie.

— Misérables païens ! qui ne cherchéz que la forme dans la beauté, et qui méconnaissez l'âme, la pensée, l'expression, s'écria Maurice.

— Je t'assure que je ne méconnais rien du tout, et c'est précisément parce que j'apprécie toutes les femmes, que je les aime toutes ; tandis que toi, avec ton système, tu n'en aimes aucune.

— C'est vrai, je n'aime pas les amours faciles ; il me faut des obstacles à vaincre, et jusqu'à présent, dans la sphère plus que modeste où j'ai vécu, je n'ai rien rencontré d'assez parfait pour me prendre le cœur complétement.

— Ah ! c'est cela ! il lui faut l'amour d'une grande dame. Voilà le rêve de tous les étudiants qui ont des paletots râpés, et qui sont aussi riches de cœur que pauvres d'argent.

— Hélas, oui ! soupira mélancoliquement Noël ; l'amour d'une *grrrande* dame, voilà le rêve secret et malheureux qui me dévore aussi !

— Hé quoi les rapins s'en mêlent ! dit Roger. Mais tu ne sais donc pas, malheureux, que pour faire ce rêve-là, il faut avoir, comme Maurice, une tête audacieuse et mélancolique, et s'appeler autrement que Noël Lecrique ?

— Passez-moi cette ambroisie, autrement dit ce cognac un peu trop jeune, et à la santé de l'illustre souche des Lecrique, s'écria Noël en élevant la bouteille, à la santé des Lecrique ! portiers de père en fils depuis l'invention des portes. Je ne suis même

pas bien sûr que le concierge que Dieu dut mettre à
la porte du paradis terrestre ne fut pas un Lecrique.
Attaquez maintenant, si vous l'osez, mon arbre généalogique.

— Si tu n'a pas d'arbre généalogique, tu as du
moins une famille, reprit amèrement Maurice.

— Merci bien! Cet avantage ne m'a valu jusqu'à
présent que beaucoup de misère et un nombre in-
calculable de taloches.

— Du moins n'es-tu pas un paria dans la société,
répliqua Mérieul.

— Un paria! dit Roger. Allons donc, Maurice! tu
exagères singulièrement la situation quelque peu
équivoque que nous fait à tous deux notre naissance.
Aujourd'hui on n'est plus un paria parce qu'on est
bâtard.

— Dans le milieu d'artistes où nous vivons, c'est
possible. Là, chacun est jugé d'après sa valeur personnelle; mais en province, mais dans certaines
classes surtout, ce préjugé existe encore. Quel est,
par exemple, le noble ou le bourgeois qui voudrait
marier sa fille au fils d'un père anonyme?

— Bah! tu n'as pas encore envie de te marier,
j'imagine? Et quand cette envie te prendra, tu seras
peut-être un homme assez éminent pour qu'on passe
l'éponge sur les incorrections de ton acte de naissance.

— Et d'ici là, ajouta Noël, vous retrouverez peut-
être le milord, le prince, ou le boyard auquel vous
devez le jour. Ah! que ne suis-je né comme vous, tout
naturellement! Je pourrais du moins me faire l'illusion que j'ai du sang royal dans les veines, et conce-

voir la douce espérance d'hériter un jour d'un palais habité par quelques millions ; tandis qu'il ne m'est pas même permis de croire que j'ai été changé en nourrice, mon excellente mère n'ayant jamais allaité que ses propres rejetons.

— Moi, dit gaiement Roger, je n'ambitionne nullement l'état de prince. Je sens en moi du sang bohême ; je suis bohême jusqu'à la moelle des os ; et s'il me fallait tout à coup prendre un état officiel, j'en mourrais de nostalgie au bout de huit jours. Je n'ai jamais eu l'indiscrétion de chercher à connaître mon origine. Je procède probablement d'un pauvre hère de barbouilleur tel que moi. Il me suffit de savoir que j'ai été recueilli, comme feu d'Alembert, par une bonne femme au cœur d'or, qui m'a tenu lieu de mère. Son mari, un peintre de talent, m'a donné les premières leçons de son art, et j'ai grandi dans cette vie au jour le jour, remplie d'agitation, de péripéties, mais pleine aussi de gaieté et d'insouciance ; et cette vie-là, embellie par ton amitié, Maurice, et par la bonne humeur de ce rapin, je ne la troquerais pas contre un royaume.

— Tu oublies, répondit tristement Maurice, que ma situation n'est pas semblable à la tienne, et que cette insouciance que tu me prêches ne m'est pas permise. J'ai une mère, et tu sais ce que cette vaillante femme a fait pour moi ; tu sais quels sacrifices elle s'est imposés pour mon éducation, ce qu'elle fait encore chaque jour pour m'aider à conquérir le nom qu'elle ne m'a pas donné. J'ai trente-trois ans, Roger. Il y a dix ans, ma mère me confia ce qu'elle avait souffert du lâche abandon de l'homme qu'elle avait aimé.

« Il est une vengeance, » ajouta-t-elle, « que je veux tirer de lui : tu as du talent, mon fils; travaille, deviens illustre, et je pourrai lui dire, à ce père indigne : « Voilà l'enfant que vous avez renié, et « qui serait perdu, mort peut-être, si j'avais suivi « votre odieux exemple. » Je promis à ma mère de tout faire pour la venger, ainsi qu'elle le souhaitait.

Depuis dix ans je travaille sans relâche. Tu sais mes efforts, ma persévérance, mes luttes contre les obstacles et contre mes propres défaillances. Mais arriver aujourd'hui par la science, par la littérature, par l'art, au milieu de la cohue des aspirants qui se pressent vers la gloire et la fortune, et qui croient avoir du talent, c'est une œuvre de Titan. Arriver par la politique quand on est pauvre comme moi et sans famille, c'est plus difficile encore. La tentative que je vais faire me semble donc d'une témérité absurde, et plus j'approche du but de mon voyage, plus je suis tenté de retourner sur mes pas.

— Tu me sembles en effet bien audacieux, mais malgré toutes mes objections tu as persisté.

— C'est ma mère qui l'a voulu. Elle est originaire de ce pays; elle y connaît M. Berthaud, un homme très-influent qui dirige le parti libéral. Je soupçonne, mais bien vaguement, que mon père, dont elle n'a pas voulu me dire le nom, habite cette ville, et la pauvre femme voudrait sans doute y prendre, par moi, une éclatante revanche. Voilà ce qu'au milieu de toutes ses réticences j'ai cru entrevoir. Pouvais-je me refuser à son désir?

— Eh bien! alors, dit Roger, il s'agit d'engager

vaillamment la partie. Hourra! quelque chose me
dit que nous la gagnerons.

— Soit! car si je ne la gagne pas, je suis une intelligence morte, un homme enterré. Il me faudra
solliciter un emploi quelconque, faire taire toutes
mes aspirations, et me clouer à un bureau comme
l'huître à son rocher. A cette seule idée, il me semble
que je deviens fou. Cependant je ne puis accepter
plus longtemps de ma pauvre mère souffrante et
vieillie avant l'âge, le travail qu'elle s'impose pour
moi, pour moi qui ai une intelligence et des bras, et
qui devrais être son appui. Je ne peux plus longtemps
la sacrifier à des espérances qui ne se réalisent jamais. Comprends-tu, mon pauvre Roger, pourquoi,
à mon arrivée dans ce pays, qui n'est encore que la
terre promise, je suis triste, inquiet?

— Il faut vaincre évidemment, répondit Roger, et
tu vaincras. Il me vient une idée : au lieu de te laisser dans cette bourgade, livré à tes découragements
et à l'ennui de t'y trouver seul, nous renoncerons à
notre voyage en Suisse, Noël et moi. Nous nous ins-
tallerons avec toi dans cette antique et lugubre cité
pour y passer les six mois qui nous séparent encore
des élections. Nous y ferons des portraits.

— Bravo! s'écria Noël.

— Toi, Maurice, reprit Roger, tu séduiras les hommes par ton mérite et les femmes par tes belles manières; moi, je transformerai ces aimables bour-
geoises en vignettes anglaises, avec des bouches en
cœur et des dentelles très-ressemblantes. Quant à
Noël, il se chargera d'enthousiasmer les maîtresses
d'hôtel et les fermières.

— Le fretin, quoi! fit Noël avec une grimace.; mais, pour l'ami Maurice, je me dévoue... Au futur député de C....! ajouta-t-il en brandissant joyeusement la bouteille.

— Mais à propos, fit observer Roger, Victor de Castelneux n'habite-t-il pas ce pays?

— Précisément, son père est un avocat de mérite, très-influent à C..., paraît-il.

— Il va lui aussi nous donner un bon coup de main! Maurice fit un geste de doute.

— Je n'ai jamais beaucoup compté, dit-il, sur l'amitié de ce garçon-là, qui, je crois, est envieux et égoïste.

Il achevait à peine sa phrase, que deux chiens d'arrêt, débouchant d'un fourré, se précipitèrent au milieu de leurs cartons et des débris de leur déjeuner.

Tandis· que Noël réparait le désordre qu'avaient jeté dans leur repas ces convives inattendus, deux chasseurs sortirent à leur tour du taillis.

Le plus jeune s'avança pour s'excuser de la brusquerie de ses chiens.

Trois cris de surprise s'échappèrent à la fois de la bouche des trois amis.

— Victor!

— Maurice! Roger! et jusqu'à Noël! s'écria à son tour le nouveau venu. Mais c'est toute une *smala!* Mon oncle, dit-il au chasseur qui le suivait, je vous présente trois de mes meilleurs amis, trois hommes célèbres : M. Mérieul, un grand économiste, un futur ministre; Roger Mérigat, un peintre du plus grand talent; enfin Noël Lecrique, un phénomène d'entrain et de bonne humeur. Messieurs, je vous présente le capitaine Hubert Tricault.

Ce dernier personnage était un assez bel homme, portant avec un air martial l'embonpoint de la cinquantaine. Sa peau brunie par le soleil, sa complexion sanguine, sa moustache, son impériale et son nez accentué, prêtaient à son visage une expression d'énergie que démentaient un regard placide, la mollesse des muscles et les rides indécises du front. Enfin son sourire révélait un esprit étroit et toute la bonté de la faiblesse. Son pantalon mamelouk, son képi, la crâne manière dont il portait son arme, l'eussent fait prendre pour un militaire en retraite, si l'on ne savait combien les militaires aiment à se débarrasser de leur costume obligatoire. On devinait donc plutôt en lui un grand enfant qui jouait encore au soldat.

Hubert Tricault, ex-bonnetier de la rue Montmartre, était tout simplement lieutenant de la compagnie de pompiers d'Aulny. Il est vrai qu'en 1848, il avait joué à Paris un rôle plus important dans les émeutes, comme capitaine de la garde nationale. Ainsi que les vieux braves, il recommençait le récit de ses hauts faits, toutes les fois qu'il rencontrait un auditeur débonnaire, que le champagne pétillait dans le cristal, et que le mot politique était lancé.

Nous ne dirons pas par quelles digressions plus ou moins ingénieuses il savait ramener la conversation sur le sujet toujours palpitant de ses victoires; mais alors, son œil terne flamboyait. La guerre était sa passion ; et par une amère raillerie du destin, ce brave, simple fabricant de bonnets, avait vu sa valeur se consumer derrière un comptoir.

— Ah! très-bien! parfaitement! je devine, répondit-il à son neveu. Ces messieurs sont des artistes, n'est-ce pas? J'aime les artistes, moi.

Les trois amis de s'incliner pour dissimuler un sourire.

— Vous l'avez dit, capitaine, affirma Noël en faisant le salut militaire. Artistes, touristes, paysagistes, économistes, caricaturistes, toutes choses en *istes*, comme vous voyez. Pour le moment, nous dégustions votre vallon.

— Vous dégust...., répéta l'ex-capitaine auquel la langue burlesque de l'atelier était complétement étrangère. Ah! oui! je comprends, je comprends. Ces messieurs, ajouta-t-il avec une exquise courtoisie, nous feront-ils l'honneur de descendre jusqu'au château? Nous serions très-heureux de leur offrir l'hospitalité.

— Voyons! si un mauvais dîner, arrosé d'excellent vin ne vous effarouche pas trop... dit Victor à ses amis.

Les trois jeunes gens se regardèrent avec indécision.

— Allons, accepté, décida Victor.

— Ma foi! reprit Noël, accepté mon brave capitaine! Car nous n'avons que faiblement déjeuné d'un piètre morceau de cervelas, et, bien que le cervelas soit l'ami de l'homme....

— L'ami.... de l'homme!.... répéta avec stupéfaction M. Tricault.

— Nous ne serons pas fâchés de lui adjoindre un morceau de n'importe quoi.

Une demi-heure après, la joyeuse caravane faisait son entrée dans le château d'Aulny.

Ce château s'élevait au milieu d'un parc prétentieux, dont les avenues correctement alignées et élaguées, les bassins réguliers, les méandres compliqués et les vastes pelouses, tenaient le milieu entre le style de Le Nôtre et le jardin anglais.

Cette construction toute moderne, maniérée, irrégulière et maussade, flanquée de tourelles crénelées, et surmontée d'un clocheton, rappelait l'ordre gothique du treizième siècle.

Singulier anachronisme au milieu de notre époque de progrès industriel et social, que ce retour vers un style qui caractérise essentiellement un âge d'ignorance, de misère et de tyrannie féodale! Mais cet anachronisme est-il plus étrange que celui de ces hommes du passé, invoquant l'antique superstition du droit divin et regrettant d'injustes priviléges, aujourd'hui que la raison humaine a sacré le mérite personnel et les droits des peuples?

Cette pâle renaissance du gothique, de ce style si peu en harmonie avec nos besoins actuels de comfort, cet engouement à la mode pour les vieux meubles et les constructions d'un autre âge, ne semble-t-il pas un indice du suprême effort que fait, dans une dernière convulsion, un passé qui s'écroule sous la pression de l'idée nouvelle!

— Quelle construction baroque! exclama Roger. Ce château crénelé, au milieu de ce paisible vallon, m'apparaît comme un preux du moyen-âge, cuirassé de pied en cape, égaré avec toutes les idées de la féodalité dans un salon bourgeois du dix-neuvième siècle.

Avant d'introduire ses nouveaux hôtes dans sa

forteresse, M. Tricault prenant à part son neveu :
— Tu sais, lui dit-il, combien ta tante est pointil-
leuse en matière d'étiquette, engage donc tes amis
à réparer un peu leur toilette.

En conséquence, Victor conduisit dans sa chambre ses trois amis, pendant que le capitaine allait
prévenir madame Tricault de l'arrivée des voyageurs.

II.

Marie-Thérèse-Pétrona-Rosamonde Tricault, née de Castelneux, portant
d'azur coupé d'or, au griffon sur le tout de l'un en l'autre, avec cette
devise : OMNIA SINE FRAUDE.

Dans une vaste bibliothèque aux panneaux gothiques, aux fenêtres en ogive croisées de pierre, aux
meubles de chêne sculpté, couverts d'anciennes
tapisseries et de vieux cuir doré, dans cette salle
froide et sombre où le soleil ne pénétrait qu'à travers de petits vitraux peints en grisaille, se trouvaient réunis vers une heure de l'après-midi trois
femmes et un homme : cet homme portait un long
vêtement noir qui rappelait l'habit ecclésiastique.

L'une d'elles, Marie-Thérèse-Pétrona-Rosamonde
Tricault, née de Castelneux, était assise devant une
lourde table de chêne massif supportée par des ca-
riatides bizarres, telles qu'en enfanta l'art fantastique du treizième siècle. Son front haut et carré, indice d'un esprit obstiné et énergique, se dessinait
entre deux bandeaux de cheveux noirs. Les belles
lignes de son visage semblaient durcies par une
souffrance d'orgueil abaissé, car elles exprimaient
à la fois du dédain et de l'amertume.

Elle feuilletait avec attention un vaste d'Hozier ouvert devant elle. L'étude de la science héraldique était l'occupation favorite de la descendante des Castelneux.

A quelque distance, dans un vaste fauteuil carré style Louis XIII, M. Boitrot étalait sa large panse. Ce personnage, qu'on appelait l'abbé dans la maison, avait passé sa jeunesse dans un séminaire, mais n'avait jamais reçu les ordres. Antiquaire réputé distingué, il était membre de la société archéologique de C***. A ce titre, madame Tricault l'avait choisi pour être le précepteur de sa fille, et pour l'initier elle-même à la noble science du blason.

Il tenait à la main un livre qu'il ne lisait pas ou qu'il lisait fort peu. Il semblait lutter contre un travail de digestion qui lui appesantissait les paupières, et fréquemment il demandait à sa tabatière un stimulant pour combattre cette disposition somnolente.

Dans une embrasure de fenêtre, une femme d'une quarantaine d'années, à la figure pâle et mélancolique, aux grands yeux bleus, doux et réfléchis, travaillait silencieusement à une broderie. Elle n'avait jamais dû être belle ; cependant on devinait à une certaine langueur de pose, à la tendresse du regard, une femme qui avait aimé. C'était la sœur de Rosamonde Tricault. Elle s'appelait Antoinette de Castelneux.

Enfin, au milieu de cette salle sépulcrale et de ces trois personnages tristes ou endormis, resplendissait, comme un rayon de vie et de lumière, la suave tête blonde d'une belle jeune fille.

Assise devant un large in-folio de parchemin jauni

par les siècles, elle détournait un peu la tête et l'appuyait sur sa main de manière à masquer son visage à l'œil sévère de sa mère ; car, au lieu de regarder le livre maussade ouvert devant elle, elle laissait errer ses regards avec une expression à la fois souriante et rêveuse vers la corniche du plafond.

A quoi pensait-elle ? à ses fleurs, à ses oiseaux, ou bien au dernier roman lu en secret ?

Ces trois derniers personnages, à en juger par leur contrainte, paraissaient être sous la férule de l'auguste Marie-Thérèse, née de Castelneux.

— Pourriez-vous me dire, monsieur l'abbé, demanda celle-ci inopinément, pourquoi les Montverdet ont quelquefois brisé d'une étoile d'or en pointe ? Cela m'intrigue beaucoup.

L'abbé commençait à dormir. A cette question, il secoua vivement la tête, et dans ce mouvement laissa tomber son livre. En se baissant pour le ramasser, il fit rouler à terre sa tabatière ; puis il éternua, se moucha, et fut alors en état de répondre à la question que lui adressait la terrible Rosamonde.

Mais en cet instant, madame Tricault s'aperçut que sa fille, au lieu d'étudier son d'Hozier, regardait fixement la corniche.

— Voyons, Éveline, dit-elle, quel est l'écusson des Montverdet ?

— Maman... des Montverdet... balbutia la pauvre enfant.

— Oui, mademoiselle, des Montverdet.

— Vous me demandiez, je crois, madame, dit le bon abbé en souriant avec une douce malice, pourquoi les Montverdet portent d'azur à un mouton d'or ?

— Ah ! oui, reprit vivement Éveline, ils portent d'azur...

— Ce n'est pas difficile vraiment, maintenant que monsieur l'abbé l'a dit, interrompit la sévère Marie-Thérèse. Je suis très-mécontente de cet enfant, monsieur l'abbé. Hier, je l'ai surprise lisant un roman.

— Un roman ! répéta l'abbé avec une feinte horreur.

— C'est ce roman, objecta timidement Éveline, dont tout le monde parlait à la ville l'hiver dernier. Voilà pourquoi je l'ai lu ; d'ailleurs, c'est très-moral.

— Moral, mademoiselle ! pourriez-vous juger par hasard de ce qui est moral et de ce qui ne l'est pas ?

— Moral ! un roman ! reprit encore l'abbé avec un crescendo d'indignation.

Assurément l'abbé Boitrot n'avait jamais ouvert un roman. Sa figure épanouie, émaillée d'efflorescences rubicondes, son œil noyé dans un assoupissement continuel, disaient assez qu'il mettait une bouteille de chambertin au-dessus d'un roman de Balzac, et qu'il prisait plus les richesses œnologiques de la cave de M. Tricault que tous les trésors littéraires contenus dans la bibliothèque ; en sa qualité d'antiquaire, s'il appréciait les vieilles pierres et les vieux bouquins, il appréciait par-dessus tout une bouteille de bon vin vieux.

Aussi, lorsque sa bonne figure de caniche essaya de prendre un air terrible, on devinait la pensée intime du bon Boitrot, et l'on eût pu la formuler ainsi :

— Quel excellent bourgogne nous avons bu à déjeuner ! Je consentirai volontiers, madame Tricault, à faire les gros yeux à cette innocente créature, pourvu que vous nous en serviez de semblable à dîner.

— Mais, ma fille, continua-t-il avec onction, nourrir votre esprit de pareilles lectures, c'est ouvrir votre cœur aux inspirations de Satan. Au lieu d'abreuver votre âme candide à ces sources impures, à ces œuvres perfides qui distillent le poison et rendent le péché attrayant, désaltérez votre intelligence aux eaux salutaires de la religion et de la science. En un mot, obéissez à madame votre mère, qui vous donne l'exemple de toutes les vertus.

Après ce petit morceau d'éloquence sacrée, l'abbé huma voluptueusement une prise de tabac; madame Tricault se redressa dans sa dignité maternelle, se trouvant heureuse et fière d'avoir pris un tel homme à ses gages. Éveline baissa la tête. Mademoiselle Antoinette haussa imperceptiblement les épaules, et un sourire de dédain effleura ses lèvres. A ce mouvement, à ce sourire, on reconnaissait en elle l'esprit fort de la famille.

— Je gage, Antoinette, dit Marie-Thérèse, que c'est encore vous qui avez mis ce mauvais livre entre les mains d'Éveline?

— Non, maman, se hâta de répondre Éveline, la clef était à la bibliothèque, et c'est moi qui l'ai pris.

Antoinette regarda Éveline en souriant. A ce signe d'intelligence on devinait en elles deux alliées.

En cet instant retentirent dans le vestibule les éperons du capitaine Hubert Tricault.

— Ma chère Pétrona, dit-il en entrant, il nous arrive des artistes de Paris, des amis de Victor. Je vous demande la permission de vous les présenter.

— Des artistes de Paris ! des amis de Victor ! répéta Pétrona avec effarement. Nous les présenter ici ! vous n'y pensez pas ! nous ne sommes pas habillées !

— Comment ! vous n'êtes pas habillées ! Mais, ma chère, ce sont des jeunes gens qui voyagent, de bons garçons qui ne tiennent pas à l'étiquette. Du reste, je les ai invités à dîner. Vous aurez le temps de vous habiller pour les recevoir.

— Antoinette, Éveline, dépêchez-vous· d'aller changer de robes, ordonna impérativement madame Tricault ; abbé, remettez ces livres en place.

Et Marie-Thérèse sortit de la bibliothèque avec une précipitation qui ne lui était point habituelle.

— Elle m'a appelé abbé tout court ; elle me parle comme à un domestique, pensa le vénérable Boitrot en prenant avec une noble tranquillité sa prise de tabac. Est-ce que l'arrivée de ces artistes lui fait tourner la tête ?

— Mais qu'a donc madame .Tricault? se demandait le capitaine en regardant avec ébahissement la porte par laquelle elle venait de disparaître.

— Monsieur Tricault ! monsieur Tricault ! cria de nouveau Rosamonde en entre-bâillant la porte.

Le capitaine courut à cet appel, fait d'une voix impatiente et impérieuse.

— Surtout, dit-elle bas à son mari, veuillez ne pas m'appeler devant ces messieurs « ma chère Pétrona ; » c'est du dernier bourgeois.

— Madame Tricault, alors ?

— Jamais, jamais, répondit avec une dignité révoltée la descendante de Castelneux.

— Mais alors, comment faut-il donc vous appeler?
Marie-Thérèse hésita.

— Ne m'appelez pas du tout.

— Très-bien, dit le docile capitaine. C'est gênant,
mais c'est égal.

— Ah ! ai-je bien pu épouser un Tricault, soupira
en s'éloignant la noble Rosamonde.

Elle revint encore.

— Je les recevrai dans le grand salon.

— Bien, dans le grand salon, répéta comme un
écho l'ancien bonnetier.

Quant à Éveline, elle avait suivi sa tante Antoinette, aussi joyeuse de l'incident qui interrom-
pait sa leçon de blason que de l'arrivée des nouveaux personnages qui allaient égayer sa solitude.

Mais comment l'arrivée des trois artistes troublait-
elle ainsi le calme majestueux de Marie-Thérèse?

Ici quelques détails antérieurs sont nécessaires.

La famille de Castelneux se composait de M. de
Castelneux, père de Victor, de madame Tricault et
d'Antoinette.

En 1827, les trois descendants de cette famille,
l'une des plus anciennes et des plus illustres du
pays, se trouvaient réduits à une médiocrité de fortune qui touchait presque à la misère. M. de Castelneux, alors simple avocat au barreau de C...,
attendait encore la cause qui devait le rendre célèbre parmi ses concitoyens. Antoinette était fort
jeune. Quant à Marie-Thérèse, qui se trouvait en âge
de se marier, elle épousa, par ambition de fortune, le fils de M. Tricault, riche banquier de la
ville.

Madame Tricault prit avec elle Antoinette, et aida son frère à attendre la clientèle.

Mais la maison Tricault fit faillite. Marie-Thérèse se montra héroïque. Elle suivit son mari à Paris, et travailla avec lui à reconstruire sa fortune. Pendant quinze ans la descendante de l'illustre famille de Castelneux dirigea la maison de commerce Tricault et Cᵉ. Elle y déploya cette énergie, cette persévérance qui formaient le fond de son caractère. Lorsqu'en 1850 ils se retiraient des affaires, ils avaient en portefeuille quinze cent mille francs.

Plusieurs motifs déterminèrent madame Tricault à venir s'établir à C***.

Cette antique cité ne conserve rien de ses splendeurs passées : c'est actuellement une ville grise, irrégulière, mal bâtie, maussade, aux rues désertes, isolée de tout mouvement intellectuel et artistique, et qui semble avoir élevé à la dernière puissance toutes les tristesses, tous les ennuis de la petite ville.

Quand on aime une femme laide, on l'aime avec passion. Il en est ainsi des habitants de C***, lesquels chérissent leur ville en raison même de sa laideur. Tous ceux que les circonstances ont expatriés, aspirent à y revenir planter leur tente, à y finir nonchalamment leur vie.

C..., cependant, rendons-lui cette justice, a une physionomie particulière ; mais c'est une physionomie de pauvreté, de vieillesse et d'impuissance. C'est une ville caduque qui est à la dernière période de son existence, à moins qu'un chemin de fer ne vienne lui imprimer une activité nouvelle.

2

Qu'est-ce qui rattache donc à C.... ses habitants ?
Sont-ce les glorieux souvenirs de son passé, ses belles
ruines romaines? Non ; car ils paraissent fort indifférents aux richesses archéologiques qui constituent
cependant le seul attrait, le seul mérite réel de leur
cité. Cet attachement est plutôt dû au développement excessif de l'esprit de coterie, de rivalité et de
cabale.

La population s'y divise, comme dans toutes les petites localités, en trois classes; mais ces divisions sont
plus tranchées à C.... peut-être que partout ailleurs.

La noblesse, l'ancienne bourgeoisie et le clergé
forment une première classe qui s'appelle elle-même
prétentieusement la *société*, et qui habite le quartier
du château, la ville haute; autrement dit encore le
faubourg Saint-Germain.

Le commerce, la nouvelle bourgeoisie et l'administration occupent la partie moyenne de la ville, et
composent la classe intermédiaire.

Enfin, le peuple réside dans les faubourgs et dans
les quartiers bas.

Ainsi, grâce à la disposition du sol, les trois
couches sociales se superposent comme les trois
étages de la ville.

La *société* forme autour d'elle comme un cordon
sanitaire, un rempart moral inaccessible. Tout membre de cette *société* croirait sa dignité compromise en
recevant à ses soirées un commerçant, un bourgeois
de fraîche date, ou même un membre de l'administration. Le sous-préfet lui-même, à moins de quartiers de noblesse authentiques, ne trouve pas grâce
devant cette sublime aristocratie.

Et cependant qu'est-ce à vrai dire que cette aristocratie ? Quelques familles vraiment nobles ; mais aussi, en majeure partie, une bourgeoisie qui se targue de noblesse, et qui revendique des blasons et des arbres généalogiques fort contestables. C'est, comme toujours, dans cette semi-noblesse que se rencontrent la morgue la plus hautaine et l'éloignement le plus méprisant pour la classe moyenne.

Cette aristocratie est généralement pauvre, à part quelques fortunes de vingt mille francs de rente. Elle affecte donc, et pour cause, une grande simplicité, et pratique le mépris des richesses plutôt par nécessité que par vertu évangélique.

La fortune est dans la classe moyenne, qui se venge des dédains de la noblesse en l'écrasant de son luxe.

Une fois retirée des affaires et revenue à C...., madame Tricault se voua tout entière au grand œuvre de redorer son blason et de reconstituer sur le pied de son antique splendeur la maison des Castelneux. Enfin, elle voulut à tout prix rentrer dans cette caste dont l'avait exclue son mariage avec M. Tricault.

Son frère, M. de Castelneux, avocat consultant, était souvent appelé à exercer les fonctions de juge suppléant au tribunal ; mais, quoique fonctionnaire à ce titre, il était, de par son nom, admis dans la société. Il jouissait en outre, bien qu'il ne possédât qu'une très-médiocre fortune, d'une grande considération. Il posait pour la probité, pour l'honneur antique. Ce frère était la gloire de madame Tricault.

De retour à C...., elle acheta, rue du Fraigne, derrière la cathédrale, au cœur même du faubourg

Saint-Germain de l'endroit, une ancienne maison qu'elle fit restaurer à grands frais, et sur la porte de laquelle elle apposa l'écusson des Castelneux.

Elle fit des visites dans tout le quartier noble. On les lui rendit avec une exactitude qui pouvait lui faire espérer qu'elle était enfin agréée par l'auguste *société*.

Mais, à quelque temps de là, la marquise de Fontanans, car C*** possède encore des marquises, donna une grande soirée où la *société* se trouvait au complet. Les Tricault n'y furent point invités; c'était une exclusion évidente.

A son tour, Marie-Thérèse imagina de donner un bal. Elle étala dans les préparatifs de cette fête un luxe qui devait dépasser tout le faste déployé à C*** jusqu'alors. Mais ce luxe offensa l'aristocratie, qui comprit qu'on cherchait à l'éblouir. Tous les invités se donnèrent le mot pour s'abstenir de paraître dans les salons de l'hôtel Tricault. Cette grande soirée fit donc fiasco complet.

Au lieu de se laisser décourager par ce premier échec, l'ex-bonnetière s'obstina dans son ambition.

— S'ils ne m'acceptent pas, se dit-elle, ils accepteront ma fille, et peu à peu ils me recevront aussi; je les y forcerai. Elle conçut alors le dessein de marier sa fille avec son neveu Victor de Castelneux.

Dès ce moment, elle s'appliqua à rivaliser de grandes manières et de bon genre avec les plus hautes dames du faubourg Saint-Germain. Puis, elle fit construire à Aulny, non loin de la ville, cette singulière et fastueuse habitation moyen-âge. C'était une sorte de défi porté à la pauvreté de cette noblesse de chrysocale. Elle se retira dans son donjon pour y diriger l'éducation de sa fille.

La marquise de Fontanans faisait élever ses enfants par un ecclésiastique : de son côté, madame Tricault chargea le savant abbé Boitrot d'enseigner à Eveline le peu qu'il connaissait de français et de blason. En outre, mademoiselle Tricault reçut, comme les petites de Fontanans, des leçons d'équitation et de *callisthénie*.

Cette marquise possédait une assez jolie fortune pour C.... : trente mille francs de rente. Coquette, élégante, touchant à la quarantaine, elle posait pour la femme de trente ans décrite par Balzac. En un mot c'était la femme à la mode. Elle allait quelquefois passer trois mois d'hiver à Paris. Elle recevait dans sa campagne des artistes, des hommes de lettres.

L'un d'eux, natif de C...., musicien de quelque talent, qui avait fait ses études lyriques à Paris et y avait tenté la fortune et la gloire, était revenu désillusionné se fixer dans cette petite ville. Son talent le fit admettre dans la *société*. Madame de Fontanans le patronna et le reçut même dans son intimité. Les bourgeois et les commerçants en jasaient; mais l'aristocratie fermait discrètement les yeux sur les petits péchés de sa marquise : car il existe à C...., entre les femmes de la *société*, une sorte d'assurance mutuelle contre la médisance : — exemple rare entre femmes et prodigieux entre dévotes, — car là toutes les femmes sont dévotes et un peu coquettes; l'un fait passer l'autre; d'ailleurs c'est bon genre.

Le jeune virtuose, M. Jules Damerey, enseignait la

musique aux jeunes filles du noble faubourg ; mais il
n'avait jamais vóulu compromettre son talent, quel
que fût le prix du cachet, chez des commerçants ou
des parvenus.

Madame Tricault avait fait des offres exorbitantes
à M. Jules Damerey pour le décider à donner des
leçons à Eveline. Le musicien les avait repoussées.
L'amour-propre de Marie-Thérèse saignait encore de
cette blessure, lorsque M. Tricault annonça à sa femme
l'arrivée des amis de Victor, des artistes de Paris.

L'ex-bonnetière allait prendre une revanche, elle
allait triompher de la marquise.

III.

ÉVELINE TRICAULT.

Les trois amis, après avoir réparé avec le génie
propre aux artistes le désordre de leur toilette, des-
cendirent au jardin en attendant que madame Tricault voulût bien les recevoir.

— Oh ! pour le coup, c'est trop fort ! s'écria Noël
en regardant avec stupéfaction un parterre de ver-
veines, où les fleurs de diverses nuances étaient habilement disposées pour former un dessin.

— Qu'y a-t-il donc ? demandèrent Roger et Maurice.

— Comment ! vous ne le voyez pas ?

— Quoi donc ?

— Lui ! encore lui !

— Qui lui ?

— Le griffon ! toujours le griffon ! répétait Noël
en ouvrant les yeux avec un effarement grotesque.

En effet, les armes de la maison de Castelneux apparaissaient artistement dessinées au milieu du parterre.

— Ah ! quel griffon diabolique ! continua Noël en se prenant les cheveux par un geste comique ! Quelle *scie* infernale ! Quels nerfs il faut avoir, ou plutôt ne pas avoir pour vivre dans la compagnie de tous ces griffons ! En haut, en bas, sur toutes les portes, sur toutes les cheminées, sur tous les siéges, sur les lits, sur le linge et sur la vaisselle ! Enfin nous venons au jardin avec l'espoir de nous reposer les yeux sur des arbres, sur des fleurs, et c'est le griffon, toujours le griffon qui se dresse devant nous comme un cauchemar ! C'est à devenir fou. Et quelle frénésie de gothique ! Mais que vois-je là-bas entre les arbres, une *fâmme* une faible *fâmme* !... dont le style me semble du moins être beaucoup plus moderne ! Dieu ! si c'était mon infante ! Attention, sous les armes !

En cet instant, Éveline apparut au bras de son cousin.

Les trois amis ne s'attendaient point à trouver une aussi charmante fille dans cet austère donjon.

— Ma cousine, dit Victor en désignant Maurice, je vous présente monsieur Mérieul, dont vous dévoriez hier les œuvres profanes. C'est l'auteur du joli poëme *Rose et Marcel*.

Éveline rougit, balbutia. C'était la première fois qu'elle se trouvait en face d'un aussi grand homme. Les natures élevées ont le respect des œuvres de la pensée ; car elles pressentent d'instinct ce qu'il faut, non-seulement de talent, mais d'énergie, de force morale pour créer. Le trouble d'Éveline n'était donc pas de la niaiserie ; c'était un effet de la vénération qu'elle ressentait pour l'auteur d'un roman en vers qui l'avait profondément émue, qui la préoccupait encore ; c'était un sentiment d'admiration à la fois timide et enthousiaste pour le créateur des personnages sympathiques qu'elle avait aimés, dont elle avait partagé pendant tout un jour les douleurs et les joies.

Un compliment banal vint sur ses lèvres ; elle préféra ne rien dire ; mais elle leva sur Maurice un regard de curiosité admirative plus flatteur pour lui que la plus belle tirade d'un maître ès-critique.

Éveline annonça aux artistes que sa mère les attendait au salon.

Pendant le trajet, les deux peintres et Maurice purent admirer la rare beauté d'Éveline. Noël et Roger l'analysaient en artistes ; Maurice la comprenait en poète. Ce que voyaient les peintres, c'étaient surtout les courbes gracieuses de la taille, les lignes harmonieuses du cou et des épaules, la pureté, la finesse du profil, un profil de Niobé ; et puis cette carnation délicate et transparente qui rappelait l'admirable couleur du Titien, et cette chevelure blonde, fine et soyeuse, naturellement ondulée, où se jouait la lumière en ombres fauves et en reflets d'or.

Lui, Maurice, lisait la pensée de ce visage, et cette pensée, c'était l'amour. Il rayonnait sur ce front intelligent et pur, un peu bombé, indice de faiblesse ; dans la tendresse du sourire, dans ces yeux d'un bleu sombre, ardents et chastes, lumineux et profonds ; dans ce regard qui était une caresse et qui révélait une âme riche à la fois d'idéal et de passion. Maurice devinait en elle un de ces êtres entièrement féminins, une de ces femmes destinées à connaître de l'amour tous les martyres et toutes les ivresses. Dans sa démarche, dans son parler, dans son geste timide, dans la gracieuse gaucherie de la jeune fille élevée loin du monde, il découvrait toutes ces pudiques langueurs qui accompagnent l'épanouissement du cœur. « Chez cette nature impressionnable, pensait-il, un mot, un regard doit suffire à faire jaillir l'étincelle. »

Il était cependant trop préoccupé de ses projets d'avenir, pour que cette charmante apparition produisît un effet bien vif sur son esprit.

Mais Éveline sentait peser sur elle le regard pénétrant de Maurice. Elle leva les yeux et rencontra ce regard dont la lumière fascinait. Elle tressaillit. Il lui sembla qu'elle recevait un coup dans le cœur. Afin d'échapper à cette indéfinissable émotion, elle quitta les jeunes gens sous prétexte d'aller les annoncer à sa mère.

— Comment trouvez-vous ma cousine? demanda Victor avec quelque fatuité.

— Une jolie toile, répondit Roger.

— Une délicieuse héroïne de poëme, ajouta Maurice ; un de ces êtres pétris d'argile et d'éther, faibles et tendres, nerveux et romanesques, dont l'amour est toute la destinée.

— Diable ! dit Victor, voilà un horoscope séduisant.

— Une femme pareille, s'écria Noël , ensevelie

dans cette fosse aux griffons ! S'il lui faut un libérateur, parlez, je me dévoue.

— Merci, mon cher Noël, de votre dévouement.
Son libérateur est devant vous ; j'épouse ma cousine
dans trois mois.

En cet instant, madame Tricault, flanquée d'Antoinette et de l'abbé Boitrot, apparut sur le perron
dans toute sa majesté. Elle avait revêtu sa robe de velours noir, et sorti ses guipures antiques. Mais, quittant tout à coup ce grand air qu'elle prenait d'habitude avec les étrangers, elle fit aux artistes un accueil
gracieux et empressé.

Elle obtint des nouveaux venus la promesse de
passer quelques jours au château. On organiserait
des chasses, des pêches ; on visiterait toutes les anti-
quités curieuses des environs.

Madame Tricault donna immédiatement des ordres
pour aller chercher les bagages des artistes, que la
carriole avait dû conduire à C..., et Maurice remit au
lendemain sa visite à M. Berthaud.

Le dîner fut plein d'entrain et de joyeuse humeur.
Les rasades et la mine rubiconde de l'abbé Boitrot,
les airs majestueux de l'ex-bonnetière, l'humble soumission de l'héroïque capitaine, firent les délices de
Noël, qui s'amusait à les ébahir avec son jargon d'a-
telier.

Après le repas, on proposa une promenade dans
le parc. Maurice offrit son bras à mademoiselle Antoinette, qui lui parut tout d'abord un esprit distingué
et une nature sympathique. Éveline suivit sa tante.

Maurice déploya pour ces deux femmes suspen-
dues à ses lèvres toutes les grâces, tous les prestiges

de sa conversation. Ils parlèrent arts, littérature et voyages. Mademoiselle de Castelneux était une femme instruite et spirituelle, qui avait la coquetterie de l'esprit sans en avoir le pédantisme. Éveline parlait peu ; mais quelques réflexions qu'elle hasarda prouvèrent à Maurice qu'elle avait le sentiment inné du beau et un vif attrait pour toutes ces préoccupations littéraires et artistiques : et il pensa qu'un peu plus de culture ou seulement un amour élevé, en développant son intelligence, en ferait une femme au moins aussi séduisante par son esprit que par sa beauté.

Distraits par le vif intérêt de la conversation, ils s'éloignèrent du reste de la société. La nuit était venue. Ils furent obligés, pour ne pas retourner en arrière, de traverser sur une passerelle la rivière qui coupait le parc. Maurice, en aidant Éveline à la franchir, sentit la main de la jeune fille trembler dans la sienne. En abordant, soit trouble, soit maladresse, le pied d'Éveline glissa sur la terre humide. Pour l'empêcher de tomber à l'eau, Maurice la retint dans ses bras ; elle tressaillit et se dégagea vivement.

A partir de cet instant, elle ne dit plus rien ; mais de temps à autre Antoinette la voyait frissonner.

— Tu as froid, rentrons vite, lui dit sa tante.

En rentrant, elle monta dans sa chambre. Elle tremblait, ses genoux fléchissaient.

Antoinette la surprit tout en larmes.

Antoinette était la véritable mère d'Éveline ; elle était aussi son amie. Elle l'avait soignée tout enfant et avait dirigé les premiers élans de son cœur et de son imagination.

Antoinette joignait à un esprit élevé et hardi un tempérament nerveux et débile. C'était une nature contemplative et pusillanime. Bien qu'elle fût de beaucoup supérieure à madame Tricault par l'intelligence, elle était cependant toujours restée vis-à-vis de sa sœur dans un état d'infériorité, et s'était laissé dominer par cette nature hautaine et énergique. Puis, Antoinette n'avait jamais eu d'autre beauté que celle que prête au visage le reflet d'une belle âme. De plus elle était pauvre, et elle n'avait pas eu pour s'enrichir les capacités nécessaires. Madame Tricault, au contraire, plus âgée qu'Antoinette, avait été fort belle; et, supériorité toujours incontestée, sinon incontestable, elle avait acquis une grande fortune. Enfin, dans sa jeunesse, Antoinette, aimante et romanesque, avait assez gravement compromis sa réputation dans une affaire de cœur. Madame Tricault, et surtout l'austère jurisconsulte M. de Castelneux, ne lui avaient jamais pardonné cette imprudence, et lui montraient une froideur presque dédaigneuse.

Un autre grand crime, aux yeux de Marie-Thérèse, c'était l'indifférence d'Antoinette pour ses quartiers de noblesse. Elle l'accusait d'idées révolutionnaires, et la traitait de républicaine. Si elle la gardait auprès d'elle, c'était uniquement parce qu'elle s'appelait mademoiselle de Castelneux, et que ce nom chatouillait agréablement l'oreille de la bonnetière.

Il y avait donc entre les deux sœurs une lutte sourde dont avait dû se ressentir l'éducation d'Éveline.

Antoinette avait reporté sur sa nièce toutes ses affections comprimées dès l'enfance par ce milieu froid et ambitieux, tandis que madame Tricault, tout entière à ses projets vaniteux, ne s'occupait que fort peu de sa fille, ou ne s'en occupait que pour lui imposer avec sévérité une étiquette puérile, des études inutiles ou étroites, et des devoirs ridicules.

Quoique ostensiblement soumise à sa mère, Éveline avait pris d'Antoinette les idées indépendantes et les tendances romanesques. Elle préférait donc sa tante à sa mère et se confiait entièrement à elle.

—Qu'as-tu, ma pauvre enfant? demanda Antoinette en prenant entre ses mains la belle tête éplorée de la jeune fille.

— Je ne sais, répondit Éveline, j'ai eu froid, j'ai eu peur.

— Ce n'est pas cela. Qu'as-tu? insista mademoiselle de Castelneux.

— Je n'aime pas mon cousin, dit Éveline entre deux sanglots.

Antoinette alla fermer la porte laissée entr'ouverte. Elle paraissait consternée.

— Tais-toi, chère belle, tais-toi! si ta mère t'entendait! Ah! mon Dieu!... fit-elle comme en se parlant à elle-même.

Elle craignait de deviner.

Elle fit à Éveline les plus tendres caresses, ces caresses de mère qui endorment la douleur.

— Écoute, mon bon petit ange, tu sais bien qu'il faut que tu épouses ton cousin. Pourquoi t'aperçois-tu aujourd'hui seulement que tu ne l'aimes pas?

Éveline ne répondit rien.

— Tu as été éblouie ce soir par la conversation de M. Mérieul, n'est-ce pas? Et, en le comparant à ton

3

cousin, la comparaison n'a pas été à l'avantage de
Victor. Est-ce cela?

— Je crois que oui, soupira Éveline.

— Mais c'est un véritable enfantillage, reprit Antoinette. Écoute-moi bien : Victor a des qualités sérieuses; certainement c'est un bon garçon.

Éveline fit une moue dédaigneuse.

— Je n'en sais rien, répondit-elle.

— Mais enfin nous le connaissons, tandis que
M. Mérieul est un étranger.

— Un étranger! dit Éveline avec chaleur. N'ai-je-
pas lu son poëme? Pour écrire d'aussi belles pages,
il faut autant de cœur que de talent.

Antoinette était embarrassée de répondre, car
elle pensait exactement comme sa nièce. Cependant :

— Détrompe-toi, répliqua-t-elle; chez certains
écrivains, l'imagination tient lieu de cœur, et ces
hommes si brillants, si recherchés, gâtés par le
monde et par le public, sont de mauvais maris. Enfin, tous ces hommes de talent ont une personnalité
très-absorbante; ils acceptent le dévouement, mais le
pratiquent fort peu.

— Qu'est-ce que cela me fait? dit Éveline, qui releva la tête par un mouvement héroïque.

— Tu te dévouerais, je n'en doute pas, ma bonne
petite fille; mais sais-tu si tu n'aurais pas beaucoup
à souffrir, toi, une enfant gâtée, de n'être pas aimée
autant que tu aimerais toi-même.

— Eh bien! je souffrirais! répondit-elle avec un
accent passionné qui effraya Antoinette.

— Allons, tu es folle. Tu oublies que M. Mérieul

sort de Paris. Spirituel et beau comme il est, crois-tu donc qu'il ait attendu de rencontrer la petite Éveline Tricault pour donner son cœur?

Éveline pâlit.

— Ah! c'est vrai, s'écria-t-elle, je n'y avais pas songé. Comme il doit être aimé, comme il doit aimer! Tu as raison, je suis une folle. Va, je ferai ce que je pourrai pour éloigner cette pensée de mon cœur, et je le pourrai, ajouta-t-elle avec fierté. D'ailleurs, je sais bien qu'il faut que j'épouse mon cousin.

Antoinette ne quitta Éveline qu'après avoir ramené le calme dans ce pauvre jeune cœur, ravagé soudainement par une de ces passions irrésistibles, une de ces passions exclusives parce qu'elles correspondent à toutes les facultés, à toutes les aspirations; une de ces passions souveraines qui s'emparent en un instant de toute la destinée.

Cependant, malgré ses efforts pour chasser l'image de Maurice, Éveline n'y réussit point. Elle était sous l'empire d'une sorte de domination magnétique, à laquelle ne pouvait se soustraire cette faible et nerveuse enfant.

Comme son agitation éloignait le sommeil, elle prit un livre de prières. Mais elle lisait les mots sans en comprendre le sens. Alors, oubliant toutes ses résolutions, et obéissant à un de ces attraits impérieux contre lesquels se révoltent en vain la volonté et la raison, elle se releva, alla prendre dans la bibliothèque le poëme de Maurice, et passa la nuit à relire les pages qui l'avaient le plus émue.

Ce poëme était certainement une œuvre de jeu-

nesse. Mais s'il y avait encore de l'inexpérience et de
la diffusion dans le style, si la critique des vices so-
ciaux s'y montrait trop acerbe, on y sentait une âme
ardente à la justice, une nature passionnée, un talent
vigoureux dans sa primeur. On y découvrait, à l'é-
tat encore imparfait sans doute, les qualités les plus
diverses : le charme du style, la finesse de l'observation, l'esprit, l'esprit qui est si rare, bien qu'on pré-
tende qu'il court les rues, et la pensée philosophique,
sans laquelle le littérateur n'est qu'un jongleur de
phrases.

Eveline, peu apte encore à juger ces hautes facultés, les appréciait d'instinct; mais ce qu'elle
comprenait le mieux, ce qui la captivait davantage,
c'étaient les analyses de sentiment, les scènes d'a-
mour. Maurice excellait à les rendre, tantôt avec les
nuances les plus délicates du psychologiste, tantôt
avec l'ardeur d'un cœur de vingt ans.

Pendant qu'Eveline s'enivrait à cette lecture émou-
vante, à quoi pensait Maurice?

Les trois amis, rentrés dans leur chambre, se livrèrent à une foule de réflexions plus ou moins hu-
moristiques sur les incidents de la journée, et sur
leurs nouvelles connaissances.

— A moi le Boitrot! s'écriait Noël en s'asseyant
devant une large feuille de papier. Il est à moi, entendez-vous? c'est ma propriété; regardez, mais n'y
touchez pas.

Et son crayon courait joyeusement sur le papier
blanc.

— O respectable bedaine! continuait-il en ryth-
mant ses paroles. Qui nous dira le nombre des flacons

de nectar engloutis dans tes profondeurs !... Est-ce le beaune, le clos-vougeot, ou bien le chambertin, qui ont fait germer ces rubis sur le sommet arrondi de ta trogne vénérable ? Ciel ! qui est-ce qui a mis ces langueurs sous ta molle paupière ?... Eve n'a jamais existé pour toi. J'en mettrais au feu.... mon crayon. C'est donc le brûlant xérès, le jamaïque enflammé qui font jaillir de ta prunelle bleu-clair ces incandescences. O vertueux potiron ! Non, un mandarin de faïence n'est pas plus inoffensif que toi. O moderne Grandgousier ! que ne suis-je Rabelais pour t'immortaliser !

En quelques coups de fusin, Noël avait tracé une caricature très-pittoresque de l'abbé Boitrot.

— A toi maintenant, héroïque Tricault ! ajouta le rapin.

Et il le crayonna, embrochant d'un seul coup avec un sabre démesuré deux ou trois douzaines d'insurgés.

Maurice ne prenait aucune part à la gaieté de ses compagnons. Il semblait préoccupé.

— A quoi penses-tu donc ? demanda Roger. Est-ce toujours à ton discours d'ouverture ?... Mais non... j'y suis... à la charmante fille de nos hôtes. Je crois en effet que tu as produit sur elle une certaine impression. Mais y a-t-il donc là de quoi tomber en élégie ?

— Ah ! tais-toi ! Cette belle enfant m'intéresse, il est vrai ; mais je serais désolé de lui causer, même involontairement, le moindre chagrin. Or, ne pouvant pas l'épouser, je ne dois songer ni à l'aimer, ni à m'en faire aimer.

— O vertu! Et cet absurde Caton a osé dire que tu n'étais qu'un nom! s'écria Noël.

— Si fait, si fait! ajouta Roger, avoue que tu es tant soit peu épris de cette ingénue.

— L'aimer! répondit Maurice avec une triste ironie; l'aimer, cette enfant qui, lorsqu'elle aimera, donnera tout son cœur! Ne faudrait-il pas la rendre heureuse, sous peine d'être un malhonnête homme? D'ailleurs, à nous autres, il nous faut peut-être, à défaut de notre idéal introuvable, les amours de haut goût, les coquettes de trente ans ou les courtisanes diaboliques; ces passions fiévreuses, en un mot, qui prennent la tête plutôt que le cœur. Mais l'ange, nous laissons cela à ceux dont le cœur est réglé comme une horloge!

Cependant, malgré son dédain pour les anges, Maurice dormit mal; son sommeil fut troublé par le gracieux fantôme d'Eveline, qui attachait sur lui un regard doux et profond.

Mérieul d'ailleurs n'était point aussi indifférent qu'il le voulait paraître, ou du moins son imagination était plus blasée que son cœur. Sa pauvreté, sa jeunesse studieuse l'avaient empêché jusqu'alors de donner beaucoup de temps à l'amour. Il n'avait guère connu que les amours faciles, et il prenait pour de la satiété le dégoût qu'elles lui inspiraient. Il y avait au contraire en lui, comme dans toutes les riches natures, une grande jeunesse de cœur, et cette sorte de naïveté particulière aux hommes qui ont plus vécu dans leur cabinet que dans le contact de leurs semblables. C'était par l'analyse et l'imagination, et par cette faculté qu'ont les poètes d'entrer dans la

situation et le caractère de leurs personnages, plutôt
que par l'expérience de la vie, qu'il arrivait à connaître les hommes.

Devant une feuille de papier blanc, il avait toutes
les hardiesses de l'esprit, toutes les audaces de la
pensée. Il se croyait sceptique, désillusionné; mais
dans la vie réelle, c'était presque un enfant. Et cependant il avait souffert, il avait connu la misère et
toutes ses déceptions. Mais les intelligences fortes
restent longtemps jeunes; le malheur même ne les
vieillit pas.

IV.

LE PÈRE BERTHAUD.

Le lendemain matin, Maurice se rendit à la ville.
Il se fit conduire chez le père Berthaud.

— Vous connaissez M. Berthaud? lui dit son cocher.
Ah! un bien brave homme, celui-là! et un savant,
un homme qui aime le pauvre monde. Il n'est pas
riche, mais tout ce qu'il possède passe en charités.
Et l'on ne peut pas dire qu'il fait le bien pour gagner le paradis, car il ne va jamais à la messe, et il déteste les cafards. Ils disent comme cela, dans un
certain monde, que c'est un impie. Mais qu'il soit ce
qu'il voudra, c'est un brave homme tout de même,
et qui rend plus de services que tant d'autres qui
fréquentent souvent le confessionnal. Les nobles le
méprisent parce qu'il est démocrate, comme ils disent; mais vous pouvez m'en croire, il y a bien des
nobles qui ne le valent pas, tout nobles qu'ils sont.
Dans les faubourgs, on se ferait écharper pour le

père Berthaud ; votre serviteur tout le premier. Car il m'a guéri d'une fièvre où les autres n'y pouvaient rien, ni les neuvaines, ni les cierges, ni tout le tremblement. Et le père Berthaud n'a jamais rien voulu, quoiqu'il *ait* fourni les remèdes.

Ce bavardage n'était point sans intérêt pour Maurice. Si M. Berthaud jouissait réellement de la popularité que lui prêtait cet homme, et s'il l'appuyait, son entreprise devenait moins téméraire. Ce ne fut donc pas sans une certaine émotion que Maurice entra chez son futur protecteur ; car de cette entrevue allait peut-être dépendre tout son avenir. M. Berthaud devait avoir reçu la veille une lettre de la mère qui lui annonçait la visite du fils. Mais depuis plus de trente ans que madame Mérieul avait quitté le pays, M. Berthaud, quelque affection qu'il eût eue pour elle, lui en conservait-il assez pour entreprendre une tâche aussi difficile ?

Il était dans son cabinet et attendait Maurice. Il relisait la lettre de Mme Mérieul. Cette lettre était ainsi conçue :

« Mon ami,

« Je vous envoie mon fils. Ma lettre ne le précédera que d'un jour. Avant de vous l'adresser, j'aurais pu vous écrire ce que j'espérais de vous, et attendre votre réponse ; mais pour me répondre en toute connaissance de cause, il fallait que vous le vissiez. Vous aussi vous subirez le charme de cette forte intelligence, de ce cœur loyal et généreux comme le vôtre, Antoine. Vous l'aimerez, j'en suis sûre, et vous saurez découvrir, aux belles lignes de son front, à son regard de lion, à son éloquence entraînante, que mon Maurice est un homme de grand avenir.

« Vous souriez peut-être en me lisant, et me croyez trop prévenue par ma tendresse ; mais attendez d'avoir vu pour juger.

« Or, voici ce que j'espère de vous, mon ami :

« Mon fils, d'après mes conseils, voudrait entrer dans la vie politique, à laquelle l'ont préparé de fortes études et des travaux d'économie qui ont été très-appréciés. Il voudrait se porter candidat à C... pour les prochaines élections. C'est sur vous que je compte pour le diriger dans cette audacieuse tentative. Votre influence est grande, je le sais, non-seulement à C..., mais aussi dans les environs, où vous répandez chaque jour tant de bienfaits. Recommandé par vous, et grâce à votre connaisssance approfondie des choses et des hommes, je crois que Maurice, malgré sa naissance, peut arriver.

« Mon ami, ah ! s'il fallait vous demander pardon de vous avoir fait souffrir en dédaignant votre amour, je le ferais en cet instant pour mon fils ; mais je connais la noblesse de votre cœur, Antoine, et, depuis longtemps, vous m'avez pardonné, ou plutôt vous n'avez jamais eu pour moi, au lieu de ressentiment, que de la pitié et de l'affection. Quoique depuis si longtemps nous soyons séparés, je viens vous trouver avec la même confiance que si nous nous étions quittés d'hier. Il y a des affections qui ne vieillissent point, parce qu'elles sont basées sur des sentiments élevés, et la nôtre est du nombre.

« Ecoutez, mon ami, vous savez que je ne suis pas superstitieuse ; et cependant je crois que nous sommes

3.

presque toujours, dès cette vie, punis d'une faute et
recompensés d'une bonne action. Souvent, il est vrai,
la bonne ou la mauvaise action entraîne immédiatement après elle sa récompense ou son châtiment;
mais encore, il est dans la vie des événements étran-
ges, inexplicables, des bouleversements de destinée,
des tortures secrètes qui semblent être de terribles
expiations; comme aussi il arrive tôt ou tard des joies
inespérées pour ceux qui, dans les circonstances difficiles, ont mis le dévouement et leur dignité au-dessus d'un bonheur égoïste.

« Ainsi, lorsque j'ai pu vous préférer, — à vous, si
noble de caractère et bon comme Dieu, — un homme
sans cœur, sans vraie noblesse, j'en ai été punie par
la honte et l'abandon. Mais lorsque vous êtes venu,
avec une bonté, une abnégation sans égale, m'offrir
de réparer la faute d'un autre, j'ai fait une louable
action en refusant d'unir une vie que le monde flé-
trissait à une réputation sans tache. Ne croyez pas
que je ne vous aimais point : je vous aimais alors;
mais ma conscience et ma dignité se révoltaient à
l'idée de vous faire partager mon déshonneur. Il m'a
fallu du courage sans doute pour préférer à une existence calme, honorée, heureuse, une vie pleine de
labeur et de misère. Croyez-vous, mon ami, que je
n'aie point lutté? Mais on est si brave à vingt ans, et
moi, j'étais follement héroïque. Je me disais : « Je
« conquerrai par le dévouement maternel l'estime
« que le monde me refuse aujourd'hui; je conquer-
« rai par mes propres forces une position honorable
« à mon enfant. »

« Pendant trente ans j'ai lutté avec un courage que

je puis proclamer aujourd'hui devant vous, puisque je touche au but de mes efforts. Ne suis-je pas déjà récompensée par mon fils, qui, malgré la position fausse que je lui ai faite, m'aime et me vénère; par mon fils qui est un homme de talent. Qu'il obtienne les libres suffrages de ses concitoyens, et voilà tous mes rêves réalisés; voilà des années entières de travail, d'inquiétudes et d'abnégation oubliées, réparées.

« Si vous saviez comme je l'aime, mon beau Maurice! Car, je l'ai enfanté, non pas une fois, mais à toutes les heures de sa vie, par d'inexprimables angoisses, par d'indicibles déchirements. On ne peut comprendre ce qu'il en coûte à une mère pauvre et délaissée d'élever son enfant.

« Et quand je pense que, malgré tout mon dévouement, toute la dignité de ma vie, je ne serai jamais qu'une fille séduite, une paria que le monde repousse comme indigne, tandis que l'homme qui a causé mon malheur, qui a lâchement abandonné son fils; quand je pense, dis-je, que cet homme vit honoré, estimé, au milieu d'une famille qui le vénère, et que cette même société qui me méprise, moi, pour avoir été faible un instant, non-seulement l'absout, lui, mais traite à peine sa coupable conduite de peccadille, oui, je me sens contre cette révoltante injustice de telles indignations que, dans mon impuissance à triompher de cette iniquité, il me semble parfois que la raison m'échappe.

« Une dernière prière : Maurice sait que je suis originaire de votre ville; mais il ignore que j'ai passé mon enfance à C...; il ignore aussi que son père habite cette ville; laissez-le, je vous prie, dans cette ignorance; car il haïrait cet homme à cause du mal qu'il m'a fait; et je redouterais, s'il venait à le rencontrer, quelque fâcheux conflit.

« Enfin, mon ami, je remets pour le moment l'avenir de mon fils entre vos mains.

« HENRIETTE. »

En relisant cette lettre, M. Berthaud sentait deux larmes couler le long de ses joues. Quelle émotion devait lui remuer le cœur pour provoquer en lui un tel attendrissement !

Antoine Berthaud pouvait avoir soixante ans. Il avait une laideur sympathique, une laideur qui rappelait celle de saint Vincent-de-Paul. Son œil noir et pénétrant brillait encore d'un éclat juvénile sous ses sourcils touffus et grisonnants. Sa forte tête, ses traits accentués, annonçaient une grande vitalité intellectuelle. Il y avait tant de pureté et de noblesse dans les rides du front, qu'elles l'embellissaient au lieu de le vieillir. Il devait à une existence active, mais régulière, passée à faire le bien, ce reste de jeunesse. Pourtant, dans la bouche et dans le bas du visage, on remarquait une expression de tristesse et d'amertume qui révélait une longue et secrète souffrance. Son geste était brusque, sa parole cassante et dure quelquefois; mais ses actions démentaient si bien ses paroles, que tout le monde l'aimait et l'abordait sans crainte. Les plus pauvres d'ailleurs étaient les mieux reçus.

Lorsque Maurice entra, M. Berthaud essuya précipitamment ses larmes, comme s'il eût rougi de son attendrissement, et rejeta vivement la lettre qu'il lisait, ainsi qu'une jeune fille surprise cache une lettre d'amour.

Puis il se leva, courut à Maurice et le serra dans ses bras.

Cette démonstration de tendresse était tellement en dehors de ses habitudes, que sa vieille ménagère en resta stupéfaite.

— Seigneur Dieu ! s'écria la Barbaude en retournant vers le cocher des Tricault, qui est-il donc ce beau garçon-là, que not' monsieur l'a embrassé ? et d'où vient-il ?

— Je n'en sais rien, répondit le cocher, il est arrivé hier au château avec deux autres *monsieurs. C'est des artisses*, à ce qu'ils disent.

— Des vétérinaires ?

— Non, des peintres. Des drôles de corps tout de même, qui n'engendrent pas la mélancolie. Ça doit être quelque chose que ces gens-là, car le château en est tout sens dessus dessous ; madame Tricault en est comme affolée ; elle a mis sa robe de velours. On les a reçus dans le grand salon, et à dîner on a allumé le *luste*. C'est moi qui sers à table ; on m'a fait mettre mes gants blancs.

— Et qu'est-ce qu'ils ont dit pendant le dîner ? demanda la Barbaude en se rapprochant du domestique.

— Je n'en sais rien du tout ; ils parlaient comme ça de livres, de l'art, toujours de l'art, et je ne m'imaginais pas ce que pouvait avoir à faire le *lard* avec les livres. Et puis tout plein d'autres mots baroques ; ça devait être de la politique... Enfin, je n'y

comprenais rien, tandis que d'habitude pas un mot
ne m'échappe. Je saisis tout ce qu'ils disent; je
pourrais même leur répondre, sauf à monsieur
l'abbé, qui parle quelquefois latin.

— C'est bien drôle tout de même, dit la Barbaude.

— Une idée ! ça pourrait bien être des savants de
Paris qui voyagent pour leur agrément.

— Ah ! ils viennent de Paris ?

— Oui, et comme le père Berthaud est un savant...

— Mais je vous dis que not' monsieur l'a embrassé, et j'ai vu quasiment des larmes prêtes à
rouler sur ses joues.

— Peut-être bien que les savants s'embrassent
comme ça quand ils se rencontrent.

— Nenni, nenni, M. Berthaud n'embrasse jamais
personne.

Barbaude, avant de retourner à ses fourneaux, ne
put résister à une terrible tentation de curiosité.
Elle alla écouter à la porte du cabinet du docteur;
elle n'entendit que très imparfaitement; mais elle
surprit plusieurs fois les mots « mon enfant », prononcés par M. Berthaud, avec un accent de tendresse.

— Serait-il bien possible, murmurait la Barbaude
en regagnant sa cuisine. M. Berthaud, un saint, quoi,
il aurait un fils ! A qui donc se fier, grand Dieu !

Elle se rappella alors que, il y avait environ trente
ans, le père Berthaud était revenu de Paris profondément triste ; et en rapprochant cette époque de
l'âge qu'elle donnait à Maurice, elle ne douta point
de la vérité de sa supposition. Elle se promit bien
d'ailleurs d'en avoir le cœur net.

Maurice avait répondu à l'étreinte du père Ber-

thaud avec l'élan de sa chaude nature. La plus entière expansion ne tarda pas à s'établir entre eux.

Après l'avoir longuement questionné sur sa mère,
sur ses travaux et sur ses projets,

— Mon enfant, lui dit M. Berthaud, votre mère
n'a pas trop présumé de mon amitié ; je tenterai tout
ce qui sera en mon pouvoir pour vous faire réussir.

— Je vous en remercie d'avance, dit Maurice.
Mais ne pensez pas, monsieur, continua-t-il avec
chaleur, que ce soit la vanité ou une ambition pure-
ment égoïste qui m'anime dans cette circonstance.
J'ose le dire : mon but est plus élevé ; je voudrais
servir mon pays dans la mesure de mes forces, uti-
liser à son profit les études sérieuses que j'ai faites
en économie politique ; je voudrais l'aider, pour
ma part, à combattre cette faction cléricale qui
a juré la ruine des principes nouveaux ; à dégager
la religion des superstitions qui en compromettent le véritable esprit ; à donner au peuple des
notions saines et positives ; à régénérer la morale
aux sources de la dignité et de la solidarité humaines ; enfin, à créer par tous les moyens possibles
l'association et le bien-être qui moralisent. Quiconque
marchera dans cette voie sera le véritable soldat de
Dieu et de l'humanité.

Puis Maurice développa à larges traits sa théorie
du progrès, basée à la fois sur les tendances natives
de l'homme et sur les sciences expérimentales.

Sous l'influence de sa parole entraînante, sous la ma-
gie de son regard, le père Berthaud comprit les enthou-
siasmes maternels de madame Mérieul. Il crut comme
elle que Maurice avait devant lui un grand avenir.

— Croyez-vous, reprit Maurice, que j'aie quelque chance de succès ?

— Je ne puis absolument rien prévoir. Autrefois, les électeurs se comptaient, et, dans un pays où tout le monde se connaît, il était facile de prédire, à quelques voix près, le résultat de l'élection. Mais depuis le suffrage universel, j'en ai fait l'expérience lors de nos dernières élections municipales, jusqu'au dernier moment on ne sait rien de positif. Ainsi, nous comptions sur le triomphe de notre parti, nous avions des promesses formelles, mais la coterie cléricale travaillait dans l'ombre, et nous avons échoué.

— Il s'agissait, fit observer Maurice, d'élections municipales. La lutte devait être d'autant plus acharnée que le théâtre en était plus restreint.

— Vous avez raison, et, de plus, l'intérêt des deux partis était opposé : nous voulions que les fonds disponibles de la ville fussent affectés à l'exécution d'un chemin de première importance pour le pays, et les cléricaux demandaient qu'avant tout on procédât à des réparations de l'église, qui n'étaient ni utiles ni urgentes, et qui vont nous coûter cinquante à soixante mille francs. Avec cette somme, nous aurions ouvert un chemin nécessaire à l'exploitation des mines de schiste, une industrie nouvelle dans le pays, destinée à prendre une grande valeur et à donner un peu d'activité à notre ville assoupie dans une funeste indolence.

— Ainsi, demanda Maurice, ici comme ailleurs, vous avez deux partis bien tranchés ?

— Pas précisément. Dans notre ville, il y a des rivalités de castes plutôt que d'opinions politiques

proprement dites. Ainsi le commerce et les faubourgs
sont opposés à la noblesse qui fait cause commune
avec le clergé. L'administration tient le milieu entre
ces deux antithèses.

— Pourtant, vous avez dans le département une
population active. Ne s'y trouve-t-il pas des forges,
des mines, des usines qui occupent un grand nombre
d'ouvriers ?

— Oui, mais cette population y est peu nom-
breuse, si on la compare à la population agricole.
Assurément, en principe, il est parfaitement équi-
table que tous les gouvernés, riches ou pauvres,
soient admis à choisir leurs gouvernants ; et, quand
on a obtenu un pareil progrès, peu importent, n'est-
ce pas, les abus qu'il peut momentanément entraîner. Mais laissons le principe de côté : parlons du
fait. Ici, le peuple des campagnes est profondément
indifférent à toutes les questions qui ne le touchent
pas directement. Quand il s'agit d'élections municipales, ses intérêts, ses rancunes, ses parentés ou ses
affections le dirigent ; mais dans une question d'intérêt général, comme l'élection d'un député, il est
trop ignorant, trop apathique, trop paresseux d'esprit pour pouvoir juger par lui-même. C'est l'opinion
de tel ou tel qui le mène. Ah! mon jeune ami, je ne
me fais aucune illusion sur ma popularité. Pourquoi
exercé-je une certaine influence dans ce pays? Parce
que je soigne les pauvres, quand ils sont malades,
et leur viens en aide dans le besoin. Beaucoup d'entre eux suivent mon impulsion, non pas tant par
reconnaissance pour les services que je leur ai ren-
dus dans le passé, que pour ceux qu'ils attendent de

moi dans l'avenir. Voilà, dans cette contrée, les gens
de la campagne. Peut-on leur en vouloir? Ils sont ce-
qu'ils peuvent être, ces pauvres ignorants, esclaves
du travail et de la misère.

— Croyez-vous, demanda Maurice, que je ne devrais pas m'installer dans le pays, y rester jusqu'aux
élections, fonder, pour m'y faire connaître, une
feuille, une *Revue*, que sais-je?

— Je n'en vois nullement l'utilité. Au contraire :
comme écrivain de Paris, vous pouvez obtenir ici un
certain prestige, qui diminuerait, soyez-en sûr, si
vous consacriez votre plume à la rédaction d'une
petite feuille de province. Croyez-moi, retournez
tranquillement à Paris, et, puisque vous avez accès
dans les *Revues* scientifiques et économiques, faites-y
paraître quelque travail sérieux sur les besoins de
notre arrondissement, et sur l'importance qu'il pourrait acquérir par l'exploitation de ses richesses na-
turelles, y compris ses mines de schiste encore peu
connues. Je vous fournirai sur ce sujet toutes les
notes nécessaires. Un travail bien étudié sur cette
question vous gagnera tous les propriétaires d'usines et tout le commerce de la ville. Vous y ajouterez
quelques considérations sur l'état agricole de notre
pays, sur les efforts de nos cultivateurs pour amé-
liorer un sol ingrat. Vous reproduirez cette étude
consciencieuse dans une brochure que je me char-
gerai de propager. Nous répandrons aussi vos poésies
parmi les femmes. Enfin, arrivez-nous trois semaines
seulement avant les élections, avec une profession
de foi bien conditionnée, et je crois que notre bar-
que, sans être à l'abri toutefois des rafales et des

coups de vent, a quelque chance d'arriver à bon port.

— Pauvre mère ! dit Maurice, elle serait si heureuse de mon succès !

Ces seuls mots résumaient tous les sentiments qui l'animaient : la joie, la reconnaissance, l'espérance. Il saisit la main de M. Berthaud et la serra chaleureusement.

— Chez qui donc êtes-vous descendu? demanda M. Berthaud.

Maurice raconta la rencontre qu'il avait faite de Victor et la réception empressée des Tricault dans leur castel d'Aulny.

— Vous connaissez donc Victor de Castelneux? dit M. Berthaud avec une certaine anxiété.

— Oui, nous nous sommes vus quelquefois chez un peintre, notre ami commun.

— Sait-il le véritable nom de votre mère, votre origine ?

— Il sait que ma famille est originaire de ce pays-ci, voilà tout.

— Si j'ai un avis à vous donner, reprit le père Berthaud, qui parut pensif, ne restez pas trop chez ces gens-là. M. de Castelneux, l'avocat juge suppléant, a bien une certaine popularité dans la contrée; il y jouit d'une réputation de loyauté et d'honneur; mais c'est une réputation qui n'est méritée qu'à moitié. Je le connais de longue date. C'est un de ces hommes, comme il y en a tant, dont la vie publique est intègre, mais dont la vie privée est beaucoup moins louable. Consciencieux en tout ce qui touche à la loi, il n'est rien moins que délicat dans les questions intimes que n'atteignent ni le code ni les préjugés. En somme, c'est un parfait égoïste, qui ne vous servira pas, soyez-en sûr, non-seulement parce que vous êtes libéral et qu'il appartient au parti opposé, mais parce qu'il ne sert son prochain que pour le profit qu'il peut en tirer. En somme, c'est un cagot. Quant aux Tricault, ils vous nuiraient beaucoup plus qu'ils ne pourraient vous servir, car ils se sont aliéné à la fois la noblesse, la bourgeoisie et le haut commerce par leur étalage de richesse et par leur morgue ridicule. Croyez-moi, retournez à Paris le plus tôt possible.

— Je suivrai votre conseil, répondit Maurice, et viendrai bientôt vous faire ma visite d'adieu.

Maurice retourna à Aulny, l'esprit un peu rasséréné par les espérances que lui avait données le père Berthaud.

Il était tout entier à ses pensées d'avenir, et l'image d'Eveline s'était un peu effacée de son souvenir.

Quand, à son retour, il annonça son départ pour le surlendemain, ses amis et la famille Tricault protestèrent contre cette résolution. Pendant son absence, on avait organisé, en l'honneur des artistes, une grande chasse pour ce jour-là. Les invitations étaient déjà parties. Madame Tricault était désolée de ce contre-temps; car la marquise de Fontanans avait donné les jours précédents une fête analogue.

Mais l'annonce de ce départ si brusque impressionna surtout Eveline. Lorsque le lendemain, Maurice vit sa pâleur, ses paupières fatiguées par les larmes et l'insomnie, son regard alangui et tendre, attaché sur lui avec une naïve expression de reproche et de douleur, il se sentit profondément troublé.

Les conseils du père Berthaud ne lui semblèrent plus suffisamment justifiés. Qu'importait qu'il restât chez les Tricault un jour de plus ou de moins! D'ailleurs, il désirait rester, et l'on trouve toujours de bons sophismes pour légitimer ses désirs. Il resta.

Mais revenons un instant à dame Barbaude, la ménagère de M. Berthaud. Durant toute la journée, elle avait eu l'esprit tracassé par la visite de ce beau jeune homme qu'elle supposait avoir avec M. Berthaud quelque lien de parenté mystérieuse.

Vers le soir, sa curiosité étant arrivée au paroxysme, elle se glissa sous un prétexte quelconque, dans la chambre de son maître, occupé à écrire.

La Barbaude, qui connaissait le cœur humain, essaya d'adresser une flatterie à l'orgueil paternel.

— Vous avez eu ce matin une bien belle visite! Quel beau brin d'homme, tout de même!

M. Berthaud ne répondit pas.

— La flatterie n'a pas de prise sur lui, pensa la Barbaude; j'aurais dû m'en souvenir. Retournons not' charrette.

— On voit bien que ce monsieur-là vient de Paris, car il a tout l'air d'un freluquet. Et puis c'est fier! il ne m'a pas seulement ôté son chapeau en sortant.

Même silence de la part de M. Berthaud.

— Allons! il n'est pas en train de parler ce soir, pensa de nouveau la Barbaude.

Mais sa curiosité n'était pas facilement désarçonnée. Elle essaya de frapper un grand coup.

— On dirait néanmoins, hasarda-t-elle timidement, qu'il vous ressemble un petit peu.

— Ah! voilà qui est trop fort! dit en souriant M. Berthaud. Je suis donc fier? j'ai donc l'air d'un freluquet?

— Tiens, vous m'entendiez donc? Vous n'aviez pas seulement l'air de m'écouter. Mais quand je dis qu'il vous ressemble, ce n'est pas cela que je veux dire. Il a votre œil, voilà! Et quand vous aviez trente ans, vous n'étiez pas non plus trop mal bâti. Quand je suis entrée à votre service, vous reveniez de Paris, et, ma foi!...

— Ma foi, quoi?

— Ma foi! dit la Barbaude qui, ayant franchi les bornes de la discrétion, ne voulait plus reculer, vous aviez l'air bien triste, et je ne serais pas étonnée que ce beau garçon-là n'y fût pour quelque chose.

M. Berthaud resta un moment interdit. Il crut que la Barbaude savait la vérité; mais il ne pensa pas qu'elle lui attribuait à lui-même cette paternité.

— Taisez-vous, Barbaude, dit-il avec sévérité; vous êtes une curieuse et une bavarde; laissez-moi, je veux travailler.

Dans ce ton sévère, qui ne lui était pas habituel, la Barbaude crut découvrir une preuve de la vérité de ses soupçons.

Le soir même, elle racontait à sa voisine, sous le sceau du plus grand secret, que M. Berthaud avait un fils naturel, qui était venu de Paris tout exprès pour le visiter.

On verra plus tard quel fut le résultat de cette indiscrétion.

V.

LA CHASSE.

Pour la première fois, Maurice se sentait réellement aimé. Malgré les conseils de M. Berthaud, nous dirions, en dépit de la raison, s'il n'était avéré que la raison est la très-humble servante de la passion, Maurice fit comme tout le monde en pareil cas, il se persuada qu'il avait raison d'aimer. Et d'ailleurs, s'il parvenait à la position qu'il ambitionnait, ne pouvait-il donc prétendre à la main de mademoiselle Tricault? Toutefois cet espoir n'était que très-vaguement formulé dans son esprit; et il correspondait à une pensée honnète, qui lui interdisait toute tentative de séduction.

Si Éveline était captivée par cette puissante nature, de son côté Maurice se trouvait dominé par cette frêle et poétique organisation. Sans doute il n'eût pas provoqué l'amour d'Éveline; il se fût fait scrupule d'abuser ainsi de l'hospitalité et de surprendre un cœur promis à un autre; mais Éveline venait à lui, et il se sentait profondément touché de cet amour ingénu.

Que de théories n'a-t-on pas faites sur le véritable amour! Chacun émet la sienne. La meilleure, à notre avis, est de n'en pas avoir. En effet ce sentiment présente autant de nuances qu'en offrent les caractères et les intelligences. Chacun aime comme il peut aimer. En outre, comme les exigences de la morale amènent fréquemment des luttes entre la passion et le devoir, il se produit une foule de déviations, de récurrences de l'amour. Comment, dès-

lors, soumettre ce sentiment à une théorie absolue?

Sans avoir de prédilection pour le *coup de foudre*,
sans croire non plus à ces prédestinations de l'amour,
sans admettre ces moitiés d'âme égarées qui se
cherchent dans l'espace, et qui se reconnaissent dès
qu'elles se rencontrent, ni toutes ces sentimentalités
plus ou moins germaniques, nous constatons cependant que Maurice et Éveline s'aimèrent dès le premier jour. C'est là un fait psychologique plus fréquent qu'on ne le pense chez les natures impressionnables, à imagination vive.

Cependant ils n'osaient encore se l'avouer; mais
ils l'avaient lu dans leurs regards, ils l'avaient deviné
par cette identification de la pensée qui est un des
premiers effets et un des plus grands charmes de
l'amour.

Le territoire de C... est encore très boisé; c'est un
pays de grandes chasses. M. Tricault possédait une
vaste étendue de forêts.

Victor avait invité tous ses amis pour la chasse
projetée. Quelques-uns, parmi eux, appartenaient à
la *société;* mais, chasseurs avant tout, ils avaient sacrifié au plaisir de la vénerie leur morgue à l'endroit
des Tricault.

Ce fut donc un beau jour pour Marie-Thérèse que
celui où elle put compter parmi ses convives de nobles gentilshommes.

La fête fut magnifique; rien n'y manquait : pi-
queurs en livrée, chevaux pur sang, calèches brillantes et festin royal. La marquise de Fontanans était
dépassée.

Selon le désir de sa mère, Eveline avait dû suivre la chasse à côté d'elle. Montée sur un gracieux coursier, la jeune châtelaine passait comme une fée de l'air à travers les grands arbres de la forêt.

Quant à madame Tricault, elle eût bien voulu apparaître, comme les nobles chasseresses du moyen-âge, un faucon au poing; mais elle n'avait pu se procurer le moindre volatile de cette espèce.

Tandis qu'on poursuivait le dernier chevreuil, Eveline et Maurice, que les péripéties du lancer et de l'hallali n'intéressaient que médiocrement, cherchaient à se rejoindre. Un moment ils se trouvèrent seuls à quelque distance des autres chasseurs. Ils restèrent quelques instants, sans se parler; puis, comme ce silence devenait embarrassant, ils parlèrent, sans savoir ce qu'ils disaient, de choses indifférentes. En cheminant ainsi, au hasard, ils arrivèrent sur la lisière du bois, et tout à coup s'offrit à leurs regards dans le lointain la magnifique vallée de C...

Cette vallée, toute célèbre qu'elle soit, ressemble beaucoup à toutes les vallées du monde : des montagnes de tous côtés, une rivière au milieu, qui serpente plus ou moins; des villages, des villas, des bouquets d'arbres, des prairies, des champs de blé; puis dans le fond apparaît, adossée à une montagne, une ville grise ornée d'un grand clocher blanc. C'est la ville de C..., qu'on croirait endormie depuis plusieurs siècles sous un immense bonnet de coton.

Nous devons avouer qu'Eveline et Maurice étaient pour le moment fort indifférents aux splendeurs du paysage; mais, dans leur situation d'esprit, c'était un sujet de conversation.

4

— Ainsi votre départ est fixé à demain ? demanda
Eveline d'une voix où vibrait une émotion mal conte-
nue. Ce beau pays n'aura donc pas le pouvoir de vous
retenir ?

— Il m'est impossible de rester, répondit Maurice ;
mais je ne voudrais pas, mademoiselle, vous laisser
l'opinion que je renonce à votre gracieuse hospitalité
pour un motif futile. Il s'agit d'une chose grave qui
intéresse, non-seulement mon avenir, mais aussi mes
affections.

Il faisait allusion en même temps à ses projets
et à sa mère ; mais Eveline attribua un autre sens à
ses paroles.

— Ah ! je comprends, dit-elle avec un triste sourire.

Ils restèrent de nouveau silencieux. Maurice avait
deviné la naïve jalousie d'Eveline. Il se disait : « Pauvre enfant ! lui causer un chagrin, et lui laisser ce
doute sur le cœur ! Ne vaut-il pas mieux lui tout
avouer ? »

Il y était entraîné par bonté, et il ne résistait que
par prudence ; mais il avait pour principe que les im-
pulsions généreuses sont toujours les meilleures,
dût-on en être dupe quelquefois. Enfin il lui sembla
voir perler une larme aux paupières d'Eveline, et
toutes les recommandations de M. Berthaud ne pe-
sèrent plus un fétu devant cette larme. Il reprit :.

— Quoique je ne vous connaisse que depuis trois
jours, mademoiselle, j'ai en vous une telle confiance,
que je vais vous dire ce qui me préoccupe, bien
qu'une indiscrétion puisse en compromettre le succès.

Eveline ne répondit pas; elle tremblait de bonheur.

— D'ailleurs, reprit Maurice, fort ému lui-même, je serai heureux de penser que j'ai quelque part une amie qui s'intéresse à mon succès et qui parle de moi au bon Dieu dans ses prières. Car vous prierez pour moi, n'est-ce pas, si je vous confie mon secret?

— Oh! oui, je prierai bien pour vous, dit Eveline.

Maurice lui confia alors son projet, ainsi que les espérances que lui avait données M. Berthaud. Puis il ajouta :

— Recevez donc, avec mes adieux, l'assurance que je conserverai éternellement le souvenir du gracieux intérêt que vous voulez bien me témoigner.

— Vos adieux! répéta Eveline.

— Hélas! oui, répondit Maurice; qui sait si jamais nous nous reverrons? Vous allez vous marier, et...

— Monsieur Mérieul, interrompit Eveline, pâle d'émotion, j'ai à mon tour à vous confier un secret : je n'aime pas mon cousin. Je l'épousais par convenance de famille, pour obéir à ma mère, et puis... parce que je n'en aimais pas un autre. Mais à présent...

Elle hésita. On entendait le galop d'un cheval qui approchait. Elle reprit vivement :

— Les élections auront lieu dans six mois. Vous reviendrez alors. Je n'épouserai pas mon cousin avant cette époque; vous pouvez compter sur ma parole.

Et elle lui tendit la main. Maurice prit cette main et la baisa.

Ils étaient encore bouleversés de cet aveu, de ce baiser, lorsque M.'de Castelneux, le père de Victor, les rejoignit. Il observa l'altération de leur visage, leur trouble, et le silence qui, à son approche, succéda immédiatement à leur conversation animée. Il leur adressa quelques questions auxquelles ils répondirent maladroitement. Dans sa longue carrière de jurisconsulte, il avait acquis l'habitude de scruter les consciences, de deviner la pensée par la physionomie. Eveline rencontra son regard pénétrant, et rougit. Pour lui, cette rougeur équivalait presque à une certitude.

— Il faut que je les surveille, pensa-t-il, et que je sache positivement ce qu'il en est.

Roger vint annoncer à cette paresseuse arrièregarde le décès du troisième chevreuil.

Au moment où il les abordait, Maurice et M. de Castelneux cheminaient côte à côte, et le profil du jeune homme se détachait sur celui du jurisconsulte. L'artiste fut un instant frappé d'une certaine ressemblance qu'il crut observer entre ces deux profils. Seulement le visage de l'avocat lui parut être la caricature du visage de Maurice. Une pensée singulière lui traversa l'esprit; mais aussitôt M. de Castelneux se retourna. Ses traits, vus de face, n'offraient plus aucune ressemblance avec ceux de Maurice ; autant la physionomie de M. de Castelneux était sombre, tourmentée, exprimait de dissimulation et de sécheresse de cœur, autant la figure de Maurice était ouverte, sympathique, annonçait de bonté et de droiture. Evidemment il n'y avait aucun rapprochement possible entre ces deux visages, et Roger ne s'arrêta pas davantage à sa première impression.

Les retardataires rejoignirent la chasse, et l'on revint triomphalement au château.

Maurice, tout entier aux nouvelles pensées qui l'assiégeaient, ne prit plus aucune part à la gaieté de ses compagnons.

Éveline, au contraire, était rayonnante de bonheur. Son oncle remarqua l'exaltation de son visage, et fut confirmé dans les soupçons qu'il avait conçus.

Le soir, après souper, Éveline, au lieu de remónter chez elle, suivit Antoinette dans sa chambre. M. de Castelneux l'observait.

— Elle confie tout à sa tante, pensa-t-il, elle va lui dire ce qui s'est passé entre elle et M. Mérieul.

Il ne se trompait pas.

Dès qu'Éveline se trouva seule avec Antoinette, elle se jeta dans ses bras, en pleurant de joie.

— Il m'aime, il m'aime, ma tante chérie ! J'en suis sûre. O mon Dieu ! quand je pense que j'aurais pu me marier et ne jamais connaître ce bonheur-là ! Être aimée, aimée par lui, par un homme d'un si beau talent !...

Elle riait, pleurait, embrassait sa tante ; elle lui raconta toutes les confidences de Maurice.

Antoinette écoutait Éveline avec consternation.

— Pauvre enfant, dit-elle en soupirant, que de chagrins tu te prépares !

— Souffrir pour lui, repartit Éveline, c'est encore du bonheur.

Antoinette chercha vainement à la raisonner.

— Écoute, petite tante, répondit-elle gaiement, crois-moi, garde tes beaux sermons : rien n'y fera.

4.

Je l'aime de tout mon cœur, et s'il me fallait mourir
pour lui, je donnerais ma vie sans le moindre regret.
Quant à mon cousin, ne m'en parle pas, je le déteste !

— Je veux bien n'en pas parler; mais ta mère en
parlera, et... Crois-moi, ajouta-t-elle en l'embrassant,
tu n'es pas de force à entreprendre une lutte pareille.
Tu seras brisée par ta mère et par ton oncle. Ils m'ont
bien brisée, moi, et j'étais plus forte que toi.

— Tu n'aimais pas comme j'aime, voilà tout !
Pourvu qu'il m'aime toujours, lui, nous vaincrons,
va, sois tranquille.

Toutefois, les dernières paroles de sa tante l'avaient
frappée. Elle la quitta, le cœur attristé par de vagues
appréhensions.

VI.

PERPLEXITÉ.

Le lendemain, Maurice, après avoir passé, lui aussi,
une nuit fort agitée, annonça à ses amis que son départ était encore remis d'un jour. Il se rendit à la
ville, et alla trouver M. Berthaud.

L'excellent homme savait déjà la fête donnée par
les Tricault, et il gronda Maurice d'avoir retardé son
départ.

— Je l'ai retardé pour deux motifs, répondit Maurice un peu embarrassé; deux motifs que peut-être
vous n'approuverez pas. Je suis resté à Aulny d'abord
par faiblesse, pour céder aux vives instances de mes
hôtes, et en même temps pour ne pas priver des plai-

sirs qui leur étaient promis mes compagnons de voyage.

— Quels compagnons?

— Un peintre de beaucoup de talent et de renom-mée, mon meilleur ami, et son élève, un brave gar-çon plein d'esprit et de joyeuse humeur, encore très-écervelé, mais qui, lui aussi, sera célèbre un jour.

M. Berthaud avait remarqué l'embarras de son jeune ami.

— Est-ce bien là l'unique raison qui vous a fait négliger mon conseil? lui demanda-t-il en hochant la tête d'un air de doute.

Maurice hésita un instant, puis, se décidant à parler:

— Eh bien! non, reprit-il, ce n'est point là l'uni-nique raison. Mais comment vous avouer cela sans me faire passer à vos yeux pour un étourdi! Sachez-le donc, je suis resté... parce que j'aime...

— Vous aimez? s'écria M. Berthaud ébahi.

— Oui, j'aime mademoiselle Tricault, et, bien plus, vous allez maintenant me prendre pour un fat, j'en suis aimé.

— Vous aimez mademoiselle Tricault, répéta le vieillard de plus en plus stupéfait. Ce que vous me dites est invraisemblable; cependant, je vous crois. Mais je vais vous donner un sage conseil: que vous aimiez mademoiselle Tricault par ambition ou pour elle-même, jamais M. de Castelneux, et moins en-core madame Tricault, toute bonnetière qu'elle ait été, ne consentiront à vous donner en mariage ma-demoiselle Éveline. Vous pouvez m'en croire, je con-nais parfaitement le terrain.

— Même si j'arrivais à la position que je désire?

— Même en ce cas.

En parlant ainsi, bien que M. Berthaud se fît impénétrable, Maurice crut remarquer une certaine altération dans sa voix.

— Mais enfin, pourquoi dois-je renoncer à tout espoir d'épouser mademoiselle Éveline Tricault? insista Maurice. Je suis enfant naturel, c'est vrai; mais dans notre siècle, une position élevée, acquise par le mérite personnel, équivaut au moins à une position léguée par des aïeux, dont la noblesse a souvent une origine peu avouable.

—Eh bien! mon enfant, essayez d'émettre cette opinion devant madame Tricault, et vous verrez ce qu'elle en pense. Écoutez, Maurice, je vous aime comme si vous étiez mon fils; peut-être même savez-vous qu'il n'a pas tenu à moi si je ne vous ai point adopté. Eh bien, je vous en prie, au nom de votre mère, rompez avec mademoiselle Tricault. En cinq jours, que diable! vous ne devez pas encore être bien amoureux. Je connais peu mademoiselle Tricault; je sais seulement que c'est une charmante fille, qui n'a aucun des travers de sa mère. Il se pourrait donc que par la suite vous l'aimassiez sérieusement. Or, croyez-moi, cet amour ne pourrait que vous être funeste.

— Pourquoi encore?

— Parce que... parce que... je connais le terrain, vous dis-je.

—Soit; je suivrai votre avis, je partirai; mais avant de vous dire adieu, permettez-moi de vous adresser une question qui m'intéresse au plus haut point, vous le comprendrez, et qui était l'un des buts secrets de mon voyage. Il y a plus de trente ans que vous connaissez ma mère, vous devez donc savoir quel est mon père. Si cette question est délicate, la réponse, je le sais, ne l'est pas moins. Quoique je me soucie peu d'un homme qui ne m'a donné le jour que pour m'abandonner, vous avouerez que ma curiosité est assez légitime.

— Mon enfant, répondit M. Berthaud, qui ne voulait point enfreindre la défense que lui avait fait madame Mérieul, et qui d'ailleurs voyait de graves inconvénients à une pareille révélation, je n'ai à cet égard que de vagues soupçons, qu'il serait coupable à moi de vous faire partager. Du reste, puisque votre mère ne vous a pas révélé ce secret, c'est qu'elle a jugé prudent de vous le cacher encore. Ne me questionnez donc pas, je ne puis rien vous dire. Cela posé, revenons à votre prétendue passion pour mademoiselle Tricault. Si je vous engage à comprimer le sentiment plus ou moins vif qui vous entraîne, dites-vous, vers elle, c'est que les opinions et les antécédents de ses parents, tels que je les connais, ne vous laissent aucune chance d'être agréé par eux; c'est aussi qu'il serait humiliant pour votre dignité de chercher à entrer par surprise dans une famille qui vous répudierait. Enfin ce serait compliquer votre situation actuelle, déjà si difficile; ce serait compromettre votre avenir par des projets de mariage irréalisables.

Maurice se laissa persuader.

Il promit donc à M. Berthaud de prendre congé des Tricault dès le lendemain, sans rémission.

Toutefois, les lectrices sensibles savent le cas qu'elles doivent faire d'une semblable résolution.

Elles regarderaient certainement notre amoureux comme bien plus coupable de la tenir que d'y manquer.

VII.

LE DÉPART.

Maurice retourna donc à Aulny.

Le temps était splendide. C'était une de ces suaves journées d'automne où la lumière est veloutée, où l'atmosphère est saturée de parfums, où la nature qui jette sa dernière sève, semble dire, devant la décadence qui la menace : aimez, jouissez vite ; l'amour, le bonheur sont ce qu'il y a de plus sérieux au monde ; ils sont le but de la vie.

Le cœur de Maurice était à l'unisson avec toutes ces harmonies, car, en dépit de ses résolutions, il aimait.

Est-ce à dire qu'il éprouvât pour cette jeune fille qu'il connaissait à peine une bien profonde tendresse ? Non, sans doute ; mais, n'ayant jamais sérieusement aimé, il avait la curiosité du cœur, si l'on peut s'exprimer ainsi. L'amour d'Éveline lui faisait entrevoir tout un ordre d'émotions nouvelles ; et ce genre d'amour, qui avait pour lui l'attrait de la nouveauté, lui offrait encore une curieuse étude psychologique.

— Elles sont si rares, pensait-il, ces natures complétement organisées pour l'amour. J'aurais rencontré par hasard un pareil bonheur, et j'y renoncerais par un calcul exagéré de prévoyance ? Dois-je donc repousser un cœur sincère qui vient à moi ? Ne se-

rait-ce pas montrer une délicatesse excessive, ridicule même selon les idées reçues? Enfin, ma naissance ne me met-elle pas un peu hors de la loi qui
régit les relations ordinaires?

Lorsqu'il arriva à Aulny, Éveline se trouvait seule
au bas de la terrasse.

Elle était vêtue d'un frais et simple négligé du
matin de couleur bleu-tendre, dont les teintes suaves
se reflétaient sur son visage. Ses cheveux relevés dé-
couvraient ses tempes d'un blanc velouté, veiné de
bleu, et une petite oreille rose aux enroulements
délicats et purs. Deux longues boucles retombaient
sur son cou blanc, de cette blancheur transparente
qui resplendit au soleil. Elle avait subi la transfigu-
ration de l'amour, de l'amour heureux. Sa taille
était plus souple ; sa démarche un peu languissante
avait d'inconscientes coquetteries ; ses yeux, d'un
bleu plus sombre, baignés d'un fluide lumineux,
jetaient un rayonnement magnétique : ils exprimaient à la fois une joie recueillie et une chaste langueur. Sa douce voix, qui tremblait un peu, révélait
une émotion profonde qu'elle cherchait à dominer.
Elle était pâle ; mais à la vue de Maurice elle rougit,
et sa beauté acquit son complet épanouissement,
semblable à ces fleurs que la lumière seule du soleil
fait éclore.

Maurice était assez poète et assez observateur pour
saisir toutes les nuances de cette magnifique florai-
son de la jeunesse qui s'éveille à l'amour.

La résolution de Maurice était chancelante ; il lut-
tait encore, mais à l'aspect de cette délicieuse enfant
dont l'âme tout entière passait dans les regards pour

lui dire naïvement : « Je vous aime, » il fut vaincu.

— Le sort en est jeté ! pensa-t-il. Quoiqu'il puisse arriver, j'aimerai.

Il serra tendrement la main d'Éveline, qui répondit timidement à son étreinte.

— Vous êtes sorti de bien bonne heure ce matin, lui dit-elle.

— J'avais à parler à M. Berthaud. Il m'accorde encore un jour ; je ne partirai que demain.

— Un jour seulement ? reprit-elle avec une petite moue d'enfant gâté.

— Hélas ! répondit Maurice, croyez-vous qu'après l'espoir que vous m'avez donné hier, je ne sois pas bien attristé de vous quitter si tôt ? Mille apréhensions assiégent mon esprit.

— Ah ! vous n'avez pas confiance en moi, je le vois bien, dit-elle avec des larmes dans la voix.

— Si, j'ai foi en vous. Mais me connaissez-vous assez pour m'aimer, malgré tous les obstacles qui nous séparent ? Enfin, Victor reste auprès de vous, et moi, je vais partir !

En cet instant, M. de Castelneux se trouvait sur le perron qui dominait la terrasse ; toutefois il ne pouvait être aperçu des deux interlocuteurs.

— Je suis malheureux de vous quitter ainsi, reprit Maurice, j'aurais voulu vous parler plus lontemps, vous raconter ma vie, et vous dire aussi combien je suis reconnaissant de l'affection que vous me témoignez. Mais le moment et le lieu ne sont point propices. Je ne puis que vous répéter en deux mots quels sont les motifs de mon départ.

Maurice alors raconta sommairement à Éveline la

conversation qu'il venait d'avoir avec M. Berthaud ; et Éveline, pour le rassurer, lui exprima tout l'éloignement qu'elle éprouvait pour Victor.

— Que de choses j'aurais à vous dire encore ! ajouta-t-il. Ne puis-je donc vous parler quelques instants sans crainte ?

Il aperçut en ce moment même M. de Castelneux, et se tut.

Éveline hésitait.

M. de Castelneux se voyant découvert, descendit le perron à la rencontre des jeunes gens.

— Eh bien ! ce soir, à onze heures, dans cette allée de charmilles que vous apercevez là-bas, dit vivement Éveline.

Elle prononça ces paroles à voix basse : car en cet instant son oncle les rejoignait.

Maurice n'avait point prémédité cette demande d'entrevue. L'apparition de M. de Castelneux la lui avait seule inspirée.

Le reste de la journée n'offrit aucun incident remarquable. Mais la soirée fut très gaie.

Pendant que Maurice discourait poésie avec Antoinette et Eveline, Noël engageait avec l'abbé Boitrot une discussion théologique. Il se donnait pour mahométan, et le candide abbé entreprenait gravement de le convertir.

— Comment se fait-il que, étant Français, vous soyez musulman ? lui demandait l'abbé avec ingénuité.

— J'entends, répondait Noël ; vous voulez savoir l'histoire de la grandeur et de la décadence de la famille Lecrique ?

5

— Je ne voudrais pas commettre d'indiscrétion; cependant...

— Il n'y a pas d'indiscrétion, vénérable monsieur Boitrot. Cette histoire, la voici, dit Noël avec une gravité comique. Mon père, Français d'origine, est né à Constantinople. Il était employé à la Porte (on se souvient que le père de Noël était concierge). On l'avait préposé au Cordon, vous savez? une des institutions du pays. C'est là qu'il connut ma mère, une jeune odalisque. Leur liaison ayant été découverte, on les mit tous deux à la porte. Mon père alors amena ma mère en France, où ils frappèrent à plusieurs portes; mais l'impitoyable fortune les laissa toujours à la porte. Et voilà ce qui vous explique comme quoi je suis Français, peintre et musulman.

— Il y a beaucoup de portes dans votre histoire, remarqua l'abbé avec une intention de finesse, et vous courez grand risque, en demeurant musulman, de rester éternellement à celle du paradis.

— Du vôtre, c'est probable; mais, comme musulman, je préfère celui de Mahomet, avec ses houris blondes et rousses. Je n'aime pas les brunes, je vous en préviens. C'est dur, c'est mat, ça ne resplendit pas. Une blonde, au contraire, c'est un rayon de soleil; une rousse, c'est le soleil lui-même. Je vois à votre air, monsieur Boitrot, que vous n'appréciez que les brunes. S'il en est ainsi, nous sommes séparés par un abîme, par un schisme, et je serai toujours pour vous un hérétique. J'avoue cependant que si vous pouviez me donner une explication satisfaisante du miracle de la Salette, je serais fortement ébranlé.

— Si les miracles pouvaient s'expliquer, ce ne seraient plus des miracles, répondit avec un grand sens l'abbé Boitrot.

— En ce cas, permettez que je préfère un bon verre de punch à plusieurs bouteilles de cette eau merveilleuse. A votre santé, monsieur Boitrot !

Et l'abbé Boitrot, pour rafraîchir son gosier desséché par la chaleur de la discussion, humait avec délices un verre de punch.

La discussion continua, et le refrain de Noël était le verre de punch. — L'abbé lui faisait raison autant par politesse que par sensualité ; si bien qu'à la fin de la soirée, à force d'avoir échangé des toasts de bonne santé, le bon Boitrot convenait que le miracle de la Salette pouvait bien être une fable, que le punch en tout cas était une excellente chose ; enfin il poussait la tolérance jusqu'à reconnaître qu'un mahométan pouvait être honnête homme et faire son salut.

—O vanité des vanités ! pensa Noël. A quoi tiennent quelquefois nos convictions? A un verre de punch de plus ou de moins !

Quant à Roger, il *éventrait* gaiement des questions d'art, et se délectait aux appréciations plus ou moins cotonneuses des époux Tricault.

— Moi, disait le vaillant capitaine, je mets le musée de Versailles au-dessus du Louvre, à cause des batailles. Je me souviens qu'en 48...

— Quant à moi, se hâtait d'interrompre la perspicace Marie-Thérèse, qui appréhendait un interminable récit, ce que j'aime surtout en peinture, ce sont les anciens portraits. J'aime la coutume qu'on

avait autrefois de faire peindre son écusson sur l'un
des angles de la toile.

— Voilà le griffon qui revient ! se dit Roger.

— Ainsi, ne pensez-vous pas, monsieur Mérigat,
reprenait la descendante des Castelneux, que nos
armes seraient d'un très bon effet au coin d'un portrait de famille ?

— Je suis de votre avis, madame, répondit Roger.
Je dirai plus : à l'un des coins, ce ne serait pas as-
sez : c'est aux quatre coins qu'il faudrait les mettre.
Ce serait plus symétrique, plus harmonieux !

La soirée se passa ainsi en divagations de toute sorte.

On se retira de bonne heure, car les artistes devaient partir le lendemain de grand matin.

A onze heures, Maurice se rendit dans l'allée de
charmilles, où Eveline avait promis de le rencontrer.

Il y trouva la naïve et enthousiaste jeune fille.

Rien ne précipite l'amour comme les obstacles :
les obstacles suppriment les transitions par lesquelles doit passer une sympathie, dans notre société
de conventions et de convenances, pour arriver à
l'intimité. La veille encore, l'entretien de Maurice et
d'Eveline avait été presque cérémonieux ; mais cette
entrevue concertée équivalait seule à des mois en-
tiers de cour assidue.

Lorsque Maurice l'aborda, Eveline était toute
tremblante.

— Pourquoi tremblez-vous ? lui demanda-t-il.

— Parce que j'ai peur, non pas de vous, j'ai foi en
vous comme en Dieu ; mais, si ma mère, si mon
oncle...

— Vraiment, ma belle enfant, dit Maurice avec un

accent attendri, je m'accuse de félonie. Ne dois-je
pas un peu votre amour à l'une de ces surprises du
cœur si fréquentes à votre âge? et puis, ne vais-je pas
mettre beaucoup d'embarras et de trouble dans
votre vie?

Maurice sentit la main d'Eveline se refroidir soudain.

— Mon Dieu, répondit-elle d'une voix altérée, si
vous avez cette crainte, c'est que vous ne m'aimez
pas comme je vous aime. Ce matin, quand vous
m'avez demandé un entretien, je n'ai pas eu un instant d'hésitation. Lorsque je vous dis que j'ai peur
de mon oncle et de ma mère, c'est qu'il y a encore
en moi de la petite fille ; mais je suis brave, vous le
voyez bien, puisque je suis ici. Je pense d'ailleurs
qu'une affection noble, élevée, qui a le mariage pour
but, ne peut rien m'inspirer de répréhensible.

Maurice comprit alors tout ce que la démarche
d'Eveline attestait d'innocence et de tendresse. Mais
elle parlait si résolûment de mariage, que, sans vouloir lui révéler toutefois le secret de sa naissance, —
il jugeait cette révélation prématurée, — il crut sa
loyauté engagée à lui montrer les obstacles qui s'op-
posaient à leur union. Il lui fit entrevoir aussi, dans
le cas où ils parviendraient à se marier sans le consentement de la famille Tricault, quelle existence
l'attendait.

Il lui raconta alors toute sa vie, ce qui, au lieu
d'apaiser l'imagination d'Eveline, l'exalta davantage.
Il acheva de lui prendre le cœur en lui parlant de
ses doutes, de ses souffrances, de ses travaux exces-
sifs, de ses aspirations toujours déçues. Pendant ce

récit, qu'il rendit émouvant, coloré, pathétique, il vit des larmes dans les yeux d'Eveline. Quelle femme aimante et dévouée n'eût été tentée par la perspective de devenir la consolatrice de l'homme dont elle admirait le beau génie?

— Voilà, chère enfant, ajouta-t-il, toute l'existence que je puis vous offrir. Ne vous effraye-t-elle pas plus que les réprimandes de votre mère et de votre oncle?

Eveline lui prit les mains et les serrant fortement :

— Je vous aime, lui dit-elle avec un accent de bonheur et de tendresse. Si vous m'aimez, ne serai-je pas assez fière et assez heureuse d'être votre femme?

Quand il fallut se quitter, Eveline, le cœur gros, cherchait à contenir sa douleur; mais un sanglot brisa sa poitrine.

Maurice était lui-même si ému qu'il ne pouvait parler, et cet homme, soi-disant blasé, qui prétendait, quelques jours auparavant, ne pouvoir aimer qu'une coquette de trente ans ou une courtisane diabolique, sentit une larme rouler sur sa joue, une larme d'amour pur; et il éprouvait à presser les mains d'Eveline dans les siennes, une ivresse sereine, une émotion élevée et recueillie comme il n'en avait jamais ressenti. Il comprit alors ce que ces amours fiévreux n'avaient pu lui révéler, les grandes passions du cœur qui envahissent l'être tout entier, et peuvent durer toute la vie.

Ils échangèrent des souvenirs comme l'eussent fait un collégien et une pensionnaire. Eveline lui donna un ruban qu'elle portait à son cou, et lui,

Maurice, son calepin, dans lequel se trouvaient tracées quelques pensées.

Enfin ils convinrent de s'écrire par l'entremise d'Antoinette.

VIII.

LE CANDIDAT CLÉRICAL.

Le jour même du départ des artistes, M. de Castelneux manda son fils auprès de lui.

L'individualité de Victor de Castelneux pouvait s'analyser en quelques mots : un extérieur insignifiant, une intelligence médiocre et une très-grande estime de lui-même. En amitié, il n'allait pas au-delà d'une camaraderie facile. En amour, il pensait que la femme doit se dévouer à l'homme, et que l'homme ne lui doit rien en retour. C'était du reste un garçon assez agréable, auquel on donnait volontiers l'épithète de bon enfant. Il avait la conversation prolixe, le style assez correct, peu d'érudition approfondie, beaucoup de mémoire cependant, et des idées toutes faites sur une foule de sujets. Il se tirait assez bien d'un paradoxe, et se croyait par cela même un homme de génie. Il passait à C... pour un homme de talent, à idées avancées.

Son père lui parla à peu près en ces termes :

— Mon fils, vous êtes un insensé, et je ne sais pas vraiment quand vous aurez du plomb dans la cervelle.

— Mais, mon père...

— Laissez-moi parler. Vous avez trente-deux ans. Vous avez passé à Paris six ans, sous prétexte de faire votre droit, et vous n'y avez fait que des dettes.

Contre mon gré, vous avez abandonné le droit, et depuis cinq ans vous végétez dans les bas-fonds de la petite littérature. Vous n'avez pas même su, comme M. Mérieul, conquérir à la pointe de votre plume un commencement de célébrité. Enfin, je vous avais préparé ici un avenir et une fortune. De quoi s'agissait-il? De vous faire aimer d'une fillette simple, naïve, qui ne demandait qu'à donner son cœur. Vous aviez l'agrément de la famille, la dot se montait à cinq cent mille francs; il me semble que cela valait la peine d'être aimable.

— Mais mon père, qu'est-ce qui vous fait penser que ma cousine ne m'aime pas?

— Non-seulement elle ne vous aime pas, mais elle vous déteste.

— Eveline me déteste? s'écria Victor stupéfait. En êtes-vous bien sûr?

— Je l'ai entendu de sa bouche et de mes propres oreilles.

— Bah! vous ne connaissez pas les femmes, mon père. Elle a pu dire cela dans un accès de dépit, que je ne sais vraiment à quoi attribuer. Puisqu'elle me déteste, c'est une preuve qu'elle m'aime. Soyez tranquille, j'aurai bientôt regagné sa tendresse.

— Dans ce moment-ci, vous parlez comme un fat et comme un étourdi. Je connais mieux la situation et je connais mieux Eveline que vous-même. Voilà deux jours que je fais mes observations; j'ai même entendu, par hasard, sans qu'on s'en doutât, quelques bribes d'une conversation qui n'avait rien de rassurant pour vos intérêts. Je suis donc sûr de ce que j'avance.

— Eh bien! reprit Victor piqué, assurément si ma cousine me déteste, mon intention n'est pas de l'épouser malgré elle.

— Comment! vous renonceriez aussi facilement à une fortune de quinze cent mille francs?... Vous perdez vraiment la tête! Écoutez-moi : tout n'est peut-être pas encore désespéré. Votre cousine ne vous aime pas parce qu'elle en aime un autre.

— Elle en aime un autre? s'écria Victor ébahi.

— Oui, cet ami que vous avez si adroitement introduit au cœur de la place.

— Ah! vraiment, M. Mérieul se serait permis?... repartit Victor, dont l'amour-propre était blessé au vif.

— Oui, il s'est permis de se faire aimer, et en six jours, tandis que vous, en six mois, vous n'avez abouti qu'à vous rendre odieux; et c'est moi encore qui suis obligé de vous l'apprendre.

— M. Mérieul s'est conduit indignement, car je lui avais dit que je devais épouser ma cousine. Il m'en rendra raison.

— Un duel!... En vérité, vous êtes ingénieux; réparer une sottise par une sottise plus grande encore! Voudriez-vous donc vous faire haïr davantage?...

— Mais enfin, mon père, où voulez-vous en venir?

— Voici, selon moi, le seul parti qui vous reste à prendre pour l'emporter sur M. Mérieul. D'abord, savez-vous pourquoi M. Mérieul est venu à C***?

— Je lui ai entendu dire qu'il venait voir M. Berthaud, un ami de sa mère.

— Oui, mais pourquoi est-il venu le voir?

M. de Castelneux répéta alors à son fils les fragments d'entretien qu'il avait surpris sur le perron

5.

entre Éveline et Maurice, avant que les deux interlocuteurs ne l'eussent aperçu.

— Peuh! fit Victor, ce projet est insensé; M. Mérieul n'a aucune chance d'arriver à la députation.
Il est d'une famille pauvre, obscure, tout à fait in-
connue dans le pays.

— Vous parlez très-légèrement, et jugez la situation à travers vos préventions de rival. Quand on
veut apprécier sainement les choses et les hommes,
il faut s'abstraire de toute passion, de toute rancune,
de toute haine. Ainsi, M. Berthaud est pour moi,
non-seulement un ennemi politique, mais un ennemi
personnel; et cependant, je conviens que c'est un
homme très-adroit, très-perspicace, qui connaît à
fond l'esprit des populations, sur lesquelles il exerce
une très-réelle influence; et pour qu'il ait donné de
l'espoir à M. Mérieul, il faut que celui-ci ait des
chances sérieuses. Mais nous le ferons échouer, je
l'espère. Éveline est une enfant sans volonté, sans
énergie, qui n'épousera pas M. Mérieul sans le consentement de ses parents. Or, jamais ma sœur ne
consentira à la donner à un homme qui n'a ni fortune
ni naissance; mais peut-être la marierait-elle, si
j'en juge par l'accueil empressé qu'elle a fait à ces
artistes, à un homme de talent qui aurait une belle
position.

— Mais les élections n'auront lieu que dans six
mois, repartit Victor. D'ici là que pouvons-nous
faire? Si Maurice habitait le pays et posait dès à présent sa candidature, nous pourrions travailler contre lui.

— M. Berthaud a prévu le cas. Aussi a-t-il renvoyé

à Paris M. Mérieul, en lui recommandant de tenir la chose secrète. Heureusement pour nous, l'amour est fort indiscret, et...

— Certainement, interrompit Victor, Maurice s'est si mal conduit à mon égard, que je ne me ferai aucun scrupule de combattre sa candidature.

— J'ai mieux à vous proposer, reprit l'avocat. Pourquoi ne vous porteriez-vous pas vous-même à la députation? Depuis deux jours j'y ai mûrement réfléchi, et je crois que dans notre camp vous avez au moins autant de chances que M. Mérieul dans le camp opposé. Notre nom, très-ancien et très-connu, notre position dans le pays, ma longue et légitime honorabilité, la fortune que vous promet votre mariage avec Éveline, et qui vous permettra de représenter dignement à Paris la noblesse du département, toutes ces considérations rendent, ce me semble, ce projet moins téméraire qu'il ne le paraît au premier abord. Enfin nous aurions pour nous tout le clergé, toutes les congrégations, tout le parti légitimiste. Vous ne vous attendiez guère, n'est-ce pas, à devenir tout à coup un homme politique aussi important?

— Non, assurément, répondit Victor, que ce projet flattait singulièrement; seulement mes antécédents, un peu légers, je l'avoue, seront peut-être un obstacle.

— Je crois, au contraire, que si vous voulez vous y prêter, nous pourrons faire tourner ces antécédents mêmes à votre plus grand avantage. Vous vous poserez en pécheur touché de la grâce et amené à résipiscence.

— Ah ! je comprends : une conversion ?

— Oui, une conversion à laquelle nous saurons donner de la vraisemblance et de l'éclat.

— Mais, répliqua Victor, j'ai réellement des convictions, et je ne pourrais me résoudre à jouer le rôle hypocrite que vous me proposez.

— Voyons, Victor, insista M. de Castelneux avec un sourire ironique, est-ce bien sérieusement que tu parles, et ne cherches-tu pas à poser devant moi? Des convictions, des convictions politiques! Si tu avais vingt ans, je te pardonnerais de prononcer gravement de pareils enfantillages. Mais à ton âge, on doit avoir reconnu la vanité de ces grands mots dont se paient les gens naïfs, c'est-à-dire les imbéciles. Je comprends que, dans l'enthousiasme et l'inexpérience de la jeunesse, on puisse avoir des croyances. Mais lorsqu'on a un peu vécu, et vécu comme toi, à Paris, dans un milieu où s'agitent les questions politiques, lorsqu'on a vu les coulisses de ce monde-là, peut-on rester assez naïf pour conserver des illusions? Si tu étais sincère, tu me ferais l'effet d'un homme qui, voyant le machiniste agiter une feuille de zinc, persisterait à croire qu'il a entendu la foudre. A trente ans, un homme de quelque valeur n'a plus d'autre but que celui d'arriver, de se créer une famille, une position honorable. C'est là le vrai, j'oserai dire, c'est là le devoir de tout homme qui comprend la vie. Y a-t-il d'ailleurs en ces sortes de matières des principes fixes, une raison absolue? Il est bien sans doute, pour le monde, de faire étalage de convictions, c'est d'un bon effet; et puis c'est une question de convenances; car le monde veut surtout des apparences. Il n'y a pas un individu sur dix qui ait des convictions sincères et surtout raisonnées. Cependant on n'accorde de valeur à un homme qu'autant qu'il affiche une foi politique. Il est donc utile et de bon ton d'adopter une croyance. Seulement tâche de choisir celle qui doit te procurer la fortune et les honneurs. Jusqu'à présent, malgré tous mes conseils, tu as fait fausse route. Voici une occasion de changer de voie. Tu n'as pas à hésiter. Songe enfin qu'il s'agit de l'emporter sur M. Mérieul, d'épouser Éveline, de conquérir une fortune et d'être nommé député.

— Cependant, allégua Victor déjà ébranlé par ces désolantes maximes d'un scepticisme à l'ordre du jour, je ne puis ainsi, ne serait-ce que par respect humain, changer du jour au lendemain.

— J'ai songé à tout : votre séjour au milieu de nous peut avoir préparé ce changement. Dès demain je vous présenterai au supérieur des Dominicains, un de mes amis, comme à demi converti, ou du moins comme un homme de bonne volonté qui ne demande qu'à s'éclairer. Vous bataillerez quelque temps avec les théologiens de la ville, et au bout d'un mois vous vous déclarerez vaincu. Les dévots crieront au miracle, et nous pouvons nous reposer sur eux pour donner à votre conversion tout le retentissement désirable.

— Mais si, au bout de six mois, objecta Victor, je me présente à la députation, on ne manquera pas de dire que ma conversion a eu un but intéressé.

— Écoutez-moi, mon fils, reprit M. de Castelneux, et ne m'interrompez pas. Vous me croyez donc bien

maladroit? Mais laissez-moi vous exposer mon projet, selon l'ordre dans lequel il doit s'exécuter.
Ayant été converti dans toutes les règles, vous re-
tournerez à Paris avec des lettres de recommandation de la marquise de Fontanans pour le faubourg
Saint-Germain. M. Mérieul écrit dans les feuilles
libérales; vous écrirez, vous, dans les feuilles légitimistes. Vous avez assez de talent pour arriver à un
journal bien pensant, car les hommes de talent sont
malheureusement assez rares dans notre camp. Vous
pourrez copier les principaux rédacteurs de cette
espèce : beaucoup de personnalités et d'invectives.
Ce genre est très-facile. Enfin, lorsque le moment
sera venu, nous ferons naître chez vos nouveaux amis
l'idée de vous porter à la députation. Nous nous ar-
rangerons en conséquence. Vous résisterez d'abord,
et finirez par vous laisser vaincre. Vous pouvez
compter sur moi pour mener à bien cette affaire.

Afin de mieux dérouter tout soupçon de calcul
dans votre conversion, en retournant à Paris, vous
alléguerez le prétexte d'y achever votre droit. Seulement ayez soin, cette fois, d'y apporter dans votre
conduite et dans le choix de vos fréquentations une
extrême prudence ; car vous y serez certainement
surveillé. Enfin, vis-à-vis de votre cousine, votre absence produira un excellent effet. Pour le moment,
en restant ici, et en lui imposant votre cour, vous
achèveriez de vous rendre odieux. Lorsque nous aurons démoli M. Mérieul, il sera temps de vous présenter de nouveau. Éveline est une petite fille très-
romanesque : autant que je puis le comprendre, ce
qui l'a séduite dans M. Mérieul, c'est son talent d'é-

crivain. Tâchez donc d'acquérir aussi quelque célébrité, ce sera le meilleur moyen de vous faire agréer.

Victor posa encore bien des objections. L'ennui de
simuler une conversion, de passer un mois en discus-
sions théologiques, lui semblait acheter un peu cher
tous les avantages qui pouvaient en résulter pour lui.
Neanmoins, il était ambitieux; il avait une haute estime de ses capacités et il n'était jusqu'alors arrivé à
rien. Son père lui présentait une voie nouvelle, en-
nuyeuse au début, mais pourtant facile, il se résigna.

Le jour même M. de Castelneux annonça à la famille Tricault le projet de Victor d'achever son droit,
et son prochain départ pour Paris. A cette nouvelle,
Éveline eut peine à contenir sa joie ; car depuis deux
jours elle cherchait le moyen de faire ajourner son
mariage avec son cousin. Les circonstances la ser-
vaient donc à merveille.

IX.

PEINTRES ET MUSICIENS.

Conformément à la promesse qu'il avait faite à
M. Berthaud, Maurice revint à Paris, accompagné de
Roger et de Noël, qui avaient renoncé à leur projet de
voyage en Suisse.

De son côté, Victor de Castelneux suivit de point
en point les instructions de son père, et tout réussit
exactement comme celui-ci l'avait prévu. Sa conversion obtint un grand succès parmi la gent dévote. Il
fut reçu membre de la société de Saint-Vincent-de-
Paul et de la Congrégation, et frère séculier de l'ordre des Récollets.

A Paris, où il vint à son tour, ou, pour mieux dire, au faubourg Saint-Germain, la sensation qu'il produisit ne fut pas moindre. Quelques articles violents et ampoulés qu'il fit paraître dans la plus violente des feuilles cléricales, eurent beaucoup de retentissement dans le parti ultramontain et légitimiste.

Ainsi cette intelligence médiocre, qui dans la littérature profane n'avait nullement attiré l'attention du public, devint tout à coup, par l'opération de la grâce, disait-on, un homme de génie, l'un des champions les plus éminents du droit divin. Victor commençait à se prendre au sérieux lui et ses prétendues convictions. Si la foi vient en pratiquant, elle vient surtout en écrivant; car on finit toujours par croire un peu à ce qu'on s'évertue à faire croire aux autres. Récompensé d'ailleurs de sa bonne volonté au-delà de ses espérances, par une réputation qui l'avait toujours fui, il se dévoua avec un zèle de néophyte à sa nouvelle cause. La noblesse et le clergé de C... élevaient aux nues le grand écrivain.

Le succès de Maurice, beaucoup plus sérieux, car il s'appuyait sur un mérite réel, fut cependant beaucoup moins éclatant. Il n'avait pas, lui, pour le proclamer, un parti fanatique et puissant par son unité.

Il publia divers travaux fort remarquables au double point de vue littéraire et économique. En outre, il raconta dans un grand journal à l'article *Variétés*, son voyage à C***. Cette narration, présentée sous une forme attrayante, joignait à l'intérêt des détails, à la beauté des descriptions, une foule d'aperçus sérieux sur le pays, sur son passé, sur son avenir, sur son importance agricole et industrielle. Ces articles obtinrent une grande faveur dans le département, et la brochure qui les suivit fut activement propagée par le père Berthaud.

Aussi M. Berthaud écrivit-il à madame Mérieul que l'élection de son fils était déjà très-bien préparée.

Maurice s'empressa d'annoncer à Éveline cette bonne nouvelle.

Depuis le départ de Mérieul, l'amour d'Éveline, au lieu de se calmer par l'absence, s'exaltait chaque jour davantage par les longues lettres écrites à la dérobée, par les rêveries sans fin, par les causeries avec sa tante Antoinette, et surtout par les succès de son cher grand homme, comme elle appelait Maurice.

Enfin, elle espérait que sa mère pourrait un jour consentir à leur mariage. Madame Tricault, en effet, applaudissait aussi au talent de M. Mérieul, et se montrait très-fière d'avoir reçu chez elle un personnage aussi remarquable.

Cependant, sous l'influence de cette constante préoccupation, la santé d'Éveline s'altéra. Le médecin ordonna des distractions. Elle désirait voir Maurice, elle demanda à faire le voyage de Paris.

Comme vers cette époque la marquise de Fontanans partait avec tout son monde pour passer à Paris un quartier d'hiver, madame Tricault, malgré les remontrances de son frère, se décida à partir aussi.

A l'exemple de la marquise, elle alla dans le monde, y conduisit Éveline, et reçut chez elle. Maurice, Noël et Roger vinrent naturellement à ses soirées.

Maurice et Éveline se rencontrèrent donc fréquemment. Éveline était dans tout l'éclat de ses dix-neuf ans, encore embellie par l'amour, poétisée par de charmantes toilettes, et entourée d'une auréole de cinq cent mille francs de dot. Bien que Maurice aimât Éveline pour elle-même, pour les qualités de son cœur et de son esprit, quel est l'amour, si épuré qu'il soit, dans lequel il n'entre pas un peu de vanité? Il avait aimé Éveline dans la solitude de son château gothique, dans un milieu presque ridicule; mais quand il la revit à Paris, fêtée, entourée, proclamée la plus belle par les femmes elles-mêmes que lui gagnaient sa simplicité, sa beauté sympathique, cet amour s'accrut encore.

Souvent, au sortir des soirées où il l'avait admirée, Mme Mérieul trouvait son fils accoudé sur sa table et plongé dans une sorte de rêverie extatique.

— Tu es amoureux, n'est-ce pas, mon pauvre enfant? lui demandait-elle avec inquiétude.

— Oui, répondait Maurice; mais je ne puis rien te dire encore : tu sauras tout plus tard, si je réussis.

Trois mois avant les élections, Noël et Roger partirent pour C... Sous prétexte d'y faire des portraits, leur but était de s'y créer le plus de relations possible, et d'y gagner ainsi des électeurs à Maurice dans le commerce et dans la bourgeoisie.

— Commencez, leur avait-on dit, par faire le portrait de Mme Bourgeon. Mme Bourgeon est une très-jolie femme, un peu coquette, et qui a cinquante mille francs de rente. Son mari ayant fait sa fortune dans les tapis, on l'appelle la belle *tapissière*. Ce début vous mettra à la mode dans la bourgeoisie.

Et Roger, accompagné de Noël, s'était mis en route avec une lettre de recommandation d'Antoinette pour Mme Bourgeon.

Les deux artistes s'installèrent à l'hôtel des Postes, en face de la rue de l'Arquebuse. Mme Bourgeon habitait la maison la plus élégante de cette rue, une manière de petit hôtel entouré de jardins.

Quinze jours après cette installation, le portrait de Mme Bourgeon, achevé et déposé chez l'encadreur, attirait l'attention des habitants de C....

Les commandes arrivèrent de tous côtés ; mais Roger refusa nettement les commandes aristocratiques, et devint exclusivement le peintre de la classe moyenne.

La marquise de Fontanans revint de Paris, entendit parler du talent de Roger, et demanda à ce que le peintre lui fût présenté. Roger déclina fièrement cet honneur.

A quelque temps de là, les deux camps se trouvèrent réunis à une soirée de la sous-préfecture. La marquise, piquée au jeu, et qui tenait à honneur d'accaparer dans son salon tous les hommes marquants en passage à C..., fit des coquetteries à Roger. Mais, ô fait à jamais mémorable ! Roger se montra insensible à ces minauderies aristocratiques, et Mme Bourgeon l'emporta sur la marquise.

Quelques jours après, le dévot faubourg glosait par esprit de vengeance, et mettait en doute la vertu de la belle tapissière.

L'admirateur en titre de la marquise, le virtuose Jules Damerey, dont il a déjà été fait mention au commencement de cette histoire, se permit même sur

Roger et sur Mme Bourgeon quelques. plaisanteries
aigres-douces qui coururent la ville.

Les deux peintres répondirent par une série de
charges, avec des légendes formant complainte, sur
les amours de Jules Damerey et de la marquise, et
intitulée : *Histoire sentimentale de Mme Bigotie et de
son illustre professeur de musique, il signor Cafardini.*
Cette lutte s'envenima et devint bientôt une sorte de
guerre artistique. Ainsi, la ville fut non-seulement
divisée en ville haute et en ville basse, en nobles et en
commerçants, mais encore en peintres et en musi-
ciens, en bourgeons et en fontanans.

M. Berthaud, dans la loyale rigidité de ses principes, était loin d'approuver ces petites manœuvres,
qui lui semblaient manquer de dignité ; mais Roger
était trop fou, trop bohême encore, selon son expression, pour écouter les représentations du vieil ami de
Maurice. Roger, que d'ailleurs cette petite guerre civile amusait fort, voulait passionner les deux camps,
afin que, le moment venu, le commerce et la bourgeoisie votassent comme un seul homme en faveur
de Maurice contre le candidat du clergé et de la noblesse.

Du reste, le commerce et la bourgeoisie igno-
raient encore que ce candidat serait Victor de Castelneux.

X.

JULES DAMEREY.

Jules Damerey était, comme Victor de Castelneux,
un converti de fraîche date.

C'était à Mme de Fontanans qu'on attribuait sa conversion; et si cette très-haute marquise avait dai-
gné s'intéresser à son salut, il le devait d'abord à son
talent sans doute, mais aussi à ses grands yeux bleus,
mélancoliques, souvent levés vers le ciel, à ses beaux
cheveux blonds, à son teint pâle, à sa tournure élégante. Il avait en outre de fort belles mains, des ongles irréprochables et une tenue des plus soignées.
En parlant, il visait un peu à la phrase; son langage
élevé et sentimental avait beaucoup de succès auprès
des femmes. Quelques-unes même auraient pu assurer qu'il rédigeait une lettre d'amour en assez bon
style de roman, avec toute la passion et toute l'onction désirables. Mais aucune jusqu'alors n'avait osé
révéler ce petit talent de société. Il passait encore pour
avoir de l'esprit, car il lançait parfois de petites pointes
qui, bien qu'un peu cherchées, ne manquaient pas
cependant de mordant et de finesse. En somme, c'é-
tait un garçon très-prétentieux, qui posait pour le
laisser-aller, et un cœur très-sec, très-étroit, qui
faisait parade de grands sentiments. Malgré son ton
mielleux et ses airs rêveurs, un observateur eût deviné le calcul et l'esprit d'intrigue à la lueur froide
de sa prunelle bleu-clair, aux lignes un peu dures de
sa bouche, à certaines intonations cassantes et mé-
talliques de sa voix.

Comme Victor de Castelneux, il voulait parvenir à
tout prix. Comme lui, il était revenu de Paris désillusionné. Ayant échoué avec l'art seul, il résolut d'arriver par la dévotion et par l'amour, par les congrégations et par les femmes.

C'était certainement un homme très-fin, qui comprenait le monde avec un tact presque féminin. Sa conduite à C... était un chef-d'œuvre d'adresse, et, depuis trois ans, il soutenait son rôle sans jamais se démentir.

Depuis trois ans, il dominait l'impérieuse marquise de Fontanans, qui croyait de bonne foi avoir un esclave à ses ordres; et cependant, par elle il gouvernait tout le noble faubourg. Il avait en outre grand crédit à l'évêché. Membre influent de la Société de Saint-Vincent-de-Paul, il s'acquittait de ses fonctions avec zèle et intelligence. Il était de tous les secrets, et on lui confiait les missions les plus délicates. Enfin il avait su se créer une position pécuniaire assez florissante. Il gagnait par an une dizaine de mille francs; car, outre ses leçons, il dirigeait la musique de la cathédrale et donnait pendant le carême des concerts religieux; en outre, il était le professeur des couvents. C'était le seul homme admis à la Visitation et au Sacré-Cœur; et même les bonnes religieuses avaient en lui une telle confiance que souvent on le laissait seul avec ses élèves.

Cependant Jules Damerey pensait à se marier, et il voulait faire un riche mariage.

Or, il y avait à cette époque, au Sacré-Cœur de C..., une riche orpheline de dix-huit ans, ni belle, ni laide, mais romanesque comme toutes les jeunes filles qui ont grandi dans la réclusion, et qui ne voient le monde qu'à travers leurs rêves de pensionnaires. Hélène de Curgy, d'une imagination ardente, exaltée encore par le mysticisme des livres pieux, s'enthousiasma pour son maître de musique.

Jules Damerey eut bientôt découvert cet amour; il

aperçut là une bonne affaire. Mais en se mariant il
pouvait perdre, avec son influence sur la marquise, sa position à C..., conquise avec tant de
soins. La marquise voudrait-elle jamais consentir
à ce mariage? Il faut donc, pensa-t-il, que Mlle de
Curgy se compromette elle-même ; alors je l'épouserai par grandeur d'âme, pour sauver sa réputation.

Il manœuvra en conséquence, et joua, vis-à-vis de
cette naïve pensionnaire, le rôle d'un homme qui se
regardait comme indigne de prétendre à son cœur et
à sa main.

Hélène se prit de bonne foi pour une princesse,
obligée à faire des avances, afin d'encourager l'a-
mour d'un artiste modeste.

Des lettres furent échangées.

Or, un jour, une religieuse trouvait dans un cahier
de musique une lettre d'Hélène à M. Damerey. Cette
lettre, écrite en termes ascétiques, exprimait un
amour arrivé au paroxysme. Mademoiselle de Curgy
proposait à son professeur de s'enfuir avec lui. M. Damerey, qui ne se souciait point de l'enlever, avait
égaré cette lettre à dessein dans le cahier d'une autre élève qu'il connaissait curieuse et bavarde, et sur
laquelle il comptait pour produire un beau scandale.
Mais le hasard voulut que la religieuse trouvât la lettre, et toutes les prévisions de Damerey échouèrent.
Le tuteur de mademoiselle de Curgy fut averti. Ce
tuteur était M. de Castelneux.

Du premier coup d'œil, le jurisconsulte envisagea
l'affaire sous son véritable point de vue, devina les
intentions de Damerey sur sa pupille, et entrevit le
parti qu'il en pourrait tirer pour l'élection de Victor.

Il résolut donc de questionner Hélène adroitement, afin de bien connaître la situation.

— Ecoutez, ma chère enfant, lui dit-il avec bonté, je ne veux, soyez-en persuadée, que votre bonheur ; mais aussi mon devoir est de veiller à votre avenir. M. Damerey n'a point une position en rapport avec la vôtre, c'est vrai ; mais je ne suis pas de ces hommes vénaux qui pensent que le cœur des jeunes filles doit se vendre au poids de l'or, et qui ne voient dans un mariage que l'union de deux sacs d'écus. Je pense, au contraire, qu'en pareille matière on doit suivre ses sympathies, car la sympathie nous vient de Dieu. Si vous aimez réellement M. Damerey, et si votre confesseur autorise cette affection... car vous devez le consulter dans cette circonstance...

— Mon confesseur l'autorise, se hâta de répondre Hélène, au comble de la joie ; car M. Damerey est un homme pieux et bien pensant.

M. de Castelneux avait voulu savoir jusqu'à quel point M. Damerey était protégé par l'aumônier du Sacré-Cœur, lequel aumônier jouissait d'une très-grande influence à l'évêché.

— C'est très-bien, mon enfant, répondit le tuteur. Je vous promets d'aller dès demain rendre visite à M. Damerey, afin de savoir au juste quelles sont ses intentions. Cependant, comme je pourrais faire fausse route, il serait bon que je connusse tout ce qui s'est passé entre vous ; il serait essentiel également que j'eusse en mains quelques lettres de lui. Ne vous a-t-il pas écrit ?

Hélène de Curgy avait redouté la sévérité et les re-montrances de son tuteur. Tant de douceur et de

bonté gagnèrent sa confiance. Elle lui raconta tous
les détails de cette intrigue, et lui remit les lettres
de M. Damerey. Ces lettres, fort adroites, calculées
de manière à prévenir toute accusation de séduction,
étaient cependant assez tendres pour compromettre
gravement le jeune professeur aux yeux de la marquise.

M. de Castelneux embrassa affectueusement sa pupille, et sortit en se frottant les mains.

— C'est bon, se dit-il, je tiens le Damerey pieds
et poings liés.

Le lendemain matin, le tuteur d'Hélène se rendit
chez le virtuose.

Jules Damerey occupait, rue Saint-Antoine, en
face du grand séminaire, un petit appartement assez
coquet. Nous ne décrirons ni ses chaises, ni sa table,
ni la couleur de ses rideaux, parce que ces détails ne
sont point absolument indispensables à l'intelligence
de notre histoire. Il n'y avait d'ailleurs dans sa chambre aucun bric-à-brac. Comme objet d'art, on remarquait seulement, en face de son lit, un fort beau cru-
cifix d'ivoire, qu'on disait être un cadeau de la marquise.

M. de Castelneux croyait à la réputation qu'on fait
aux artistes, de se plaire dans le désordre et la mal-
propreté; réputation assez peu fondée, l'ordre étant
au contraire la première condition de l'art.

Il fut donc surpris de trouver un appartement
fort propret, rangé comme une chambre de jeune
fille.

Il régnait entre le musicien et le jurisconsulte une
sorte d'antipathie, de défiance réciproques, ba-

6

sées sans doute sur leur ressemblance morale. Ils
s'étaient jugés l'un l'autre, et se redoutaient instinc-
tivement. Ils s'abordèrent néanmoins avec toutes
les démonstrations de la cordialité et de l'estime
les plus sincères, ainsi qu'il est d'usage entre bons
jésuites.

Cependant M. de Castelneux s'aperçut, à certaines
nuances impossibles à décrire, d'intonations et de
physionomie, que M. Damerey devinait le but de sa
visite.

En effet, depuis deux jours que la lettre avait été
oubliée dans le cahier de musique, le professeur s'attendait à chaque instant à voir apparaître un *Com-
mandeur* quelconque, comme dans *Don Juan*.

M. de Castelneux se plaça dans l'ombre, de manière à ce que son interlocuteur se trouvât en lumière.

— Monsieur Damerey, dit-il avec gravité, mais avec
bonhomie, je viens vous entretenir au sujet d'une
affaire assez délicate; il s'agit de ma pupille, mademoiselle de Curgy.

Jules, malgré son aplomb, rougit un peu. Crai-
gnant de se compromettre, il garda le silence et at-
tendit.

— Une lettre, trouvée par hasard dans un cahier de
musique, continua le tuteur d'Hélène, a révélé l'affection exaltée que vous porte cette jeune étourdie.
Sa position d'orpheline est certainement fort intéres-
sante, et je comprends, jusqu'à un certain point,
l'intérêt tout particulier qu'elle vous a inspiré.

Cela fut dit en appuyant sur les mots, de manière
à les souligner. M. Damerey comprit la raillerie et
voulut protester.

— Je sais toùt, interrompit M. de Castelneux avec
la même urbanité; je sais que vous vous êtes conduit en galant homme, et que, au lieu d'encourager
la folle passion de mademoiselle de Curgy, vous avez
plutôt cherché à la modérer en lui faisant entrevoir
les obstacles qui vous séparaient. Je n'examinerai pas
si c'était un bon moyen pour calmer cette tête romanesque, et s'il n'eût pas mieux valu trouver un prétexte pour cesser vos leçons. J'ai une trop haute estime de votre honorabilité pour n'être pas certain que
vous avez suivi l'inspiration de votre conscience et
de votre sentiment éclairé du devoir.

— En effet, monsieur, répondit le musicien; vous
avouerez que la situation était fort délicate. Pouvais-
je repousser avec dédain l'affection dont voulait bien
m'honorer mademoiselle de Curgy? D'ailleurs ce
sentiment élevé et pur qui se confondait un peu avec
l'amour divin, ne me semblait point un péché. Je
crus au contraire qu'il était de mon devoir d'accueillir cette jeune âme qui venait au-devant de moi, et de
la maintenir dans le sentier du devoir et de la vertu.
Quant à ses idées de mariage, je les ai toujours repoussées.

— Ma pupille m'a remis toutes vos lettres, dit le
jurisconsulte, et je sais...

— Elle vous a remis mes lettres? s'écria M. Damerey qui pâlit légèrement.

C'est bon, il a peur de la marquise, pensa M. de
Castelneux, qui observait tous les mouvements du visage de son interlocuteur.

— Oui, je les ai lues, reprit-il. Les sentiments
qu'elles expriment vous honorent sans doute, bien

qu'on puisse parfois leur reprocher peut-être un peu
d'exagération romanesque. Mais je ne viens point
vous adresser des reproches, car je suis le premier
à reconnaître que, s'il y a eu des torts, c'est du côté
d'Hélène qu'ils se trouvent. Ma pupille, du reste, désire vivement vous épouser. Quant à moi, je n'y vois
pas d'obstacles absolus.

Bon ! pensa le virtuose, il a sans doute descomptes
de tutelle embrouillés. Il vient m'offrir sa pupille
dans l'espoir que ma pauvreté m'empêchera d'être
trop pointilleux. Acceptons, mais sans empresse-
ment.

— Il est certain, répondit-il, que j'éprouve pour
mademoiselle de Curgy, qui est une personne accomplie, une très-vive sympathie ; cependant j'avais
toujours, jusqu'à présent, à cause de ma position de
fortune, rejeté toute idée que notre pure affection
dût se dénouer par un mariage. Mais si vous suppo-
siez que mademoiselle Hélène fût le moins du monde
compromise dans cette affaire, je m'empresserais
certainement de sauvegarder sa réputation en lui
offrant mon nom et en me chargeant de son bonheur.

Et de sa dot, acheva mentalement le jurisconsulte. Je comprends ton jeu, beau masque.

Il répondit :

— Assurément, monsieur, je n'attendais pas moins
de votre générosité, et certainement je serais le premier à accepter votre dévouement...

— Dévouement n'est pas le mot, se hâta de répondre, par correction, M. Damerey.

— Mais, pour le moment, reprit M. de Castelneux,

ce n'est point le cas. Il est certain que cette lettre, laissée par mégarde dans le cahier d'une autre élève, aurait pu produire beaucoup de scandale. Mais Dieu, qui protége cette jeune fille, à cause de sa candeur et de ses bonnes intentions sans doute, a voulu que sœur Ursule trouvât la lettre. Ainsi la chose n'est connue que des dames du Sacré-Cœur. Elles voulaient renvoyer Hélène. Cela aurait pu faire esclandre. J'ai obtenu qu'on la gardât. Vous voyez donc qu'elle n'est pas du tout compromise, et que votre dévouement serait inutile, car l'hésitation de votre réponse me fait penser que vous n'êtes aucunement disposé à épouser mademoiselle de Curgy, ainsi qu'elle se l'est persuadé.

Jules Damerey ne s'attendait point à ce revirement. Il était interdit d'ailleurs de voir ses prévisions déjouées et ses calculs aussi bien devinés par ce rusé légiste, qui, en sa double qualité d'avocat et de juge, avait acquis une merveilleuse perspicacité. Il voulut retourner ses batteries et protester de son affection très-vive et très-profonde pour mademoiselle de Curgy.

— Non, non, répondit obstinément M. de Castelneux, il y a eu dans votre réticence de tout à l'heure quelque arrière-pensée, que je ne m'explique point. Peut-être vous ai-je pris trop à l'improviste ; on ne se décide pas ainsi d'un moment à l'autre à conclure un mariage, l'affaire la plus importante de la vie. Prenez donc votre temps, réfléchissez. Je ne puis moi-même donner immédiatement mon consentement. J'ai là une très-grave responsabilité. Il faut que je pèse bien toutes les considérations à l'avantage ou au désavantage de ma pupille. Enfin, il faut

6.

que je consulte les parents, et que j'assemble le conseil de famille.

Damerey, désorienté, ne savait que penser, et cherchait vainement à deviner quel pouvait être le mobile de la double conduite de son interlocuteur ; pourquoi, après s'être avancé, il reculait.

— J'ai reçu ce matin un opuscule de mon fils, dit M. de Castelneux en changeant brusquement de conversation, et je serais bien aise, monsieur Damerey, d'avoir votre jugement sur ce travail.

Jules prit la brochure que lui tendait le père de Victor.

— Je ne serais pas fâché, continua le jurisconsulte, d'avoir également le sentiment de madame de Fontanans et celui de monseigneur.

— Si vous voulez me permettre de leur communiquer ce travail, dit Jules.

— Vous me rendrez service, répondit M. de Castelneux. Que pense-t-on à l'évêché du candidat que présente l'administration pour les prochaines élections ?

Damerey feuilletait alors la brochure de Victor, et cette brochure était intitulée : *Politique et Religion.* La lumière se fit dans son esprit, il devina enfin le but de l'avocat.

— On pense, répondit-il, que, d'après ses antécédents et ses opinions connues, il ne peut être le candidat du parti religieux. Selon moi il n'y a qu'un homme qui pourrait dignement représenter le clergé et la noblesse de notre ville, et cet homme est monsieur votre fils.

Ce musicien est décidément un homme d'esprit, pensa M. de Castelneux.

— C'est aussi, dit-il, l'avis de quelques amis un peu trop enthousiastes sans doute des heureux débuts de mon fils dans sa nouvelle carrière politique. J'en ai écrit à Victor ; mais il ne veut pas en entendre parler. Il n'a pas d'ambition, et il prétend d'ailleurs qu'il échouerait.

C'est bien cela ; j'avais deviné, se dit Damerey.

Et il protesta que nul mieux que Victor ne pouvait défendre les intérêts de la religion et du parti légitimiste.

— Je crois aussi, reprit M. de Castelneux, qu'il pourrait rendre quelques services à la bonne cause ; car il a encore toute l'ardeur des néophytes, et, par nature, il est très-dévoué à ses convictions. C'est pourquoi je ne serais pas fâché qu'on le portât comme candidat ; car le dévouement à l'idée doit passer avant toute ambition ou toute répugnance personnelle. Toutefois, avant de lancer cette candidature, je voudrais savoir ce qu'en penseraient monseigneur et la marquise ; car leur appui seul pourrait en assurer le succès. Enfin, il nous faudrait le concours d'un homme intelligent, adroit, actif, d'un homme comme vous par exemple.

Voilà son ultimatum, pensa Damerey : fais nommer mon fils, et tu épouseras ma pupille. Mais il faut qu'il me donne des arrhes.

— Monsieur de Castelneux, répondit-il, je me mets tout entier à votre dévotion pour faire réussir la candidature de monsieur votre fils. Je suis, du reste, un de ses fervents admirateurs, et je m'estime vraiment trop heureux de trouver l'occasion de vous être agréable. Ce motif suffirait, alors même qu'il

ne s'agirait point de soutenir une cause et des idées
qui sont pour moi des convictions intimes. Malheureusement j'ai fort peu de crédit. Je parlerai de cette
affaire à monseigneur et à madame de Fontanans ;
mais je suis bien loin, hélas! de pouvoir vous ga-
rantir le succès.

— A propos de madame de Fontanans, dit le légiste qui entrevit l'intention secrète du musicien, il
me vient une idée. La marquise est la marraine d'Hélène ; si nous l'amenions à conclure votre mariage
avec ma pupille? Son entremise pourrait lever bien
des obstacles de la part des parents et du conseil de
famille.

— Non, répondit le virtuose un peu troublé; il
vaudrait mieux peut-être que toute cette histoire restât entre nous dans l'intérêt de mademoiselle de Curgy.

M. de Castelneux comprit les craintes de Jules Damerey.

— Tout cela me fait penser que j'ai à vous rendre
les lettres que vous avez écrites à Hélène, et qu'elle
m'a remises hier, car je n'en ai que faire.

Et il lui tendit un paquet de lettres.

— De mon côté, répartit Jules, je vais vous rendre
celles de mademoiselle de Curgy.

— C'est tout à fait inutile, dit gracieusement M. de
Castelneux. Vous êtes un homme d'honneur. J'aime
à croire, d'ailleurs, que le mariage n'est point rompu,
et si vous voulez vous en rapporter à moi, je crois
que l'entremise de madame de Fontanans simplifie-
rait bien les choses.

— Faites donc comme vous l'entendrez, répondit M. Damerey. Je m'en remets entièrement à votre

haute sagacité. Aujourd'hui même j'irai à l'évêché,
et je verrai la marquise. Ce soir, je vous porterai
le résultat de mes démarches. Je crois, sans rien assurer pourtant, que ce résultat sera favorable, et j'y
ferai mon possible. Je sais, au surplus, que monseigneur et madame de Fontanans sont tout à fait dis-
posés en faveur de monsieur votre fils.

Et les deux personnages se quittèrent en se serrant
cordialement la m.ain.

— J'épouserai Hélène de Curgy, pensa Jules Damerey.

— Il fera nommer Victor, se dit M. de Castelneux,
qui trouvait tout naturel de trafiquer de la main et
de la dot de sa pupille.

Deux jours après cette entrevue, la candidature de
Victor, approuvée par la marquise et par monseigneur, était lancée.

M. de Castelneux alla rendre visite à la marquise
pour la remercier.

Depuis que madame de Fontanans avait, par son
initiative, exclu les Tricault de la *société*, les relations
entre la marquise et le jurisconsulte s'étaient beaucoup refroidies. Cependant, grâce à l'influence plus
ou moins occulte de Jules Damerey, grâce aussi sans
doute au succès de Victor, madame de Fontanans
reçut M. de Castelneux avec une amabilité parfaite,
le complimenta sur le talent de son fils, et lui renou-
vela la promesse de son concours pour les prochaines élections. Elle était très-fière, du reste, d'être
traitée avec cette déférence par d'aussi sérieux personnages, et d'être improvisée par eux une femme
politique.

— Permettez-moi, dit M. de Castelneux avant de
se retirer, de vous présenter une autre requête. Il
s'agit de ma pupille, mademoiselle de Curgy, qui est
aussi votre filleule.

— En effet, répondit gracieusement la marquise,
vous me rappelez que j'ai beaucoup négligé à son
égard mes devoirs de marraine. Que puis-je faire
pour elle?

— C'est une charmante fille de dix-huit ans. Elle
est au couvent, la pauvre enfant, et je crois qu'elle
voudrait bien en sortir; mais, pour en sortir, il faut
qu'elle se marie. Comme tuteur, c'est à moi qu'in-
combe cette grande responsabilité. Je voudrais faire
la chose en conscience, mais je reconnais toute mon
incapacité. En ces sortes de matières, les femmes ont toujours plus de tact et de sagesse que
nous.

— J'entends, reprit la marquise, il faut que je me
charge de marier mademoiselle de Curgy.

— Pas précisément. Mais si vous vouliez vous intéresser à elle, la faire sortir quelquefois, la mettre à
même de choisir, enfin; et, avec votre expérience,
votre sentiment élevé et délicat des convenances,
guider un peu ce jeune cœur dans son choix, vous
feriez une bonne et généreuse action, et m'ôteriez
une grande inquiétude. Mademoiselle de Curgy est
riche. Elle a de trop nobles sentiments pour vouloir
faire un mariage d'argent. Elle ne veut pas faire non
plus un mariage d'amour; elle est trop bien élevée
pour concevoir de semblables idées; mais elle dési-
rerait rencontrer un honnête homme bien pensant,
bon catholique surtout, et dont les vertus lui offris-

sent une sûre garantie de bonheur. De nos jours, de
tels hommes sont rares. Cependant il n'est peut-être
pas impossible d'en rencontrer un pour mademoiselle
de Curgy. Avec votre concours, si vous voulez bien
le lui prêter, elle trouvera.

La marquise, flattée de cette confiance, répondit
qu'elle irait voir Hélène, l'inviterait à ses soirées, et
s'occuperait de lui trouver un mari vertueux, c'est-
à-dire pratiquant ses devoirs religieux.

En quittant madame de Fontanans, M. de Castelneux se rendit au Sacré-Cœur, et manda sa pupille,
à laquelle il parla en ces termes :

— Ma chère enfant, depuis ma dernière visite, je
me suis beaucoup occupé de vous. M. Damerey est un
très-honnête jeune homme, qui vous aime et qui a l'intention de vous épouser; mais il comprend comme moi
que les choses ne peuvent aller aussi vite qu'il le voudrait. Je dois d'ailleurs consulter vos parents. Je sors
de chez madame de Fontanans, votre marraine, qui
veut bien s'intéresser à vous : elle vous fera sortir et
vous invitera à ses soirées.. M. Damerey tient beaucoup à l'assentiment de la marquise, qui est sa pro-
tectrice; mais, pour obtenir cet assentiment, il importe qu'elle ignore votre affection pour M. Damerey
et toute cette histoire de lettres; car elle n'aime pas
les jeunes filles romanesques. Conduisez-vous donc
chez elle avec beaucoup de retenue. Plus vous lui
paraîtrez sage et modeste, plus elle vous portera
d'intérêt.

Hélène trouvait bien la marquise un peu singulière;
mais elle était si enchantée de sortir, d'aller aux soirées de sa belle marraine; elle était si heureuse sur-

tout de la perspective de se marier bientôt, qu'elle
promit d'obéir aveuglément à toutes les recommandations de son tuteur.

Celui-ci quitta sa pupille avec de grandes démonstrations d'intérêt et de tendresse; et Hélène courut
remercier Dieu du fond de son cœur de lui avoir
donné un tuteur aussi bon, aussi occupé de son bonheur.

Pendant qu'elle adressait au ciel cette prière d'actions de grâces, M. de Castelneux écrivait à son fils :

« Mon cher Victor,

« Arrive-nous vite avec ta profession de foi. Tout
va bien. La Fontanans nous promet son appui. L'é-
vêché est pour nous. Enfin, Jules Damerey nous est
dévoué corps et âme : il fera feu des quatre pieds
pour mener à bien ta candidature. J'ai fait manœuvrer
assez adroitement ce petit saltimbanque. Mais n'en
disons pas de mal, c'est un homme d'esprit qui veut
arriver et qui arrivera. S'il se conduit bien, et si tu
es nommé, nous lui donnerons une prime, une belle
prime, ma foi! Mademoiselle de Curgy et cent cinquante mille francs de dot.

« Mais comme il faut garder une poire pour la
soif, si M. Mérieul l'emportait, s'il épousait Éveline,
le Damerey n'aurait pas sa prime; c'est toi qui épou-
serais la petite de Curgy.

« Brûle ma lettre et viens vite.

« P. S. Le candidat de l'administration, M. Dorcy,
un manufacturier des environs, n'obtiendra guère
que les voix des fonctionnaires et celles des ouvriers
de son usine. Notre adversaire le plus sérieux est

M. Mérieul. Informe-toi donc au juste de sa famille et de ses antécédents ; adresse-toi, s'il est nécessaire, à la police. Il est pauvre, il doit avoir des dettes. Sache le nom et l'adresse de ses principaux créanciers. Aucun détail n'est à négliger. Si tu découvrais par exemple une lettre de change protestée pour une somme de quelque importance, achète la créance. J'enverrai immédiatement l'argent nécessaire. Tout cela est de bonne guerre. D'ailleurs il est fort moral de forcer un jeune homme à payer ses dettes, et, pour défendre la bonne cause, tous les moyens sont bons. »

Dans la même semaine arrivèrent de Paris Victor de Castelneux, la famille Tricault et Maurice.

Les Tricault s'établirent à C***, dans leur hôtel, avec l'intention d'y passer le reste de l'hiver.

Maurice s'installa chez M. Berthaud, ce qui confirma la Barbaude dans ses soupçons de paternité.

Voici les renseignements que Victor rapportait :

M. Mérieul, bâtard, famille ignorée, nom de fantaisie, écrivain démocrate.

— Bon ! bon ! dit M. de Castelneux en lisant cette note. Et ses créanciers, qui sont-ils?

— J'ai trouvé une créance de trois mille francs; je l'ai achetée. La voici.

— Parfait ! la victoire est à nous ! reprit M. de Castelneux en se frottant les mains; nous coulerons le candidat de ce Berthaud !

7

DEUXIÈME PARTIE.

I.

UNE SOIRÉE CHEZ LA MARQUISE.

Quelques jours après l'arrivée de Victor, Madame de Fontanans donna une sorte de soirée politique à laquelle assistaient les gros bonnets du clergé et toute la noble *société* de C***.

Victor, depuis sa conversion et ses récents exploits littéraires, était devenu un grand personnage pour les habitants de C*** ; la marquise tenait donc à honneur de le produire la première dans ses salons et de le présenter à ses amis. Et puis il s'agissait de se reconnaître, de se compter, de discuter les moyens et les ressources dont on pouvait disposer pour la lutte qui se préparait.

Madame de Fontanans avait trente-huit ans, et, bien qu'on lui fît à C... une réputation de beauté, due sans doute à sa fortune, à son rang, à son élégance, peut-être aussi à ses prétentions, elle n'avait jamais été belle ; mais elle avait de l'esprit, de la morgue ; elle levait beaucoup la tête, et fermait un peu les yeux en parlant, ce qui la faisait passer pour une grande dame. En outre, elle donnait de charmantes soirées, auxquelles monseigneur paraissait quelquefois ; enfin on la redoutait pour sa causticité. De là, l'influence réelle qu'elle exerçait sur son entourage.

Elle voulait captiver Victor et l'attacher à sa petite cour. D'ailleurs, s'il était nommé député, comme on pouvait l'espérer, ne serait-ce point pour son salon une conquête très-flatteuse ? Elle pensait aussi au relief qu'il pourrait donner à la société qu'elle réunissait chez elle pendant son séjour à Paris.

Pour prouver jusqu'où allait sa bienveillance envers les Castelneux, elle envoya une invitation aux Tricault. Il est vrai aussi qu'elle avait entendu parler des succès d'Éveline à Paris, et une maîtresse de maison met toujours une sorte de vanité à produire dans son salon de jolies femmes, surtout quand elle se croit sûre de les éclipser.

Qu'on juge de la joie immodérée de l'ex-bonnetière !

— Je le savais bien, je le savais bien, s'écria Marie-Thérèse, que cette pimbêche de Fontanans finirait par rendre justice à l'écusson des Castelneux.

Jusqu'au soir, elle ne tint pas en place. C'était sa toilette et celle d'Éveline qui l'occupaient.

Elle voulait écraser par ses splendeurs tous ces *nobliaux*, comme elle les appelait.

Après avoir essayé et fait essayer à Éveline une douzaine de robes, elle finit par se rendre aux conseils d'Antoinette, et se décida à une toilette simple et de bon goût.

En se rendant chez la marquise, M. de Castelneux dit à son fils :

— La position ce soir sera un peu délicate. La Fontanans te fera des coquetteries ; car c'est une endiablée coquette. Il faudra lui faire la cour : c'est un hommage auquel elle tient.

— Elle est coquette? Je la croyais dévote?

— Raison de plus. Les dévotes qui sont coquettes le sont à outrance. La dévotion, telle qu'elles la comprennent, n'est pas autre chose qu'un effroyable égoïsme. Elles ne veulent pas se damner, mais elles ne sont pas fâchées de faire damner leurs adorateurs, en pensée du moins. Dans ma jeunesse, j'ai été amoureux d'une dévote ; j'ai failli en devenir fou.

— Est-ce que la marquise n'aurait pas le plus petit péché à se reprocher?

— Euh ! euh ! Damerey peut-être. En tous cas, son directeur, un homme du monde, est trop bien élevé sans doute pour lui refuser l'absolution.

— Alors ma conduite est toute tracée ; je me laisserai subjuguer.

— Oui, il faut plaire à madame de Fontanans ; mais tu devras poser cette candidature-là avec beaucoup de tact et de circonspection, car il importe de ne point inquiéter Damerey dans son empire : nous avons encore trop besoin de lui.

— Mais puisqu'il vise à épouser mademoiselle de Curgy, il ne serait peut-être pas fâché d'être débarrassé de la marquise.

— C'est égal, ne t'aventure pas trop, c'est plus prudent ; car il y a de tels replis dans le cœur humain et dans celui de Jules Damerey en particulier...

Il peut encore tenir à la marquise par ambition, par vanité.

— Je suivrai vos conseils; mais Éveline, objecta Victor?

— Si tu pouvais la rendre jalouse! Quand elle verra la superbe madame de Fontanans te prodiguer ses perfides sourires, elle commencera peut-être à t'aimer.

La réunion fut très-nombreuse, et la présence de Victor lui prêtait un intérêt tout particulier. Mais le grand événement de la soirée, ce fut l'apparition des Tricault dans le salon de Mme de Fontanans.

Eveline était charmante. Une simple robe de soie claire, et une fleur posée dans ses cheveux suffisaient à la rendre la plus belle.

A Paris, avons nous dit, partout où elle paraissait, elle gagnait les sympathies; mais à C..., dès qu'elle se montra, elle s'attira presque autant d'ennemies qu'il y avait de femmes dans le salon de la marquise.

A Paris, où l'on se connaît moins, où l'on vit plus séparé, les femmes sont beaucoup plus indulgentes entre elles. Mais il n'en est pas ainsi dans une petite ville : la rivalité seule de la toilette y produit de profondes inimitiés, sans compter une foule d'autres causes qui résultent des commérages, du rapprochement des domiciles, des luttes d'importance ou de préséance et du choc des intérêts.

Mlle de Curgy faisait aussi son entrée dans le monde. Comme elle n'était ni belle, ni élégante, toutes les femmes lui firent un accueil empressé.

Les deux jeunes filles, qui se connaissaient un peu, se placèrent l'une à côté de l'autre.

La soirée fut très-animée. Les prochaines élections défrayèrent toutes les conversations. Victor se montra d'emblée un parfait stratégiste ; il gagna par sa faconde apprêtée, par un mélange habile de grâce mondaine et de componction cléricale, la marquise, Jules Damerey et tous ses électeurs. Les chefs du parti posèrent son élection comme un devoir, et l'on convint de donner le mot d'ordre à toutes les saintes milices.

Enfin on parla des concurrents de Victor, et surtout du protégé de M. Berthaud, de Maurice, dont l'arrivée et la candidature étaient déjà connues.

— Je sais que ce M. Mérieul est un écrivain libéral, dit la marquise avec une nuance de dédain ; mais, comme homme privé, qu'est-ce ? Ne l'avez-vous pas reçu l'année dernière, madame Tricault, dans votre château d'Aulny ?

Au ton dont Mme de Fontanans parlait de Maurice, Mme Tricault rougit d'avoir pu se trouver en si mauvaise compagnie.

— C'est Victor qui nous l'avait présenté, répondit-elle pour s'excuser, ainsi que deux peintres de ses amis.

— Oui, je l'ai connu au temps de mes erreurs, reprit Victor d'un air de contrition presque naturel, tellement ce nouveau converti était profondément entré dans son rôle. C'est un bon garçon, du reste, continua-t-il, un homme qui ne manque pas de talent ; il est malheureux seulement qu'il en fasse un si mauvais usage.

— Vous êtes bien indulgent pour un rival, fit observer la marquise ; cela fait honneur à vos sentiments.

— Que monsieur de Castelneux soit indulgent
pour ce Mérieul, c'est de sa part affaire de convenance, de courtoisie; mais, en thèse absolue, l'indulgence vis-à-vis d'un tel écrivain serait un crime,
dit avec une énergie intempestive un séminariste bilieux qui puisait dans l'*Univers* sa rhétorique et ses
inspirations charitables. Le devoir de tout honnête
homme est de flétrir ces abominables folliculaires.
J'ai lu les œuvres de *monsieur* Mérieul. C'est un esprit
infesté de la lèpre du siècle, de ces monstrueuses
doctrines, qui prétendent ériger un droit des peuples
chimérique sur les ruines du droit divin, et justifier
Dieu en niant l'enfer et la nécessité du mal. C'est un
de ces rusés artisans de fraude, une de ces langues
vibrantes de flamme, un de ces docteurs de pervers
enseignements, accumulant mensonge sur mensonge,
extravagances sur extravagances, qui, par de diaboliques artifices, distillent un venin pernicieux aux
âmes, et font paître dans des pâturages empoisonnés
les brebis et les agneaux du Seigneur, un de ces
hommes enfin aveuglés par l'orgueil et abandonnés
de la grâce, qui prêchent le déisme, le panthéisme
et l'athéisme dans ces feuilles impies, véritables offi-
cines de Satan.

Toutes les figures de l'assemblée exprimaient la
terreur.

— Vraiment, reprit une petite femme rondelette
d'une voix séraphique et en levant au plafond des
yeux pâmés, quand on pense à tout le mal que peuvent faire ces gens-là, on comprend l'inquisition. A
supposer qu'on ait quelquefois abusé de ce moyen,
qu'est-ce que la vie de quelques impies, quand

il s'agit de la gloire de Dieu et du salut éternel?

— Quant à son style, dit un vieux rhéteur, il ressemble à ses théories; c'est la perversion du goût la plus complète : très-peu d'images, pas la moindre comparaison mythologique, pas d'onction surtout, aucune de ces peintures suaves qui vont au cœur, et comme la religion seule peut en inspirer; c'est un style trop concis, sec, froid, sous lequel on devine un homme blasé, un cœur endurci; enfin, si parfois il s'attendrit, c'est pour peindre des amours criminelles : alors il devient élégant, coloré, il est presque poète, et la jeunesse se laisse éblouir par ces peintures dangereuses, sans songer qu'il y a un serpent caché sous ces fleurs.

Cette dernière métaphore eut un grand succès dans l'auditoire, sans doute à causé de sa nouveauté.

Le malaise de madame Tricault était au comble. Était-il bien possible qu'elle eût abrité sous son toit et admis à sa table, et cela au vu et au su de toute la ville, un serpent aussi dangereux.

Quant à Éveline, elle paraissait écouter mademoiselle de Curgy, qui lui parlait de son couvent; mais depuis que le nom de Maurice avait été prononcé, elle était tout à la conversation générale.

— O mon Maurice, disait-elle intérieurement, que ne puis-je prendre ta défense contre tous.

— Comme écrivain, il est certain que c'est peu de chose; mais comme homme, sait-on seulement d'où ça sort? demanda avec une morgue impayable une bourgeoise qui se prétendait alliée à la petite branche des Montmorency.

— On assure qu'il est tout bonnement le fils na-

7.

turel de M. Berthaud, docteur en médecine, répondit-elle.

— Son fils naturel !

— Un bâtard !

— Et voilà ce qui ambitionne de représenter notre
ville !

— Notre département !

Ces diverses phrases partirent de tous les côtés à
la fois.

Éveline pâlit.

Madame Tricault rougit davantage encore.

— Je ne sais pas, dit Jules Damerey, soufflé par
M. de Castelneux, s'il est fils de M. Berthaud ; mais
on a pris des informations sur ce candidat, et son
acte de naissance porte : « père inconnu. »

A ces mots, Eveline devint très-pâle. Elle prétexta
un malaise et demanda à quitter le salon.

M. Damerey se montra très-bien dans cette soirée.
Il eut de très-belles phrases et quelques mots sublimes au sujet de la candidature de Victor.

M. de Castelneux crut devoir récompenser son éloquence et son dévouement.

Vers la fin de la soirée, il se plaça auprès d'un
ecclésiastique à la voix onctueuse et aux belles manières. C'était le directeur de la marquise. M. Damerey parlait à quelque distance avec le grand
vicaire ; mais il pouvait entendre ce que disait M. de
Castelneux.

Ce dernier amena la conversation sur mademoiselle de Curgy.

— Je veux la marier, disait-il, à un homme de
mérite, à un homme pieux, surtout. Elle ne tient pas

à la fortune. Ne trouvez-vous pas, par exemple, que M. Damerey serait pour elle un parti très-convenable? Si vous parliez à la marquise de ce projet comme venant de vous? M. Damerey a pour ses avis une très-grande déférence, et comme elle lui porte un vif intérêt, ainsi qu'à sa filleule, elle pourrait fort bien arranger l'affaire.

En ce moment Victor parlait avec une très-grande animation à madame de Fontanans, et la superbe coquette adoucissait pour lui son grand œil vert-de-mer, dont l'éclat métallique n'exprimait d'ordinaire que la sécheresse et la hauteur.

Le directeur de la marquise, en écoutant M. de Castelneux, observait sa pénitente.

— Nous verrons cela, répondit-il avec un fin sourire. En effet, cela pourrait s'arranger; ce serait un beau mariage pour M. Damerey; mais sa piété est si exemplaire, son dévouement à la bonne cause est si entier, qu'il est bien juste que le ciel le récompense. Quoique les biens de ce monde ne donnent pas tout le bonheur, cependant ils y contribuent quelque peu. Aussitôt que je jugerai l'occasion favorable, j'en parlerai à la marquise.

— Vous avez le temps, reprit M. de Castelneux; ma pupille, en tous cas, ne se marierait pas avant Pâques.

Jules Damerey comprit : pas d'élection, pas de mariage, et il adressa un regard d'intelligence à M. de Castelneux.

En sortant de chez la marquise, le légiste dit à son fils :

— Bravo! la soirée a été très-bonne. La Fontanans s'est montrée parfaite pour toi.

— Oui, répondit Victor, elle m'a dit très-gracieu-sement qu'elle recevait tous les jours, de quatre à six heures. C'est vraiment une femme charmante, qui gagne à être connue. Elle n'a pas de *brio*, mais elle a du *chic*, ajouta-t-il en puisant dans son ancien vo-cabulaire.

— Tout va bien! reprit M. de Castelneux. Quand j'ai vu l'effet produit sur Eveline et sur sa mère par ces mots de M. Damerey : « Père inconnu, », je n'ai pas craint de m'avancer un peu plus avec notre mu-sicien. Il épousera la petite de Curgy. Pour toi, il est certain que tu auras ta cousine ; car Eveline ne peut guère supposer que sa mère consente jamais à la marier avec un bâtard.

Quant à Eveline, elle n'avait pu entendre sans une vive douleur la révélation de Jules Damerey. Cette révélation détruisait en effet toutes ses espérances et atteignait Maurice dans l'honneur de sa mère. Puis, disons-le, Eveline n'était pas un esprit fort. Un bâ-tard, à ses yeux, était un être flétri par l'opinion, un infortuné destiné à rougir toute sa vie d'une faute qu'il n'a point commise. Sans doute elle avait l'esprit juste, le cœur bon ; mais il est des pré-jugés si fortement enracinés par l'éducation, qu'on s'y soumet alors même que la raison les con-damne.

Lorsque, tout en larmes, elle raconta à sa tante ce qu'elle avait appris, elle fut étonnée qu'Antoinette ne partageât pas sa douloureuse surprise.

— N'est-ce pas, lui disait-elle, c'est impossible? tu ne le crois pas. Ce sont d'infâmes calomnies qu'ils inventent pour faire échouer sa candidature. Il m'a souvent parlé de sa mère, il m'a dit que c'était une sainte femme qu'il vénérait.

— Ecoute, ma pauvre enfant, répondit Antoinette avec tristesse, il ne faut pas juger aussi sévèrement ces sortes de choses. Sans doute il y a fréquemment dans une faute de ce genre beaucoup d'imprudence et de simplicité ; mais parfois aussi il y a des sentiments élevés. Si la mère de Maurice a commis cette faute, il ne s'ensuit pas nécessairement qu'elle soit une femme méprisable. Elle est peut-être plus à plaindre qu'à blâmer. En tous cas, le mérite de M. Mérieul n'en est aucunement diminué, et son honneur surtout ne saurait en être atteint. Mais si cela est, il faudra bien que ton cœur se détache de lui, car votre mariage devient tout à fait impossible. Quelle que fût la position de M. Mérieul, ta mère ne verrait jamais en lui qu'un homme de rien, puisqu'elle met la question de la naissance au-dessus de toutes les autres. Je crois même qu'il faudrait écrire à M. Mérieul de ne pas venir nous voir pour le moment; car je crains que ta mère ne le reçoive fort mal. Tu prétexteras que ces visites pourraient le compromettre aux yeux de son parti.

Eveline écrivit donc à Maurice. Au milieu de ses témoignages d'affection, elle disait :

« Je suis allée hier au soir chez madame de Fontanans, où l'on a dit beaucoup de mal de vous. Je vous en aime davantage, car il est presque honorable d'être dénigré par d'aussi méchantes gens. Ils ont dit, entre autres choses, que vous étiez le fils de M. Berthaud. Comme cela n'est pas, sans doute, vous ferez bien de leur donner la preuve du contraire. »

— Ainsi, pensa Eveline, il verra bien que je doute ; il me répondra, et je saurai la vérité.

En même temps, madame Tricault écrivait à Maurice un billet fort impertinent qui lui enjoignait de cesser toute visite.

Pendant que la marquise donnait sa soirée en l'honneur de Victor, madame Bourgeon, la reine de la ville basse, réunissait aussi son monde pour lui présenter Maurice.

Cette réunion était la contre-partie de la première, à cette différence près que, s'il y était moins question du bon Dieu et des choses saintes, on y apportait beaucoup plus de sincérité et de cordialité.

Maurice, beau, sympathique, éloquent, subjugua ses électeurs. De riches industriels, des fabricants d'huile de schiste, des propriétaires de mines, dont les produits ne s'écoulaient que difficilement à cause de la rareté des communications, adoptèrent avec transport le projet de Maurice d'établir dans le pays un chemin de fer reliant C... à M..., et desservant les usines les plus importantes du département. Il fit ressortir tous les bienfaits que produirait cette nouvelle voie ferrée, non-seulement pour l'industrie, mais pour le bien-être général du pays. Il démontra que des communications plus faciles amèneraient, avec un redoublement d'activité, le triomphe nécessaire de la partie laborieuse, intelligente, de la bourgeoisie, sur une aristocratie oisive, abâtardie, encore encroûtée dans les préjugés du moyen-âge ; car, disait-il, la vraie noblesse est celle qui a pour base le travail et l'intelligence.

Ces idées, assez rebattues de nos jours, étaient

neuves pour les industriels de C...; elles flattaient d'ailleurs leurs rivalités de caste, et ils promirent à Maurice leurs suffrages et leur appui.

Dès le lendemain, Maurice se mit en campagne avec M. Berthaud pour sa tournée électorale. Il ne reçut donc ni la lettre d'Éveline ni celle de madame Tricault.

II.

MANŒUVRES ÉLECTORALES.

Le candidat de l'administration était, avons-nous dit, un riche industriel des environs.

Les moyens que, à cette époque surtout, l'administration employait dans ces sortes de luttes, sont trop connus pour qu'il soit besoin de les rappeler. Maires, percepteurs, juges de paix, agents-voyers, instituteurs, commissaires de police et gardes champêtres furent mis en campagne.

Maurice, lui, n'avait que les amis de M. Berthaud, sa brochure et sa profession de foi ; mais il comptait de chauds partisans, d'ardents admirateurs.

M. Berthaud jugea qu'il fallait, sinon tenir secrète la candidature de Maurice, du moins agir avec beaucoup de circonspection, afin de prévenir les entraves que ses concurrents pourraient lui susciter. En conséquence, tandis que M. Dorcy assemblait, comme candidat de l'administration, les conseils municipaux et les habitants des communes, Maurice et M. Berthaud parcouraient sans bruit le pays, et se bornaient à visiter quelques amis influents.

De leur côté, les cléricaux déployaient une activité

d'autant plus redoutable qu'elle était plus voilée, plus mystérieuse. Les congrégations de la localité se réunirent en séance extraordinaire.

Il n'est pas sans intérêt peut-être de résumer ici en quelques mots les mobiles et les tendances d'une société devenue fameuse dans ces dernières années.

Le but apparent de cette société, but exprimé dans le manuel et dans les circulaires du conseil général, c'est d'abord la sanctification de ses membres, ensuite le salut spirituel des indigents secourus, et en troisième ligne le soulagement de leurs misères. Là, tout un ensemble habilement calculé de précautions pour initier le récipiendaire et pour capter la confiance du pauvre.

Sans aucun doute, ce but apparent est poursuivi réellement et uniquement par un grand nombre de catholiques sincères. Ceux-là sont les *menés*; c'est le troupeau qui obéit aveuglément au mot d'ordre mystérieux des habiles.

Mais le but caché ne se dévoile que par les révélations des sectaires et par l'étude attentive de l'ensemble des œuvres.

Ce but caché, poursuivi par les meneurs de l'ultramontanisme et des partis rétrogrades, consiste à former et à étendre de plus en plus une vaste conjuration, une ligue générale contre les principes nouveaux, contre le progrès moderne.

Le gouvernement lui-même a dénoncé les dangers de cette formidable hiérarchie cosmopolite, qui donne à une partie du budget de la société un emploi inconnu, qui enlace surtout la France dans son réseau, et qui, on l'a vu, a su tenir en échec les lois du pays. Il a dissous cette puissante unité, mais les tronçons ne tarderont peut-être pas à se rejoindre.

La base initiale, le pivot de l'œuvre, c'est le secours en nature et à domicile. On comprend facilement comment le pauvre, souvent visité, secouru peu et souvent, circonvenu par d'adroites prévenances, intimidé au besoin par une mielleuse sévérité, abattu d'ailleurs par la maladie et par la misère, peut devenir un instrument docile entre les mains de la société.

Une fois infiltrée dans le foyer de la famille, la société a successivement englobé tous les âges, toutes les conditions dites inférieures, toutes les situations même, au moyen des œuvres innombrables des loyers, des ouvriers, des malades, des prisonniers, des mariages, des militaires, des patronages, etc.

L'œuvre des militaires notamment, sous prétexte de suppléer à l'instruction primaire obligatoire du régiment, et par conséquent à la sollicitude du ministère de la guerre, amorce les jeunes conscrits au moyen d'amusements et de distractions gastronomiques, les enseigne, les sermonne et s'empare ainsi de leur conscience.

L'œuvre des patronages, la plus étendue et la plus importante, dirige dès le bas âge l'éducation et l'instruction de l'enfant, l'isole de l'influence de la famille, le met en apprentissage, le place et le suit dans le cours de sa carrière. Cette œuvre, qui tend à s'emparer de la génération nouvelle, tient ainsi les parents comme les enfants dans une étroite dépendance.

On voit donc quel parti les meneurs peuvent tirer, dans les graves occasions, en matière d'élection surtout, d'une armée si bien disciplinée. On voit aussi quelles nombreuses recrues peut leur livrer la misère.

A C***, où le terrain était bien préparé, la société avait étendu naturellement ses racines et ses ramifications, et la plupart des œuvres y florissaient.

Le président du conseil provincial, M. Dupasquier, un riche filateur des environs, présida lui-même la séance extraordinaire dont nous avons parlé. La circonstance en valait la peine. Il fallait se compter et dresser ses batteries.

Le saint zèle de M. Dupasquier n'était pas cependant tout à fait désintéressé. Il était en rivalité industrielle avec M. Dorcy. Tous deux sollicitaient la même concession de mines de houille. Si M. Dorcy était nommé, cette concession risquait d'échapper à M. Dupasquier, auquel Victor promettait son appui. C'est ainsi que s'expliquent trop souvent les grands dévouements religieux de notre époque. Mais sans doute ces saints personnages ne font si grand cas de la richesse que parce qu'ils pensent consciencieusement, comme l'a dit Molière, pouvoir en faire un meilleur usage que les mécréants.

La pieuse assemblée commença par réciter le *Veni Creator* pour appeler sur elle les lumières de l'Esprit saint, et voici de quelle manière l'Esprit saint fut censé l'illuminer.

Après avoir fait sur la charité une allocution où le lieu commun le disputait à l'enflure du style, le président termina ainsi :

« Nous ne devons pas seulement aux pauvres la charité matérielle, nous leur devons avant tout la charité morale ; nous devons leur montrer la vérité, les guider dans le sentier du devoir. Or notre devoir à tous, enfants de Dieu et de l'Eglise, c'est de défendre la religion quand elle est menacée, c'est de protéger les droits sacrés de la propriété et de la famille contre les doctrines impies et subversives qui les attaquent, c'est de nous unir en faisceau pour lutter contre les ennemis du bien, pour combattre l'esprit du mal.

« Aujourd'hui, il s'agit de faire triompher une lumière naissante de l'Église, une âme enthousiaste des saines doctrines. » (La voix de l'orateur s'attendrit à ces derniers mots, et Victor, présent à la séance, baissa les yeux.)

« Ne l'oubliez pas, continua M. Dupasquier, nous sommes catholiques avant d'être citoyens, car le ciel est notre véritable patrie.

« Nous allons donc nous compter. Chacun de vous fera la liste des électeurs dont il peut disposer. Ce sera à vous de les convaincre ; vous leur ferez entendre, avec une insistance persuasive, mais ferme, et avec tous les ménagements de langage que les temps exigent, que, si nous leur demandons la fréquentation des offices et des sacrements, nous tenons plus encore à ce qu'ils votent pour notre candidat, car il s'agit ici des plus graves intérêts de l'Église.

« Remarquez ici, mes frères, la beauté et la grandeur de notre institution. Quel frein puissant nous avons entre les mains pour arrêter sur la pente fatale les malheureux qu'entraîne la perversité ! Est-ce par la force? non ; est-ce par la menace ? non ; c'est par la charité, par l'amour. Et qu'on vienne dire que nous leur imposons une sorte de contrainte ! Ne sommes-nous pas libres de répandre nos aumônes sur ceux que nous en jugeons dignes? et eux ne sont-ils pas libres de les mériter? Mais, il y aurait contrainte même, où serait le mal, quand il s'agit du salut éternel, de la gloire de Dieu et du triomphe de l'Église !

« On nous reproche aussi de faire des hypocrites. Mais laissons dire ces hommes de mauvaise foi. Est-ce à nous de pénétrer le fond des cœurs? Si nos indigents font de l'hypocrisie, Dieu les jugera ; mais en attendant, le bon exemple sera donné.

« Enfin nos ennemis allèguent qu'en imposant à nos pauvres la pratique de la religion, nous les engageons dans une sourde révolte contre nous et contre les principes mêmes que nous voulons leur inculquer. Pour toute réponse, je leur montrerai l'exemple de mes ouvriers, qui ne forment qu'une famille, qui m'aiment comme leur père, et pratiquent tous avec une ferveur exemplaire leurs devoirs religieux. Vous pouvez, M. de Castelneux, compter là sur quinze cents voix, et vous serez nommé, je l'espère, par l'intercession toute spéciale de saint Hilaire, patron de cette paroisse. »

Les cléricaux ne doutaient donc pas du succès. Ils avaient d'ailleurs le concours des autres associations de bienfaisance, des confréries et des femmes. C'étaient les dames patronnesses, les dames du *bouillon*, les confréries de sœur Cunégonde, de Saint-François-

Xavier, de Saint François Régis, du *tiers ordre* de Saint-François-d'Assises, etc., etc.

Pour réchauffer le zèle des indigents secourus, le président fit voter une distribution extraordinaire de bons de pain, de vêtements et d'argent. Il engagea les membres à créer des ressources supplémentaires, en augmentant d'abord l'offrande facultative et secrète qu'ils déposent à chaque séance, puis en organisant une quête à domicile et une autre quête, précédée d'un sermon, dans la cathédrale. Quant aux loteries d'usage, le temps manquait pour les organiser.

M. Damerey fut chargé de rédiger une circulaire destinée à tous les membres de la société habitants la circonscription de C...

On désigna ensuite les sociétaires chargés à tour de rôle d'assister au scrutin.

Au début, les chances étaient ainsi contre Maurice, et M. Berthaud redoutait un échec. Ses amis montraient du bon vouloir sans doute, surtout à la sous-préfecture voisine dont l'esprit était libéral. Toutefois, dans cette contrée, la population des campagnes est superstitieuse et indolente. Comment, d'ailleurs, quelques individus isolés, privés de tous moyens de se grouper, de se concerter, pouvaient-ils conjurer les influences contraires? Comment pouvaient-ils en quelques jours ressusciter cet esprit de parti, cette passion politique si nécessaires pour triompher chez les paysans surtout de la pusillanimité et de l'indifférence? Mais une circonstance imprévue fit un parti à Maurice et lui donna des chances sérieuses.

Il est à croire que, si l'autorité supérieure savait
de quelle manière inintelligente et abusive elle est
quelquefois servie par ses fonctionnaires, elle mettrait un frein à ce zèle excessif, qui peut produire un
résultat tout opposé à celui qu'elle veut atteindre.
Elle leur répéterait sans cesse le mot célèbre de Tal-
leyrand à ses agents diplomatiques : « Surtout, messieurs, pas de zèle ! »

C'est ainsi que Maurice dut ce revirement de l'opinion au zèle maladroit de quelques agents de l'autorité qui attaquèrent son honorabilité et celle de
M. Berthaud.

« Ce monsieur Mérieul, — disaient-ils, — n'était
sans doute qu'un chevalier d'industrie. Le connais-
sait-on ? tout était mystère autour de lui. Un bâtard
sans fortune pouvait-il représenter la famille et la
propriété ? Puis c'était un joueur, un débauché, un
écrivassier, un folliculaire, un bohême vivant au jour
le jour, et par conséquent d'une moralité suspecte.
Enfin M. Berthaud ne le patronnait-il pas ? M. Berthaud, un *rouge* socialiste, un buveur de sang, un
ennemi systématique de tout gouvernement, un
homme turbulent, rusé, ambitieux, ne faisant le bien
que pour acquérir de la popularité et pour se ménager des créatures. »

Ces discours, beaucoup trop vifs, agitèrent les es-
prits et tirèrent de l'engourdissement le parti libéral
dont M. Berthaud était le représentant le plus estimé.
Les maires de quelques communes soutinrent ouvertement la cause de Maurice. Quelques fonctionnaires,
outrepassant les instructions du sous-préfet, mena-
cèrent ces maires de révocation et leur firent enten-

dre qu'ils s'exposaient ainsi à voir rejeter toutes les réclamations de leurs communes. C'était mettre le feu aux poudres. Dès ce moment Maurice eut un parti actif et sérieux.

Ce que les adversaires de Maurice lui reprochaient surtout, c'était l'illégitimité de sa naissance. Toutefois les cancans de la Barbaude l'avaient fait passer pour le fils de M. Berthaud. Or, aux yeux du parti libéral, cette paternité supposée atténuait l'illégitimité. Maurice ainsi n'était plus un étranger; la protection toute paternelle que lui accordait le docteur n'équivalait-elle pas à une reconnaissance? Évidemment des obstacles secrets et insurmontables pouvaient seuls empêcher la reconnaissance officielle.

De son côté, le parti clérical travaillait contre Maurice avec toute l'ardeur du fanatisme, car il redoutait moins le candidat de l'administration. D'ailleurs, M. Damerey conduisait la manœuvre : il recevait l'impulsion première de M. de Castelneux, qui voulait à tout prix écarter Maurice. Tout fut mis en œuvre : discrètes et perfides insinuations, s'abritant derrière les prétendus intérêts du ciel et de la morale, menées sourdes des congrégations, influences voilées et influences directes.

C.... est une ville de couvents où les ordres prédicans se mêlent souvent à la vie publique. Dans la chapelle d'un de ces monastères, un religieux prit pour texte de son sermon ces paroles de l'Évangile : *Tu es Pierre, et sur cette pierre je bâtirai mon Église, et les portes de l'enfer ne prévaudront jamais contre elle.*

A cette époque, la question romaine n'avait pas encore surgi. Autrement, l'éloquent orateur eût prouvé, dans un discours émaillé de citations latines, que, si Jésus s'était contenté de si faibles ressources pour fonder son Église, un royaume, une armée et de bons revenus étaient indispensables pour la consolider et la défendre.

Ce jour-là, il se contenta de démontrer, pour les besoins de la cause, que le candidat libéral était une des portes de l'enfer, et le candidat clérical un des piliers de l'Église. Comme péroraison, il voua aux flammes éternelles tous les mécréants qui voteraient pour M. Mérieul, et promit les félicités célestes aux honnêtes gens qui donneraient leurs voix à M. de Castelneux.

Le salon de la marquise était le centre de toutes les intrigues cléricales et légitimistes.

Pour répondre à cette recrudescence d'hostilités, Roger et Noël, à l'insu de Maurice et de M. Berthaud, qui certes eussent blâmé de semblables moyens, Roger et Noël, disons-nous, composèrent une complainte sur les nouvelles amours de Victor et de la Fontanans, madame *Bigotie,* et sur le rôle piteux de Damerey, *il signor Cafardini,* transformé en simple sigisbé. Cette complainte était illustrée de caricatures. Noël enrôla une demi-douzaine de gamins et leur apprit à la chanter sur l'air de *Fualdès.*

A neuf heures, C... est une ville aux trois quarts endormie. Le couvre-feu sonné, comme au bon temps, tout le monde rentre chez soi, le peuple se couche, les boutiques se ferment. A peine entend-on dans le quartier aristocratique le bruit d'un piano, autour duquel danse la *société.*

Un soir de grande réception chez la marquise,

Noël envoya son escouade de gamins sous les fenêtres de madame de Fontanans. Tout à coup, entre deux quadrilles, on entendit glapir la fameuse complainte. Ce fut comme un coup de théâtre. On se regarda avec stupeur. La marquise surprit même quelques sourires comprimés, quelques regards moqueurs. Elle rougit, pâlit, faillit se trouver mal. Le père de Victor se pencha à son oreille.

— Voulez-vous, madame, que je fasse mettre au violon ces malotrus qui troublent l'ordre public ?

— Non, dit-elle, ce serait pire.

M. Damerey montra beaucoup de sang-froid. Il pria mademoiselle de Curgy de jouer avec lui un morceau à quatre mains, et bientôt le bruit du piano couvrit les chants de la rue.

— Voilà un petit scandale qui avancera certainement mon mariage avec mademoiselle de Curgy, pensait Damerey.

— Il me vient une idée, dit à demi-voix M. de Castelneux à la marquise, de façon à être entendu de ses voisins. Que vous semblerait d'un mariage entre mademoiselle de Curgy et M. Damerey?

La marquise eut un léger tressaillement ; mais elle comprit la pensée de l'habile jurisconsulte et l'en remercia d'un regard.

— J'y ai déjà pensé moi-même, répondit-elle assez haut, et j'ai bon espoir que la chose pourra s'arranger.

— Le lendemain toute la ville parlait du prochain mariage de Damerey avec mademoiselle de Curgy; le virtuose était devenu le prétendant officiel de l'élève du Sacré-Cœur.

8

— Mais, mon père, ne vous êtes-vous pas un peu trop avancé avec M. Damerey? disait Victor, en sortant de chez la marquise.

— Devant un tel scandale, il n'y avait pas à hésiter. La situation était périlleuse. La Fontanans compromise et Damerey ridiculisé pouvaient tous deux t'abandonner, toi et ton élection.

Ainsi Noël et Roger avaient espéré semer la zizanie dans le camp ennemi : mais, faute de connaître complétement le dessous des cartes, ils n'aboutirent qu'à cimenter son union.

Cependant Victor, désirant prévenir le retour de pareilles manœuvres, résolut d'aller trouver Roger, afin de l'engager à cesser cette guerre de personnalités. Il voulait aussi prévenir, par cette visite, toute accusation de complicité dans la catastrophe qui menaçait Mérieul.

III.

PROVOCATION.

Huit jours s'étaient écoulés depuis la lettre qu'Éveline avait écrite à Maurice. A quoi devait-elle attribuer ce silence? Était-il blessé de sa lettre ou du billet de sa mère? Reculait-il devant les obstacles qui les séparaient? A la vérité, les préoccupations électorales devaient l'absorber; mais encore ne pouvait-il trouver un instant pour lui écrire qu'il l'aimait toujours? Enfin elle s'adressait toutes les questions anxieuses que s'adressent en pareil cas les amoureux; car elle ignorait l'absence de Maurice. N'y tenant plus d'inquiétude, elle lui écrivit de nouveau;

mais cette lettre resta pareillement sans réponse. Comment avoir de ses nouvelles? Il lui vint une idée, qu'elle mit immédiatement à exécution.

Elle alla trouver son père.

M. Tricault était occupé dans son cabinet à disposer en panoplie toutes ses armes de guerre.

Elle passa son bras au cou du capitaine avec une câlinerie à laquelle elle savait bien qu'il ne résistait pas.

— Que fais-tu donc là, père? demanda-t-elle, et qu'est-ce que cette baïonnette?

Elle connaissait on ne peut mieux l'histoire de la baïonnette; mais elle voulait procurer à son père le plaisir de raconter pour la centième fois sa mémorable campagne du faubourg Saint-Antoine. Il s'en acquitta en conscience, et n'omit aucun détail. Il avait arraché cette baïonnette à un insurgé, et, à la pointe de cette arme terrible, il avait enlevé une barricade.

— Ah! si tu m'avais vu, ajouta-t-il, tu aurais eu peur de moi. Je me sentais du sang de lion dans les veines. Je voulais une blessure, un coup de sabre, une balle, n'importe quoi; mais par une atroce fatalité, les sabres, les balles, les pierres mêmes me respectaient. Je fis des prodiges de valeur : d'un coup d'épaule, je relevai un omnibus qui nous barrait le passage, et tout ce que je pus attraper, tiens, c'est la balle qui vint se loger dans cette épaulette. J'enrageais de ne l'avoir point reçue dans l'épaule même.

— Que tu es brave! dit Éveline. Et tu aimes bien ta petite fille, n'est-ce pas? et je suis sûre que, si elle te demandait quelque chose, tu ne le lui refuserais point?

— Voyons, qu'est-ce que c'est? Accordé d'avance... pourvu toutefois que ta mère ne s'y oppose pas.

— Oh! il ne faut rien lui en dire, ce sera plus sûr.

La figure du capitaine s'allongea.

— Ecoute, reprit Éveline, c'est bientôt ma fête. Depuis longtemps je désire avoir ton portrait pour le placer dans ma chambre au-dessus de mon piano. Mais je veux ton portrait en capitaine, avec ton beau costume de garde national, et avec cette épaulette percée d'une balle.

— Je veux bien, je veux bien, répondit l'ex-bonnetier, ravi de l'idée de sa fille. Que ne m'as-tu demandé cela à Paris! Nous n'avons pas de peintre à C...

— Mais si, répondit Eveline; va trouver M. Roger Mérigat, sans en parler à maman, car depuis que madame de Fontanans s'est avisée de dire du mal de nos artistes, elle ne veut plus les recevoir ; et cependant ils étaient bien plus amusants à eux trois que les gens de C... à eux tous.

— Je suis de ton avis. Ce sont des gaillards fort drôles; le petit Noël surtout, bien qu'on ne comprenne pas toujours parfaitement ce qu'il dit. Je regrette que ta mère se soit mis dans la tête qu'ils pouvaient nous compromettre. Mais, ta mère, c'est le général, et moi, je ne suis que le capitaine. Tu sais bien qu'il ne faut pas broncher avec elle.

— Je t'en prie, petit père, ne me refuse pas. J'ai si grande envie de ton portrait!

Elle lui mit son shako, agrafa ses épaulettes et le poussa devant une glace.

— Vois donc, tu as l'air si martial et en même temps si bon ! Car c'est bien vrai que tous ceux qui sont braves et forts sont bons pour les faibles.

Le capitaine céda. Il voulait d'abord plaire à sa fille, il désirait aussi revoir les artistes pour s'égayer un peu ; mais avant tout, il tenait à voir et à faire voir son image en costume de garde national.

Lorsqu'il fut sur le point de sortir, Eveline lui dit :

— Et puis ce sera une occasion de prouver à ces messieurs combien nous regrettons que de vilaines questions électorales nous privent du plaisir de les voir. Enfin tu diras à M. Mérieul, si tu le rencontres chez M. Mérigat, qu'Antoinette et moi serions bien aises d'avoir une petite réponse à la question que nous lui avons posée, une question de littérature ; il comprendra bien. Si tu ne le vois pas, tu demanderas de ses nouvelles, et tu chargeras M. Mérigat de faire la commission.

M. Tricault, fort éloigné de supposer que sa fille pût aimer M. Mérieul, promit tout ce qu'elle voulut.

Eveline était toute joyeuse, car elle espérait que la démarche de son père atténuerait dans l'esprit de Maurice l'effet de la lettre de sa mère ; et puis elle aurait, pendant tout le temps que durerait la confection du portrait, un moyen de communiquer avec lui.

Sous prétexte d'aller prendre l'air à l'ombre des grands arbres de l'Arquebuse, M. Tricault se rendit chez Roger.

Roger, depuis l'arrivée des Tricault, leur avait fait une visite, et comme personne ne la lui avait rendue,

8.

et que madame Tricault l'avait reçu assez froidement,
il s'était abstenu de se présenter de nouveau à l'hôtel de la rue du Fraigne. Néanmoins, il accueillit
très-cordialement le capitaine, et Noël, en le voyant
entrer, lui fit comme d'habitude le salut militaire.

— Je viens vous voir, dit-il, dans le plus grand
mystère.

— Quel est donc ce mystère, ce mystère infernal?
chanta Noël sur l'air de la *Dame Blanche*.

— Il faut que vous me promettiez de garder le
secret.

— Soyez tranquille, capitaine, nous le jurons, et
un rapin n'a que sa parole,... car il n'a pas autre
chose. Nous serons muets, muets de naissance, pour
peu que cela vous soit agréable.

— C'est Eveline qui m'envoie, reprit M. Tricault.
Les fillettes ont de singuliers caprices ! Elle veut que
vous me fassiez mon portrait en capitaine de la garde
nationale, et elle le veut pour sa fête, qui est le 15
du mois prochain.

— Elle l'aura, dit Roger.

— Elle m'a chargé aussi de demander à M. Mérieul sa réponse au sujet d'une question littéraire
qu'Antoinette lui avait adressée.

— Bon! voilà la raison du portrait, pensa Roger.

— Maurice doit revenir aujourd'hui, répondit-il.
Si vous le voulez, nous commencerons le portrait, et
pendant ce temps il arrivera peut-être.

— Bien volontiers, mais je n'ai pas mon shako.

— Je l'imaginerai.

— Et mes épaulettes?

— Vous les apporterez une autre fois.

— Ah! il est malheureux, au point de vue de l'art, que je ne sois pas décoré. Cela fait si bien, un ruban rouge dans un portrait! Dieu sait pourtant si je l'ai mérité! Quand on a combattu l'anarchie, rétabli l'ordre au péril de ses jours, relevé un omnibus, enlevé plusieurs barricades....

— Que voulez-vous, mon brave, interrompit Noël, la société est *farcie* d'injustices.

— Mais, reprit M. Tricault, on m'a décerné dernièrement une médaille d'or pour ma courageuse conduite à la tête de ma compagnie de pompiers, lors du dernier incendie d'Aulny. Il ne faudra pas du moins l'oublier. Vous pourriez me l'attacher à la boutonnière, avec un ruban tirant sur le rouge.

— C'est entendu; posons donc, dit Roger!

Et M. Tricault, l'air martial, le poing sur la hanche, posé de trois quarts, se tint dans une immobilité presque cataleptique.

—Vous êtes magnifique, mais un peu trop roide, fit observer Roger; causez un peu.

— Mon rêve, soupira M. Tricault, ce serait de figurer dans une de ces grandes toiles que j'ai si souvent admirées à Versailles. Oh! Horace Vernet, quel talent, n'est-ce pas?

— Horace Vernet? répéta grotesquement Noël, allons donc! Il fait des chefs-d'œuvre, c'est vrai; c'est étonnant même, car en définitive ce n'est qu'un barbouilleur, un peintre d'enseignes, moins que çà, un badigeonneur qui n'est pas digne de nettoyer la palette du grand maître que voilà. Vous aimeriez à figurer dans une grande toile? Tranquillisez-vous. Nous vous la ferons, cette toile; une toile d'un kilo-

mètre carré, si vous voulez. Nommez-nous vos peintres ordinaires; et nous vous poserons crânement
sur une barricade, le sabre à la main, l'impériale de
travers, les cheveux ébouriffés, la figure noircie par
la poudre, sans oublier l'épaulette trouée. Vous achè-
teriez naturellement le tableau; car, dans ces temps
pacifiques, il ne serait probablement pas admis à
Versailles. Vous le placeriez dans votre salle à manger gothique, et vous vous chargeriez, avec cette
éloquence entraînante qui distingue vos récits, de
donner à vos convives, entre la poire et le fromage,
l'explication de l'héroïque fait d'armes.

— Hé! parbleu! c'est une idée, dit le capitaine
enthousiasmé. Je leur raconterai comment, arrivé
sur la barricade.....

— Prenez garde, capitaine, interrompit vivement
Roger, vous pourriez vous échauffer, et votre portrait
ressemblerait à un coquelicot.

— Soit! mais votre idée me sourit; et j'en ferai
part à madame Tricault, car il est probable qu'a-
près les élections, si Victor est nommé, elle vous
rendra ses bonnes grâces. J'y emploirai tous mes efforts.

— Vous diriez à madame Tricault pour la décider,
reprit Noël, que nous peindrions dans les coins autant de griffons qu'il lui plairait.

M. Tricault, malgré le respect qu'il professait pour
les goûts de sa souveraine, ne put s'empêcher de
sourire et de reconnaître qu'elle avait un penchant
un peu trop prononcé pour cet animal héraldique.

L'esquisse terminée, M. Tricault fut appelé à donner son avis.

— Comment, je n'ai qu'une épaulette ! s'écria-t-il avec désappointement.

Roger essaya de lui démontrer que la perspective lui défendait d'en mettre deux. Ce fut en vain : M. Tricault voulut ses deux épaulettes.

— Mais on croira que c'est un boulet qui a emporté l'autre, fit Noël.

Rien ne put convaincre M. Tricault, et Roger tailla son crayon pour faire une nouvelle esquisse de face.

Mais en ce moment, on frappa discrètement à la porte.

— Qui est-là ? Ne laissez pas entrer. Si ma femme allait savoir !... dit avec terreur M. Tricault.

Noël alla ouvrir et recula de deux pas. C'était Victor qui se présentait.

— Désolé, révérend père, s'écria Noël en saluant jusqu'à terre, mais nous avons des *fâmmes* qui posent ; oui, des *fâmmes* en costume de déesses, et votre candeur s'alarmerait peut-être...

— Eh bien ! répondit gaiement Victor, j'attendrai que ces dames soient redevenues de simples mortelles.

— Impossible ! le feu a pris à leurs vêtements terrestres.

Pendant ce pourparler, M. Tricault avait reconnu la voix de son neveu. Il trembla d'être découvert. Roger lui désigna vivement une sortie. Mais pendant que Roger se retournait, M. Tricault, dans son trouble, se trompa de porte, et se jeta dans une armoire.

Roger, curieux de savoir ce que lui voulait Victor, le fit entrer.

Victor s'avança vers ses amis avec la même cordialité apparente qu'autrefois.

— Quoique antagonistes, nous ne sommes pas ennemis, je l'espère, leur dit-il avec beáucoup d'aménité. Vous êtes de braves cœurs que j'ai appris à connaître dans les temps difficiles, et je serais vraiment désolé qu'une lutte politique, qui ne doit être que momentanée, me fît perdre une amitié comme la vôtre.

Ces paroles, qui exprimaient des sentiments élevés, seraient allées au cœur de Roger, si elles n'avaient été prononcées d'un petit ton jésuitique qui lui déplut. Il flaira quelque capucinade, et sa main répondit faiblement à l'étreinte de celle que lui tendait Victor.

— Assurément, mon cher, répliqua-t-il, je partage ton avis, et j'ai plaisir à voir que tes nouvelles convictions n'ont pas banni chez toi toute tolérance. Mais, à propos, là, entre nous, es-tu bien sérieusement converti?

— Très-sérieusement, je t'assure.

— Ma foi! pour le croire, il fallait que je l'apprisse de ta bouche; car, six mois avant cet événement miraculeux, je me souviens que tu étais le plus enragé païen de la païenne bohême, très-épris de la pécheresse, et ne jurant que par Cupidon et Bacchus.

— A ne citer que saint Augustin, répondit Victor, n'a-t-on pas vu des conversions plus surprenantes?

— Saint Augustin vivait au quatrième siècle, repartit Roger; mais en plein dix-neuvième, la conversion d'un pécheur de ta trempe, c'est quelque chose qui passe mon entendement.

— Bah! reprit Noël, au dix-neuvième siècle les

miracles sont bien plus nécessaires qu'au quatrième;
et je ne suis étonné que d'une chose, c'est que No-
tre-Dame de la Salette ne se dérange pas plus souvent.

— Tu as donc eu une vision comme saint Paul?
demanda Roger.

— Non pas précisément sur le chemin de Damas,
ajouta Noël, mais sur le chemin qui conduit à la
législative.

— En effet, mes amis, répliqua Victor avec un
calme magnanime, pour le comprendre, il faudrait
que vous fussiez, comme moi, touchés par la grâce.
Ah! si vous saviez quelle joie pure on trouve dans
les croyances religieuses! Que ne puis-je vous convaincre de mon bonheur et vous le faire partager!

— Oui, mes très-chers frères, interrompit Noël,
en imitant le ton patelin de Victor, convertissez-
vous. Voulez-vous arriver vite aux honneurs et à la
fortune? vous n'avez pas d'autre chemin à prendre.
Faites comme moi, et les commandes pleuvront sur
votre humble atelier, et les *boudjous* afflueront par
torrent dans votre bourse altérée : ce que je vous
souhaite. Ainsi soit-il!

— Enfin, mon cher ami, reprit Roger, nous nous
recommandons à tes prières et à celles de la marquise. Elle n'est vraiment pas trop mal, ta marquise.
Tu devrais toutefois l'engager à ajouter quelques
centimètres d'étoffe à ses corsages, car ses épaules
sont bien un peu maigres. A propos, et votre facto-
tum remplit-il ses fonctions avec toute la discrétion
désirable?

— Vous êtes de bien mauvais sujets, répondit

Victor. Au point de vue de l'art, vos charges sont fort spirituelles, j'en conviens ; mais mieux vaudrait un peu moins d'esprit et un peu plus de charité. Je conçois que, avec vos idées mondaines, vous ne pouvez juger autrement le zèle de M. Damerey, mon amitié pour la marquise et l'intérêt que cette excellente femme veut bien me témoigner. Vous n'imaginez pas, vous autres, le dévouement d'un homme pour une femme, et *vice versâ*, sans l'expliquer par l'amour.

— Je suis à cet égard, je le confesse, repartit Roger, un véritable hérétique. Je ne crois pas que le cœur des dévots et des dévotes soit pétri d'une autre argile que celui des payens. La marquise, une excellente femme, allons donc ! elle peut aller à la messe tous les jours, à confesse plusieurs fois par mois, être au mieux avec les congrégations ; mais elle a le nez pincé et des yeux vert-de-mer, des yeux perfides. s'il en fut. Ce ne peut être qu'une femme coquette et perverse. Enfin le petit Damerey, frisé, pommadé, ganté, tiré à quatre épingles, est un cafard de la plus suave espèce, position sociale fort lucrative pour les talents médiocres. Maintenant que le ton est à la bigoterie, il est le valet de la marquise, le valet de monseigneur ; vienne un revirement dans la mode, et que le succès se porte d'un autre côté, il sera le valet de quiconque pourra lui assurer dix mille francs de rentes. Mais malgré ses airs langoureux et ses affectations de platonisme, je jurerais que mon gaillard a quelque intrigue secrète ; car je doute qu'il se contente des minauderies de cette marquise décharnée. Je ne désespère point de découvrir le pot aux roses.

— Mon cher, dit Victor, il n'est pas besoin de toi pour le découvrir ; c'est aujourd'hni le secret de Polichinelle. M. Damerey aime mademoiselle de Curgy et doit l'épouser.

Roger allait répliquer, lorsque Mérieul entra à son tour et interrompit la conversation. Il était de retour depuis deux jours à peine de son voyage électoral. Il venait de lire chez lui la lettre de madame Tricault et celle d'Eveline.

Tout ce que lui écrivait Eveline était bon et tendre ; mais elle laissait voir, par le soin même qu'elle prenait à le rassurer, l'inquiélude que lui causait la révélation de la naissance anonyme de Maurice, et l'importance qu'elle accordait à ce préjugé. Bien des fois il avait été sur le point de lui avouer sa position d'enfant naturel ; mais il avait toujours reculé dans la crainte de lui causer un chagrin, d'augmenter ses appréhensions, enfin de voir diminuer son amour. Maintenant qu'elle savait tout, l'aimerait-elle assez pour surmonter le respect humain ? D'un autre côté, le billet de madame Tricault n'était pas de nature à le rassurer. Enfin sa tournée électorale n'avait pas produit immédiatement le résultat qu'il en espérait ; car le revirement d'opinion dont nous avons parlé plus haut ne s'était pas encore opéré.

En arrivant chez ses amis, il était donc profondément triste, découragé. Il se trouvait dans un de ces jours sans chaleur et sans lumière, où l'on n'entrevoit aucune issue aux embarras de l'existence. Il venait voir Roger, afin d'apprendre de lui ce qui s'était passé à C... pendant son absence. Quelle ne fut pas sa surprise d'y rencontrer Victor de Castelneux ! La

9

vue de ce rival en ambition comme en amour augmenta encore la disposition pénible de son esprit.

— Bonjour, mon cher Maurice, lui dit Victor de
sa voix la plus attendrie ; je suis heureux de te voir.
J'espère, comme je le disais tout à l'heure à ces
messieurs, que notre rivalité politique n'altérera en
rien nos bonnes relations. Faisons-nous donc une
loyale guerre, et que le vaincu salue le vainqueur
sans rancune et sans arrière-pensée. En toute fran-
chise, cependant, je crois avoir plus de droits que
toi à représenter mes compatriotes, car je suis de
cette ville même.

— Je croyais vous avoir dit, répliqua Maurice, que
ma mère était originaire de ce département. Je ne
suis donc pas aussi étranger à ce pays que vous sem-
blez le croire.

— Oui, reprit Victor, je sais cela ; mais personne
ici ne connaît plus votre mère ; quant à votre père,
ajouta-t-il avec une nuance d'ironie, il y est tout à
fait inconnu.

Maurice rougit et pâlit tour à tour. Cette allusion
à sa naissance illégitime avait fait monter en lui une
de ces colères qui envahissent le cerveau comme un
vertige. Il fit un violent effort pour la dominer.

Roger devina les sentiments qui agitaient Maurice,
et il essaya de prévenir la lutte qui pouvait s'engager.

— Allons donc ! mon cher, dit-il à Victor, sois au
moins conséquent. Doit-il y avoir des étrangers pour
un fervent catholique comme toi ? Tous les hommes
ne sont-ils pas frères ?

— Eh bien ! repartit Victor, puisque tu invoques

mes sentiments religieux, j'invoquerai moi, tes sentiments de galant homme, et j'espère que Maurice
se joindra à moi pour t'engager à cesser ces plaisanteries scandaleuses qui nuisent à son parti beaucoup
plus qu'au mien.

— Alors, de quoi te plains-tu? riposta Roger.

— Je ne me plains pas pour moi, reprit Victor ;
mais je déplore qu'une femme honnête, qui mérite
le respect de tous, soit vilipendée dans des charges
vraiment odieuses, et chansonnée dans les rues par
des gamins.

Roger, les bras croisés, et fixant sur Victor son
regard clair et moqueur, lui jeta au visage un rire
sarcastique.

— Ah ça, mon cher, dit-il, tu nous la donnes belle !
Ah ! vraiment, parce que vous nous attaquez, vous
autres, au nom du ciel qui vous désavoue, nous devons garder le silence devant vos béates calomnies?
Ah ! vraiment, parce que madame la marquise a trois
merlettes dans son écusson, il faudrait croire à sa
candeur comme à un article de foi ; elle clabaude-
rait impunément, avec toute la malice que la nature
lui a départie, contre nous et contre de braves et
charmantes femmes qui valent mieux qu'elle, quoique sans merlettes, car elles sont plus jolies et surtout plus sincères? Que madame de Fontanans ait
deux amants, qu'elle en ait dix, qu'elle en ait vingt,
qu'est-ce que cela me fait à moi ? Pour mon compte,
j'adore les coquettes ; mais je les veux à l'eau de rose
et non à l'eau bénite. Ce que j'attaque, c'est l'hypocrisie, c'est le vice s'abritant derrière le voile de la
religion, de la religion que je respecte plus que tous

ces tartuffes des deux sexes, qui la profanent et la dé-
considèrent. Dis lui donc à cette marquise, si c'est
elle qui t'envoie, dis à M. Damerey di Cafardini, dis
à tout son noble entourage, qu'il me plaît à moi de
les mettre en caricatures et en couplets, sous ma
responsabilité, et que, pour rien au monde, je ne me
priverais de ce plaisir-là.

— Bravo ! cria Noël en applaudissant à outrance.
Bis ! bis ! le beau mouvement ! Nous ferons un qua-
tre-vingt-dix-neuvième couplet là-dessus.

Victor prit son chapeau.

— Mon cher, je te plains sincèrement, dit-il à
Roger, de trouver du plaisir à de telles indignités, et
je m'étonne que M. Mérieul approuve l'emploi de
semblables moyens pour soutenir sa candidature.

— Monsieur, répondit Maurice, dont la colère
n'avait fait qu'augmenter par l'effort même qu'il s'é-
tait imposé pour la comprimer, j'ignore de quelles
représailles vous voulez parler ; j'ignore de quels
moyens mes amis se sont servis pendant mon absence ; mais je les crois incapables de commettre ce
que vous appelez des indignités, et la supposition
seule que moi, je serais capable d'en approuver l'emploi, cette supposition est celle d'un insolent.

— Monsieur !... interrompit Victor.

— J'ajouterai, reprit Maurice, qui, dans la disposition de son esprit, était heureux de saisir au vol
l'occasion d'une querelle, j'ajouterai que si vous regardez ces moyens comme des indignités, je m'étonne
à mon tour que vous, dont le père est connu, et qui
vous flattez de descendre d'une race de preux, vous
ne pensiez pas à me demander raison de pareils pro-

cédés. C'est ajouter au titre d'insolent, celui de lâche.

— Allons, Maurice, pas de bêtise, dit vivement Roger.

Victor n'était pas assez converti pour subir tranquillement de pareilles qualifications : son premier mouvement le poussa à accepter la provocation. Mais ce scandale ne pouvait-il pas compromettre son élection, son mariage, tout son avenir? Il comprima donc ce mouvement et repartit avec calme :

— Monsieur, je crains de comprendre vos paroles; soyez assez bon pour me laisser sortir.

— Mais je désire, moi, que vous les compreniez tout à fait, reprit Maurice, que cette placidité acheva d'exaspérer; je le répète, vous êtes un insolent et un lâche !

— En effet, monsieur, je comprends que si vous pouviez vous débarrasser de moi à la veille de l'élection, répliqua Victor, qui n'était plus guère maître de son ressentiment, ce serait un moyen fort expéditif d'assurer votre triomphe; ce moyen ferait dignement suite à ceux qu'ont employés vos amis. Malheureusement pour vous, mes croyances me défendent de répondre à votre provocation.

Ces mots étaient à peine prononcés, qu'on entendit dans l'armoire où s'était réfugié M. Tricault une sorte de bondissement. La porte s'ouvrit bruyamment, et le capitaine tomba comme une bombe au milieu des quatre amis stupéfaits. Le pauvre Tricault étouffait dans son armoire. Les paroles de son neveu lui avaient fait monter à la tête une tempête d'indignation, et il oubliait toute prudence.

— Comment ! s'écria ce brave entre les braves, comment ! c'est toi, Victor, mon neveu, le descendant des Castelneux, qui parles de la sorte ! Quand il s'agit d'un duel, tu fouines, tu caponnes !

— Le fait est que cela peut être évangélique, apostolique et romain, dit Noël, mais c'est pas crâne du tout.

Victor comprit que sa pusillanimité pouvait compromettre son mariage avec Eveline, non-seulement vis-à-vis de M. Tricault, mais encore vis-à-vis de madame Tricault, aussi rigide en matière de chevalerie qu'en matière héraldique. Les femmes d'ailleurs aiment la bravoure, et Eveline peut-être ne lui pardonnerait pas d'avoir failli au point d'honneur.

— Mon oncle, reprit-il, j'ai dû répondre comme je l'ai fait, avec modération. Maintenant, si M. Mérieul persiste dans sa provocation, je suis prêt à l'accepter, et je vous prierai de me servir de témoin.

— A demain donc, fit Maurice.

— Demain et après demain, j'ai des affaires importantes à régler, répondit Victor.

Il pensait pouvoir dans l'intervalle entraver cette rencontre que le parti clérical blâmerait assurément.

— Ah çà ! voyons, demanda Roger, est-ce que c'est pour tout de bon ? Vous iriez naïvement vous battre pour de pareilles sornettes, pour une beauté aussi sèche que rance, une manière d'étude anatomique glacée au cold-cream ? Voyons, renoncez à cette sotte querelle, séparez-vous, et que ça finisse. Réservez-vous de corps et d'esprit pour le duel bien autrement intéressant qui se prépare.

Mais Roger ne fut point écouté. Maurice était pro-

fondément triste et blessé. Il craignait de perdre
Eveline ; il croyait son élection sur le point d'échouer ;
toutes ses espérances l'abandonnaient à la fois. Ai-
gri par les déceptions, et voyant devant lui son rival,
qui venait de faire de cruelles allusions à sa naissance, il n'avait pu résister à l'entraînement de sa
colère. Enfin, dans son amer découragement, il désirait mourir, et ce duel pouvait être le moyen d'en
finir avec une vie qui, pour le moment, l'obsédait. Il
persista donc dans sa provocation.

Rendez-vous fut pris pour le troisième jour, et
Victor se retira avec son oncle Tricault, qui marchait
fièrement, à la pensée de figurer comme témoin dans
un duel.

IV.

LE COMPLOT.

Pendant cette soirée, Mérieul écrivit à sa mère et
à Eveline. Ces deux lettres étaient empreintes de la
disposition pénible où il se trouvait alors.

Lettre de Maurice à Eveline.

« Pardonnez-moi, mon amie adorée, si j'ai pu jusqu'ici vous cacher les circonstances malheureuses de
ma naissance. Je craignais, non pas de me voir diminué dans votre estime, car je sais tout ce que votre
cœur et votre esprit ont de juste, de vraiment noble,
de vraiment généreux; mais je craignais de vous inquiéter; je craignais aussi que, voyant un obstacle

de plus entre nous, vous ne fussiez découragée de m'aimer. Cependant j'espérais, et peut-être mon espérance était-elle chimérique, qu'en acquérant par mon mérite propre une position élevée, votre mère consentirait à m'accorder votre main.

« Merci de vos deux charmantes lettres, si délicates et si tendres, merci de votre amour. J'ai tant souffert de la position fausse que m'a faite ma naissance, qu'il m'était dû un dédommagement, et c'est vous qui me l'apportez en m'aimant quand même.

« Ah ! si vous m'aviez repoussé, si vous vous étiez unie à cette société injuste et cruelle, je n'aurais pas eu la force de supporter cette suprême douleur.

« J'ai éprouvé une grande peine sans doute de la lettre de votre mère ; mais je devais m'y attendre. Soyez sans inquiétude, je n'en ressens aucune colère. Ne suis-je pas heureux de pouvoir vous montrer que je sais supporter pour vous une blessure d'amour-propre ?

« Maintenant que le moment approche où vont se réaliser ou échouer mes espérances, je ne vous le cacherai pas, mon amie, je sens une mortelle appréhension. Jusqu'alors, tout entier au bonheur d'être aimé de vous, je ne voyais rien de menaçant dans l'avenir ; soutenu par votre amour, j'avais confiance en moi, en mon courage, pour renverser tous les obstacles ; mais à présent que je suis aux prises avec la réalité, qu'à chaque instant les difficultés me heurtent, l'espoir m'abandonne, et la crainte de vous perdre augmente mes alarmes et mon découragement ; car, dans ce moment où mon avenir va se décider, il se fait clair dans ma conscience.

« Si je ne puis, mon enfant, vous donner une vie égale à celle que vous quitteriez pour moi, mon amour me fait un devoir de renoncer à vous. Peut-être se-riez-vous assez généreuse, assez vaillante pour vou-loir partager mon triste sort, mais moi, je ne puis accepter votre dévouement.

« Si vous saviez comme je tremble de ne point réussir ! Je joue là une terrible partie ; trois destinées sont en jeu, la vôtre, celle de ma mère et la mienne ; et ces parties, dont les enjeux sont si forts, il est bien rare qu'on les gagne.

« Je viens de faire un petit voyage, qui n'a pas eu le résultat que j'espérais, et voilà pourquoi vous me voyez inquiet, abattu. J'ai tort sans doute de vous faire partager mes pénibles impressions ; je devrais garder mes douleurs pour moi seul. Pardonnez-moi ce moment de faiblesse. A qui confierais-je mes appréhensions, si ce n'était à vous, à vous qui êtes maintenant l'unique but de ma vie.

« Je suis mal disposé ce soir, et je vois peut-être l'avenir trop en noir. Ne vous alarmez donc pas ; rien n'est encore désespéré, et je combattrai jusqu'à la fin ; votre pensée me soutient. Ah ! s'il s'agissait seu-lement de déployer intelligence et énergie, je ferais des prodiges pour l'amour de vous ; mais que puis-je, hélas ! Je suis réduit à l'inertie : j'ai à lutter con-tre des préjugés, contre des principes que le temps seul peut détruire ou modifier, et contre lesquels se brisent la volonté et l'intelligence.

« Aimez-moi et écrivez-moi, je vous en supplie, car je doute et je suis malheureux. »

Lorsque cette lettre parvint à l'hôtel de la rue du

9.

Fraigne, Antoinette venait de partir pour Aulny, où l'avait envoyée madame Tricault, afin d'y diriger quelques réparations intérieures. Eveline, qui chaque jour surveillait l'arrivée du facteur, reconnut l'écriture de Maurice et ouvrit la lettre. Après l'avoir lue, elle resta plongée dans une anxieuse méditation. Que devait-elle répondre? Il était malheureux, et elle ne pouvait courir auprès de lui pour le consoler; car, à une demi-lieue de distance, un monde les séparait.

Tout à coup, elle fut tirée de sa rêverie par un bruit de pas et de voix qui partait de la chambre voisine, un petit salon où l'on recevait les intimes. La porte était entr'ouverte, et elle reconnut la voix de Victor et celle de M. de Castelneux. Elle se souvint qu'on les attendait à dîner. D'abord elle ne prêta aucune attention à leurs paroles; mais ayant entendu nommer M. Mérieul, elle écouta, et voici la conversation qu'elle surprit entre son oncle et son cousin, qui ne pouvaient s'apercevoir de l'entre-bâillement de la porte, masquée dans le petit salon par une portière.

— Il est certain, disait le jurisconsulte, que tu ne pouvais éluder ce duel dans les conditions où il a été proposé. Nos adversaires en eussent fait des gorges-chaudes. Ces questions d'honneur, de crânerie, produisent encore beaucoup d'effet sur le public. Mais, d'un autre côté, le clergé l'eût désapprouvé, et, quoique son appui te soit acquis, il est bon néanmoins d'éviter ce scandale.

— Ainsi l'affaire est arrangée, demanda Victor? Vous avez passé la créance au nom d'un autre?

— Bien entendu. Il sera donc arrêté demain à

deux heures sur la place du Champ-de-Mars, au moment où lui et ses amis se rendent au café du Commerce. Il eût mieux valu sans doute attendre à mercredi, le jour de la foire ; cette arrestation aurait eu plus de retentissement dans les campagnes environnantes, où le grand nombre des électeurs ne voudraient pas donner leurs voix à un homme mis en prison pour dettes.

— Mais il est probable, objecta Victor, que M. Berthaud payera pour lui.

— Que sait-on ? M. Berthaud n'est pas riche, et la créance, avec les frais et les intérêts, se monte à cinq mille francs. Il trouvera difficilement cette somme. En tous cas, l'effet sera produit. On saura, à n'en pas douter, que ce Mérieul a des dettes, qu'il est insolvable. La rumeur publique ne manquera pas de grossir l'affaire. On le fera aisément passer pour un escroc, pour un homme de dissipation et de plaisir. Il sera perdu dans l'opinion, et l'opposition se ralliera à nous en grande partie.

— Mais cette incarcération n'empêchera pas le duel ; il ne sera reculé que de quelques jours, fit observer Victor.

— Nous avons la chance que M. Mérieul reste en prison jusqu'aux élections. Nous aurons le temps de sonder l'opinion, et nous saurons si tu dois accepter ou refuser le combat. Enfin, si ce duel doit avoir lieu, nous verrions à le faire tourner à ta plus grande gloire.

Eveline, atterrée, tremblante, s'était approchée de la porte et s'appuyait au chambranle pour ne pas défaillir. Dans son indignation, elle fut sur le point d'entrer et de leur dire : « J'ai tout entendu. Si vous ne me promettez pas de renoncer à cette machination, j'en avertirai M. Mérieul. »

— Mais, se dit-elle, ils promettront et ne tiendront pas.

D'ailleurs, elle se sentait trop faible ; elle n'osa pas.

On vint annoncer que le dîner était servi.

Eveline dut paraître à table sans rien laisser deviner de l'angoisse qui la torturait. Mais comme elle était très-pâle et qu'elle ne mangeait pas, sa mère lui demanda si elle souffrait. Elle en profita pour se retirer.

Qu'allait-elle faire? L'absence de sa tante la laissait livrée à ses seules inspirations. Maurice courait un grand danger: lui écrire? mais par qui lui envoyer une lettre sans se compromettre? Et que lui écrirait-elle? Pouvait-elle lui raconter dans une lettre tout ce qu'elle avait entendu? Et si cette lettre était arrêtée? S'il la recevait trop tard? D'un autre côté, si elle empêchait Maurice d'aller en prison, il se battrait, et il pouvait être blessé, tué ! A cette pensée, elle se sentait mourir.

Elle n'avait donc qu'un parti à prendre : aller elle-même trouver Maurice, lui dévoiler le complot formé contre lui et lui arracher par ses supplications la promesse qu'il renoncerait à ce duel.

Ce projet, si simple, était cependant héroïque en raison des difficultés et des périls qu'en offrait l'exécution. Que de femmes, audacieuses en pensées, sont pusillanimes quand il faut agir ! Sans doute la pauvre Eveline n'eût jamais trouvé le courage de commettre une telle infraction aux convenances, si elle n'eût cru que la vie, la liberté et l'honneur de Maurice étaient à la fois menacés.

Elle se mit au lit, car elle pensait que sa mère viendrait après le dîner s'informer de son état. Madame Tricault vint en effet, et Eveline feignit un paisible sommeil ; mais aussitôt que sa mère se fut retirée, elle se releva, s'habilla à la hâte, s'enveloppa d'un manteau sombre, ensevelit ses cheveux blonds sous un chapeau noir, et dissimula son visage sous un voile épais. Ainsi travestie, elle profita du moment où dînaient les domestiques pour s'échapper par la porte de service.

Il faisait mauvais temps, les passants étaient rares, et cependant la pauvre enfant tremblait de tous ses membres; l'on eût pu entendre les battements de son cœur. Nature plus contemplative qu'agissante, à la fois femme et enfant, nerveuse et romanesque, passionnée et peureuse, elle eût sacrifié à Maurice sa réputation et sa vie, et n'eût point osé affronter la colère de sa mère.

Que le trajet de la rue du Fraigne à la rue des Cordeliers lui parut long! Il lui semblait qu'elle ne pourrait arriver sans encombre. Elle arriva cependant; mais il lui fallut encore supporter les regards curieux et les questions de la Barbaude.

Quand elle se trouva seule en face de Maurice dans le modeste cabinet du père Berthaud, elle tomba défaillante sur une chaise. Ses forces étaient à bout : toutes les émotions de la soirée l'avaient brisée.

Maurice la ranima avec de tendres paroles et des soins presque maternels.

— Comment avez-vous eu le courage de venir ici, lui demanda-t-il? tremblant de bonheur.

— J'ai voulu vous donner cette preuve d'affection, lui répondit Eveline, afin d'obtenir de vous aussi un sacrifice.

Maurice jura qu'il était prêt à faire tous ceux qu'elle lui ordonnerait.

— Et bien! promettez-moi que vous ne vous battrez pas avec Victor.

— Comment! vous savez...

— Oui, dit-elle.

Et elle lui raconta de quelle manière elle l'avait appris. Mais, avant de lui révéler le complot formé contre lui par M. de Castelneux, elle voulut obtenir de Maurice la promesse formelle de ne pas se battre.

— Ma pauvre enfant, lui répondit Maurice, après avoir ainsi provoqué votre cousin, il m'est impossible de reculer et de lui faire des excuses. Cependant je vous promets que, si Victor ou les témoins proposent un arrangement, je l'accepterai pour l'amour de vous.

— Merci, Maurice, je compte sur votre promesse. Vous savez bien d'ailleurs que, si vous étiez blessé, je mourrais d'inquiétude.

Eveline alors lui raconta ce que M. de Castelneux avait imaginé pour entraver ce duel et pour faire échouer sa candidature.

— Ah! je comprends! s'écria Maurice hors de lui. C'est cela : ils auront acheté ma créance. C'est une infamie! Comment des gens posant dans le monde pour l'honneur et l'équité, peuvent-ils descendre à de pareils moyens pour se débarrasser d'un rival!

— Mais enfin, demanda Eveline effrayée de la colère de Maurice, que faut-il faire? Qu'est-ce que cette dette? comment l'acquitter? Tenez, dit-elle en tirant timidement de sa poche une bourse et un écrin, voici mes petites économies et mes bijoux. Si vous m'aimez comme je vous aime, vous les accepterez.

Maurice, attendri, tomba aux genoux de la jeune fille.

— Merci, mon bon petit ange, répondit-il, merci, mais je n'accepte pas; je crois d'ailleurs que M. Berthaud pourra me prêter cette somme.

— Il paraît que M. Berthaud n'est pas riche, objecta Eveline. Il n'y a que mille francs dans cette bourse, mais vous pourrez en obtenir deux mille peut-être sur les bijoux. Je vous en conjure, acceptez. Si vous saviez combien je tiens peu à me parer de ces petits cailloux, ajouta-t-elle en tirant de l'écrin une parure d'émeraudes. Mon cou est assez blanc et mes bras assez beaux pour se passer d'ornements; ne me l'avez-vous pas dit? Enfin, l'hiver est fini; maman ne s'apercevra pas de la disparition de l'écrin, et l'hiver prochain Eveline ne relèvera que de son seigneur et maître, que de vous, Maurice, qui serez mon mari.

Maurice l'écoutait et la regardait avec ivresse. Ces tendres paroles, l'émotion de sa voix, son doux regard, tantôt allangui par l'amour, tantôt brillant d'héroïsme, et son sourire étincelant, plein de finesse et de bonté, et ses jolis doigts veinés de bleu, qui paraissaient si blancs au milieu des émeraudes, lui causaient un trouble profond, dominé cependant par le respect dû à sa candeur et par la reconnaissance que lui inspirait son dévouement.

Il y avait en lui trop de véritable délicatesse pour qu'il se trouvât offensé des offres d'Eveline, tout en les refusant.

— Merci, mon enfant; je n'accepte pas, je vous le répète. Mais tranquillisez-vous. A supposer que M. Berthaud ne puisse réaliser immédiatement la somme nécessaire, en réunissant ce que je possède, ce qu'il pourra me prêter et ce que Roger me fournira, j'arriverai à la compléter. Dès demain je serai donc libéré. Je n'en suis pas moins touché jusqu'au fond du cœur de votre bonne et généreuse pensée.

En cet instant, la Barbaude, aiguillonnée par une terrible curiosité, et trouvant sans doute que l'entretien se prolongeait un peu trop, entra brusquement, sous prétexte d'apporter une autre lumière. Elle surprit Maurice aux genoux d'Eveline. Eveline abaissa vivement son voile; mais il était trop tard, la Barbaude avait reconnu mademoiselle Tricault. Elle se retira discrètement; elle savait ce qu'elle voulait savoir.

— Mon Dieu! s'écria Eveline bouleversée, croyez-vous qu'elle m'ait reconnue?

Maurice chercha à la rassurer.

— Eh bien! peu importe, dit Eveline en prenant bravement son parti, j'ai fait une bonne action en venant ici, et je ne m'en repens pas. Si je suis compromise pour vous, il n'y pas grand mal, puisque je dois être votre femme.

Maurice n'eut pas le courage de la contredire; mais sa figure prit une expression de doute et de tristesse.

— Maurice, reprit Eveline avec des larmes dans la voix, je le vois bien, vous doutez de moi, de mon affection et de mon courage. Si vous échouez, si vous êtes pauvre, n'est-ce pas une raison de plus pour que je vous épouse? Croyez-vous donc que je consentirais à vous oublier parce que vous seriez malheureux? Me jugez-vous si attachée à la richesse, que je ne mette point avec joie au-dessus de toutes les jouissances du luxe les plaisirs du cœur?

— Ah! ma noble enfant, reprit Maurice en lui baisant les mains, vous ne savez rien de la vie, vous ne savez pas quel énergique dissolvant est la misère, comme elle tue l'amour, la poésie et le bonheur!

— Et vous croyez que je ne saurais pas souffrir avec celui que mon cœur aurait choisi? Je vous montrerai, mon ami, que je suis forte. Lorsqu'il s'agira de vous prouver ma tendresse, je saurai surmonter tous les obstacles. Passer ma vie à côté de vous, partager vos souffrances, vos déceptions, me réjouir de vos succès, vous soutenir dans vos défaillances, vous entourer enfin de soins et d'amour, c'est toute mon ambition, je vous le jure, et je remercie Dieu de m'avoir réservé cette belle destinée.

Sans doute il y avait un peu d'exaltation dans cette jeune tête; mais qu'est-ce que l'amour qui n'est pas un peu romanesque? Le romanesque, c'est l'idéal, c'est la poésie de l'amour; et flétrir ces déraisons sublimes, ces nobles élans, ces généreuses extravagances, c'est flétrir la meilleure partie de l'être humain.

Maurice reconduisit Eveline jusqu'à la rue du Fraigne. Elle rentra dans l'hôtel sans que son absence eût été remarquée.

Mais la Barbaude, avec la discrétion qui formait le trait principal de son caractère, était allée conter à

sa voisine ce qu'elle avait surpris. Lorsque Maurice
vint lui enjoindre un silence absolu sur la visite qu'il
avait reçue, il était déjà trop tard.

Le lendemain, M. Berthaud, aidé des économies
de Roger, put verser entre les mains de l'huissier
chargé de la prise de corps la somme de cinq mille
francs.

— Voilà un tour, disait Roger, qui passe toutes li-
mites! Comment, Maurice, tu irais jouer ta vie contre
celle d'un pareil homme! Mais les enjeux seraient
trop inégaux. Ecoute, cherche d'autres témoins ; car
pour moi, je ne veux pas prêter mon assistance à un
duel de cette espèce.

Ce jour-là, Maurice reçut de très-bonnes nouvelles
des amis de M. Berthaud. Les insinuations mal-
veillantes du parti clérical et les intimidations em-
ployées par certains agents de l'autorité pour discré-
diter Maurice commençaient à opérer en sa faveur
la réaction que nous avons précédemment annoncée.
M. Dorcy, écrivait-on de toutes parts, perdait chaque
jour du terrain.

Calmé par ces nouvelles espérances, Mérieul sentait moins de colère contre ses ennemis, et il éprouvait pour Victor plus de mépris que de ressentiment.
En outre, la promesse qu'il avait faite à Eveline le
détournait encore de ce duel, auquel l'amour-propre
seul l'engageait à donner suite.

V.

LE DUEL.

Le lendemain, à six heures du matin, Maurice, assisté de deux officiers de la garnison qu'il connaissait, et Victor, accompagné de M. Tricault et d'un autre témoin, se rencontrèrent sur la lisière du bois voisin de C..., à l'endroit où s'élève une ruine appelée dans le pays la Pierre-Romaine.

Ce singulier monument peut être comparé pour la forme aux anciennes pyramides d'Egypte. C'est une masse compacte de maçonnerie qui étonne par son épaisseur et par sa hauteur. Elle présente quatre angles droits que les siècles et les intempéries ont rongés, mais sans les effacer et sans altérer la parfaite proportion de l'ensemble. On reconnaît encore sur les faces de la pyramide les vestiges d'un escalier tournant par lequel on montait au sommet. Vainement les archéologues ont cherché à pénétrer l'origine ou la destination de cette étrange construction. Etait-ce un phare ou un tombeau? Ce qu'il y a de certain, c'est qu'elle occupe le point culminant de l'endroit appelé le *Champ des Urnes,* et que, de son sommet, on pouvait correspondre avec Alise par les camps retranchés qui couronnaient les montagnes de la contrée. Quoi qu'il en soit, cette ruine bizarre et inexpliquée jette sur le paysage des environs de C... une couleur d'antiquité mystérieuse, qui n'est point sans charme pour le voyageur.

M. Tricault apportait deux fleurets démouchetés, des épées et une boîte de pistolets, et, en outre, le *Manuel du Duelliste*, qu'il étudiait depuis deux jours, et dont il se proposait de suivre de point en point les instructions; car il prenait la chose fort au sérieux, et, pour la première affaire d'honneur à laquelle il lui était donné d'assister, il prétendait que tout se passât dans les règles les plus strictes. Il espérait aussi que, les deux adversaires blessés, les témoins continueraient le combat, selon l'ancien usage: ce qui expliquait la quantité d'armes qu'il avait apportées. Quand il vit deux militaires à la place de Noël et de Roger, son ardeur martiale se refroidit un peu. Cependant il était brave, et il comptait bien montrer qu'il savait manier une épée.

Les conditions du duel furent réglées par les témoins.

Victor, en ouvrant la boîte de pistolets, laissa voir quelque émotion; ce qu'apercevant, M. Tricault lui lança un regard sévère.

— Morbleu! lui dit-il tout bas, si je savais... je te renierais pour mon neveu!

Maurice laissait faire.

On chargea les pistolets. Les deux adversaires se mirent en présence. Mais au moment où M. Tricault commençait à compter les pas, on entendit des voix qui criaient: « Arrêtez, arrêtez! »

Et l'on vit Roger et Noël sortir d'une des cavités pratiquées par le temps dans la pyramide, et étaler une grande toile sur la paroi du monument qui faisait face au champ de bataille.

Cette apparition stupéfia les assistants.

— Mes amis, s'écria Roger, je vous en conjure au nom de l'amitié, consentez, avant de vous battre, à m'écouter pendant quelques minutes.

Mais le brave Tricault, tout entier à l'héroïque mission qu'il avait reçue des autres témoins, répondit résolûment :

— Nous sommes ici, non pour parlementer, mais pour nous battre, et nous nous battrons, que diable!

Et il se mit à compter les pas :

— Un, deux, trois.

— Oui, certes, le combat aura lieu, répliqua Roger; nous sommes venus, Noël et moi, non pour y mettre obstacle, mais pour y assister en amateurs. Oui, pardieu! battez-vous, mes amis, vous avez tout à fait raison. Qu'est-ce que la vie, après tout? Un vain songe, disent les poètes; une réalité saugrenue, disent les gens positifs; une combinaison d'oxygène, de carbone, d'azote, etc., disent les chimistes; un enfer anticipé, disent les pauvres diables; une peau de chagrin, dit Balzac; un sommeil, dit Fourier; un réveil, dit Pythagore...

M. Tricault fit un mouvement d'impatience. Quant aux autres assistants, ils ne comprenaient rien encore à la singularité de cette intervention.

Roger continua sur le même ton emphatique :

— Rassurez-vous donc, dignes chevaliers français; je ne viens point ici pour vous empêcher de vous brûler la cervelle, si tel est votre bon plaisir. Toi, Victor, tu ne peux moins faire d'ailleurs pour venger un sexe enchanteur... mais un peu trop maigre, dont madame la marquise de *trois étoiles* est le plus séduisant échantillon.

— Il ne s'agit pas de cela, interrompit l'ex-bonnetier hors de lui. Il s'agit que mon neveu a été gravement insulté, et que, pour un homme d'honneur,
une pareille insulte ne peut se laver qu'avec du
sang.

Et il recommença à compter les pas : un, deux,
trois, quatre...

— Va pour le lavage, mon général ! repartit bur-
lesquement Noël ; mais ne craignez-vous pas qu'en
le lavant ainsi, l'honneur ne finisse quelquefois par
se déteindre. Quoi qu'il en soit, nous avons voulu,
Roger et moi, transmettre à la postérité cet héroïque
fait d'armes. Nous l'avons peint d'avance ; le voici.
En avant les bonshommes !

Et, se servant de sa canne à la manière d'un bate-
leur qui annonce un spectacle forain, il se mit à
donner l'explication de la grande toile qu'il venait de
déployer.

Cette toile représentait les deux adversaires :
c'étaient de grotesques caricatures, costumées en
athlètes de foire, et portant une cible à la place du
cœur.

M. Tricault y figurait aussi dans son magnifique
costume de capitaine des pompiers d'Aulny.

— Admirez, messieurs, déclama Noël, admirez
ces vigoureux athlètes ! Hein ! quelle touche ! Les
héros que vous voyez ici arrivent en droite ligne de
la mer Pacifique, ainsi appelée à cause de ses horri-
bles tempêtes et des peuplades anthropophages qui
en habitent les îles. Les naturels de ces parages, di-
rigés par les saines notions de l'économie politique,
tuent les hommes pour les manger, ce qui est bien

plus rationnel que de les tuer pour le plaisir de les tuer ; car, dans ce dernier cas, il y a perte sèche pour la société. Ces athlètes portent, comme un poids de cinq cents kilos, le fardeau de l'existence, dont ils aspirent à se débarrasser. Vous allez les voir avaler des balles, des sabres et des épées, absolument comme le commun des mortels absorbent un sucre d'orge ; vous allez les voir se livrer une grande bataille, et verser des torrents de sang dans lesquels se lessivera leur honneur.

Ces trois caricatures fort ressemblantes avaient de bonnes figures tatouées, où l'expression de la sauvagerie s'unissait à celle de la niaiserie de la façon la plus comique.

Les officiers ne pouvaient s'empêcher de sourire. Seul parmi les témoins, M. Tricault conservait un sérieux imperturbable.

— Voyons, messieurs, s'écria-t-il, assez plaisanté comme cela ; il est temps que cela finisse.

Et il se remit à compter les pas.

— Un, deux, trois, quatre, cinq...

— Eh bien ! interrompit à son tour Roger, voici, ô mes amis! ce que je vous propose. Il est plus que prouvé que vous êtes braves, puisque vous voilà en face l'un de l'autre, prêts à vous envoyer plus ou moins de balles dans la tête, ou à côté, ce qui revient au même au point de vue du courage. Il ne s'agit donc plus que de démontrer aux siècles qui vous contemplent du haut de cette pyramide, que vous êtes aussi adroits que crânes. Que chacun de vous se place à vingt-cinq pas de distance, en face de l'image de son adversaire. Ces deux cibles sont exactement semblables.

Celui qui arrivera le plus près du point de mire sera déclaré vainqueur et porté en triomphe. Quant à l'autre, nous l'enterrerons avec tous les honneurs de la guerre ; seulement les bouchons de champagne remplaceront les feux de peloton. Enfin, pour réparer l'outrage fait aux charmes de madame la marquise de *trois étoiles*, je m'engage à lui envoyer une recette contre la maigreur. Avant trois mois, je m'en fais garant, elle aura acquis des cascades de chairs à la Rubens. Voyons, capitaine, comptez une dernière fois les pas : Un, deux, trois, quatre.

— Cessons cette plaisanterie, Roger, interrompit Maurice avec fermeté, il est temps d'en finir sérieusement.

M. Tricault ayant alors compté définitivement les pas, les deux adversaires se mirent en présence et n'attendirent plus que le signal.

Mais, en cet instant, M. Berthaud apparut sur la scène du combat. Il était fort pâle. Il alla droit à Maurice, le prit à part, lui reprocha doucement de l'avoir trompé, en lui assurant le matin même que l'affaire était arrangée. Il lui dit ensuite quelques mots à l'oreille.

La figure de Maurice exprima alors un profond étonnement. Il hésita. Puis, comme s'il prenait une résolution pénible, il s'approcha de Victor, et lui dit d'une voix très-émue :

— Monsieur, je sais ce que votre... père et vous aviez imaginé pour vous débarrasser de moi ; ce serait sans doute un motif de plus pour me faire persister dans ma provocation. Cependant je reconnais... que j'ai été mal inspiré... en vous l'adressant... Mais je ne pouvais savoir... je ne pouvais deviner... Quoi qu'il en soit, monsieur, je la retire...

Victor, fort éloigné de supposer que Maurice pût être si bien instruit de ses manœuvres, demeura confondu ; et quoiqu'il ne comprît rien à ce subit revirement, à ces réticences, il fut enchanté du dénoûment pacifique d'une querelle qui eût pu le brouiller avec son parti.

Victor s'étant donc déclaré satisfait, les deux camps se séparèrent, et revinrent à la ville, chacun de son côté.

VI.

NOUVELLE COMPLICATION.

La société dont nous avons analysé les statuts, n'est pas la seule association laïque qui exerce la pression du fanatisme religieux sur ses affiliés. Il est une autre association, non moins redoutable, mais peut-être moins connue, qui, en soumettant ses membres à une obéissance passive, en fait autant d'instruments que peut exploiter, le moment venu, le parti légitimiste-ultramontain ; nous voulons parler du tiers-ordre institué par saint François-d'Assises.

Si, en dehors des devoirs sociétaires, la première de ces associations laisse au libre exercice de sa position sociale le membre affilié, il n'en est pas de même de la seconde. Cette dernière société constitue un état intermédiaire entre le prêtre et le laïque. C'est la transmission des austérités et des ré-

glements du cloître au foyer domestique; c'est le
même esprit de pénitence, d'ascétisme et d'humi-
liation.

Le fondateur de cet ordre avait institué d'abord
les ordres mendiants et les clarisses. Mais reconnaissant que ces légions saintes, sous forme de garnisons
retranchées derrière leurs murs, ne suffisaient pas à
entretenir le feu sacré à l'extérieur du cloître, il résolut d'agrandir le champ de la lutte; il organisa
une armée à l'air libre, et en dissémina les compa-
gnies d'élite en pleine société civile, à laquelle les
miliciens aguerris lanceraient cet anathème perma-
nent : *Væ mundo et scandalis.*

Ce troisième ordre reçut la même organisation que
les frères mineurs pour les hommes et que les clarisses pour les femmes, le tout sous la conduite d'un
ordre mendiant.

Il va sans dire que chaque membre doit au frère
directeur, comme dans toute communauté religieuse, une confession entière de ses pensées et de
ses actes, et une soumission absolue.

La voisine de la Barbaude, pieuse femme, affiliée
au tiers-ordre et secourue par la société de Saint-
Vincent-de-Paule, devait à ce double titre, ses confidences à ses supérieurs. En conséquence, elle avait
été depuis longtemps spécialement chargée par
Jules Damerey de surveiller la maison de M. Berthaud.

Car ce véritable homme de bien, qui exerçait la
charité largement et noblement, sans distinction de
personnes ou de partis, tout en rendant justice à la
vraie dévotion, tout en reconnaissant les bonnes in-

tentions des hommes sincères, était pourtant l'ennemi né de ces sociétés, dont il attaquait ouvertement les principes et les manœuvres. On espérait le surprendre en faute et pouvoir décrier sa conduite.

Cette vieille femme s'était donc liée intimement avec la Barbaude, et, en lui rendant une foule de petits services, elle s'était immiscée dans l'intérieur de M. Berthaud. C'était elle déjà qui avait répandu dans la ville le bruit de la prétendue paternité du docteur.

M. Berthaud, qui la savait bigote et qui soupçonnait ses relations secrètes avec la coterie cléricale, se défiait un peu d'elle. Cependant, comme il ne mettait aucune condition à ses charités, il la soignait quand elle était malade, et récompensait généreusement les petits services qu'elle rendait à la Barbaude. Mais on enseignait à cette pauvre femme que les intérêts de la religion devaient passer avant la reconnaissance. Aussi exerçait-elle sans scrupule cet espionnage.

Pendant les élections on lui avait recommandé, comme un cas de conscience, une surveillance beaucoup plus suivie. Chaque matin, après la messe, elle entretenait son directeur, le père capucin, de ce qui s'était passé la veille chez M. Berthaud. Par elle, on savait toutes ses relations et toutes ses démarches, les visites qu'il recevait et le nom des personnes auxquelles il écrivait.

Ainsi, dès le lendemain de la visite d'Eveline à Maurice, elle raconta la nouvelle au capucin, qui s'empressa de la communiquer à Jules Damerey.

Cet habile meneur fut un instant très-perplexe :

en effet, au milieu de cette lutte électorale, dans une situation aussi tendue, rien n'était indifférent. Laisser courir la nouvelle, c'était, il est vrai, compromettre Mérieul; car on pouvait présenter de telle façon l'aventure qu'il dût nécessairement passer pour un séducteur, un coureur de dot, un homme déloyal, abusant de la confiance des familles qui l'accueillaient; mais, d'un autre côté, c'était compromettre le mariage de Victor avec mademoiselle Tricault, et M. Damerey pensait sagement que, ce mariage manqué, Victor pourrait reporter ses vues sur mademoiselle de Curgy. Il n'hésita pas longtemps.

— Il faut qu'on arrête ce bruit dans sa source, dit-il au père capucin qui le lui rapportait. Faites entendre à cette femme que, si elle se permettait la plus légère indiscrétion, elle perdrait tout droit à notre bienveillance. Bien plus, elle devra dérouter toutes les rumeurs qui pourraient se produire à ce sujet, en disant que la Barbaude s'est trompée, qu'elle-même a vu cette jeune fille et l'a reconnue pour une ouvrière des faubourgs; car songez, mon père, qu'il s'agit de sauver du déshonneur une pieuse et honorable famille, et une jeune fille plutôt égarée que pervertie. Mais veuillez faire venir cette femme.

Le religieux obéit comme à un supérieur.

— Ma brave femme, dit M. Damerey à la voisine du docteur, la Barbaude ne voit pas clair ou ne sait ce qu'elle dit. Mademoiselle Tricault, assure-t-elle, était à neuf heures du soir chez M. Berthaud. Or, je vous assure que mademoiselle Tricault se trouvait hier avec moi dans une maison où elle a passé toute la soirée. Vous devrez donc, si vous entendiez répéter une pareille calomnie, y donner un démenti formel.

Cette question décidée, une autre restait à résoudre; préviendrait-il les Castelneux de la démarche compromettante d'Eveline, ou la leur laisserait-il ignorer?

En les prévenant, c'était s'exposer encore à faire rompre le mariage entre Victor et Eveline; mais, s'il ne les prévenait pas, le scandale pouvait se renouveler et rendre ce mariage plus impossible. D'ailleurs il savait à quoi s'en tenir sur la délicatesse peu scrupuleuse des Castelneux; et il pensa que, l'aventure étant restée secrète, ils ne repousseraient pas une dot de cinq cent mille francs pour une telle peccadille. Il avertirait donc l'oncle d'Éveline.

Il se présenta plusieurs fois chez le jurisconsulte sans le rencontrer. Ce ne fut que le surlendemain qu'il put lui raconter la démarche de sa nièce.

Une circonstance que ni la Barbaude ni M. Damerey n'avaient pu expliquer, c'était la présence de la parure d'émeraudes sur la table du père Berthaud; mais le légiste en eut bien vite saisi la signification. Il comprit en même temps, ce qui était resté une énigme pour lui, comment Maurice avait pu connaître et prévenir son arrestation.

M. de Castelneux jugea qu'il était temps de mettre ordre à l'amour d'Eveline pour Maurice, et il courut à l'hôtel de la rue du Fraigne.

Jusqu'alors il n'avait pas voulu révéler à sa sœur la conversation qu'il avait surprise entre Eveline et

10.

Mérieul. Il connaissait la violence et le despotisme de madame Tricault, son manque de tact et d'adresse, et il craignait avec raison que ses menaces et sa sévérité, au lieu d'étouffer l'amour naissant d'Eveline, ne lui donnassent un caractère de passion révoltée et n'augmentassent l'aversion qu'elle avait conçue pour Victor. Il s'était donc borné à admonester Antoinette, en lui reprochant d'encourager les tendances romanesques de sa nièce; enfin, il pensait que, les élections terminées, Maurice retournant à Paris, Eveline l'aurait bientôt oublié. Mais il était loin de supposer que, craintive et soumise comme il la connaissait, elle pût s'émanciper au point d'aller seule, le soir, chez un jeune homme, quelque innocent que pût être l'objet de sa visite. Redoutant donc une inconséquence plus grave, il résolut de prévenir madame Tricault de ce qui se passait.

A ce récit, Marie-Thérèse crut rêver. Comment sa fille, élevée par elle dans les principes religieux les plus sévères, gardée avec tant de soins, tant de sollicitude, avait-elle pu commettre une pareille imprudence? Puis, lorsque les preuves fournies par son frère l'eurent enfin convaincue, il se fit en elle une violente explosion de colère. Elle s'élança vers la sonnette.

M. de Castelneux la retint.

— Calmez-vous, dit-il.

— Mais je veux la voir, lui parler, l'accabler de honte, l'envoyer au couvent! Se compromettre pour un homme de cette espèce, quelle dépravation! il faut que je lui parle, vous dis-je!

— Non. Attendez d'être plus calme; il vaut mieux

lui parler avec douceur, la persuasion seule peut la ramener ; une sévérité excessive ne ferait qu'irriter et enraciner son amour. Le mal d'ailleurs n'est pas irréparable, puisque, grâce à la prudence de M. Damerey, cette escapade restera secrète.

— M. Damerey le sait, c'est déjà trop, répondit madame Tricault. Ah ! j'en perdrai la tête ! Ne me dites-vous pas qu'elle a remis ses bijoux à cet homme ? Mais cela seul peut gravement la compromettre.

Elle agita violemment la sonnette.

— Ecoutez, Thérèse, reprit le jurisconsulte en se levant et en serrant fortement le bras de sa sœur, prenez garde à ce que vous allez dire et faire : une imprudence de votre part pourrait causer la perte d'Eveline ; et souvenez-vous que l'amour se moque des verrous et des grilles.

— Je ne serais donc plus maîtresse ici ! s'écria avec véhémence madame Tricault.

M. de Castelneux sortit.

Un domestique parut.

— Eveline ? demanda-t-elle.

Eveline arriva bientôt, et fut bouleversée à la vue de sa mère. Madame Tricault était très-pâle ; son regard exprimait une fureur concentrée, et ses lèvres tremblaient.

— Apportez-moi, lui ordonna-t-elle brièvement, votre parure d'émeraudes.

Eveline, à cette injonction, comprit que sa mère savait tout. Elle courut chercher son écrin, espérant ainsi se disculper.

En voyant ces bijoux, madame Tricault fut soulagée d'un grand poids, et son sang se remit à circuler librement.

— Allons, pensa-t-elle, c'était peut-être quelque méchante calomnie.

Aussi reprit-elle avec plus de douceur :

— Le bruit court que vous êtes allée avant-hier au soir rendre visite à M. Mérieul...

Eveline perdit contenance et balbutia quelques dénégations.

Madame Tricault vit sa fille coupable; mais elle se souvint des conseils de son frère, et domina son emportement.

— Eveline, mon enfant, dit-elle d'une voix presque attendrie, vous auriez donc pu oublier à ce point le respect de toute convenance, et vous laisser entraîner par votre tête folle jusqu'à concevoir de l'affection pour ce Mérieul !

Eveline s'attendait à une colère terrible. Trompée par ce calme apparent, et par ces paroles prodigieusement tendres de la part de sa mère, elle lui avoua son amour pour Maurice.

— Pardonnez-moi, ajouta-t-elle, si je vous l'ai caché jusqu'à présent; je craignais que la pauvreté de M. Mérieul ne vous parût un obstacle à notre mariage; mais s'il est nommé...

— Vous croyez que je consentirais jamais à votre mariage avec un bâtard ! s'écria madame Tricault d'un ton ironique et méprisant.

— Oui, ma mère, je l'espérais, et, s'il me fallait renoncer à cet espoir, j'en mourrais, car...

— Taisez-vous, interrompit Marie-Thérèse; ne croyez pas m'attendrir avec de pareilles extravagances. Souvenez-vous, ajouta-t-elle avec une effrayante dureté, que je préférerais vous voir morte. Vous épouserez Victor, entendez-vous, s'il veut bien encore vous faire cet honneur après une telle équipée.

— Mais si je suis compromise par cette démarche, objecta timidement Eveline, je ne puis épouser que M. Mérieul.

— Vous épouserez Victor, ou vous n'épouserez personne, repartit madame Tricault hors d'elle-même. Nous partons ce soir pour Aulny. Allez faire vos préparatifs.

Eveline fit une suprême tentative pour attendrir ce cœur orgueilleux. Elle se laissa glisser aux genoux de sa mère, lui prit les mains et les couvrit de baisers et de larmes.

— O ma mère, supplia-t-elle, je l'aime tant!

— Laissez-moi, dit madame Tricault.

Et elle la repoussa si violemment que la pauvre enfant tomba sur le parquet.

— O mon Dieu! sanglotait Eveline, ma mère ne m'aime pas!

Dès ce moment son parti fut arrêté, quelle que dût être l'issue de l'élection.

Le lendemain, toute la famille Tricault était établie à Aulny. Madame Tricault surveillait sévèrement Eveline, et enveloppait dans cette surveillance Antoinette, qu'elle accusait de favoriser l'amour de sa fille pour M. Mérieul.

Cependant Eveline était souffrante. Toutes les fois qu'elle apercevait sa mère, ou qu'elle entendait le son de sa voix, elle était prise de violentes palpitations. Enfin l'inquiétude lui donnait la fièvre; car toute correspondance avec Maurice était devenue impossible.

— Il est malheureux, se disait-elle ; s'il allait croire que je l'abandonne !

VII.

L'ÉLECTION.

Jusqu'alors Maurice n'avait pas tenté de nombreuses démarches pour gagner des électeurs à sa cause. Aussi sa candidature, si l'administration n'eût pris la peine de la propager en l'attaquant, n'aurait pas fait grand bruit ailleurs qu'à C... M. Berthaud pensait qu'il fallait attendre, pour lancer sérieusement cette candidature, les derniers jours qui précèdent l'élection. Ainsi, l'on risquait moins d'être contrecarré par l'administration. L'expérience lui avait appris d'ailleurs que beaucoup de paysans, à moins que leur intérêt ne soit en jeu, adoptent volontiers les opinions du dernier qui leur parle.

Ce fut le jour de la foire, c'est-à-dire le mercredi avant le jour fixé pour le scrutin, que les amis de Maurice proclamèrent sa candidature. Ce jour-là, ses principaux partisans étaient venus à C...

La foire à C... dure deux jours. M. Berthaud en profita pour réunir, le soir du mercredi au jeudi, ses amis les plus influents, quelques commerçants des plus populaires, et les chefs d'atelier des usines environnantes. Il savait que, si Maurice pouvait parler en public, sa cause serait gagnée.

Mérieul, surexcité par le désir de l'emporter sur ses rivaux, par son amour pour Eveline, fit dans cette réunion secrète sa profession de foi. Le feu de son regard, la noblesse de son geste, sa voix sympathique et retentissante, sa parole précise, nette, et néanmoins élégante, colorée, son esprit puissant et logique, capable de concentrer avec force une pensée et d'en établir avec ordre toutes les déductions, enfin ses convictions élevées et sincères, soutenues avec l'enthousiasme de la jeunesse, en faisaient un orateur complet. Il fascina son auditoire, qu'il sut flatter et convaincre. Pendant qu'on applaudissait, deux larmes coulaient silencieusement des yeux de M. Berthaud, profondément ému et heureux du succès de son fils d'adoption.

Cependant, malgré la propagande que les assistants firent en sa faveur dans leurs divers cantons, on ne pouvait prévoir l'issue de la lutte; les chances se partageaient à peu près également entre les trois candidats. M. Dorcy avait pour lui, outre les fonctionnaires et les soutiens de l'administration, une partie des ouvriers employés aux usines de B... et d'U...

Le parti de Maurice dominait dans la ville voisine, dans les environs et dans les faubourgs de C..., partout où s'étendait la popularité de M. Berthaud; il comptait aussi sur les usines à schiste, peu importantes encore, il est vrai, et principalement sur les quinze cents ouvriers de M. Dupasquier, dont les votes lui étaient confidentiellement assurés. Enfin, dans les usines d'U..., les ouvriers employés aux forges et aux ateliers de construction, plus instruits et plus éclairés que les autres, avaient lu les ouvrages économiques de Maurice et lui étaient gagnés.

Victor de Castelneux recrutait surtout ses partisans dans les campagnes éloignées des centres et dans celles des petites villes où dominaient les congrégations.

En effet, l'influence du clergé s'exerce généralement en raison inverse de la densité de la population. Dans les petites communes rurales de ces pays-là, le curé jouit encore d'une véritable autorité; mais, dans les chefs-lieux de canton et dans les bourgs un peu considérables, où les ouvriers peuvent se réunir, se concerter et s'éclairer mutuellement, et où il se rencontre d'ordinaire des hommes libéraux opposés à l'envahissement de la sacristie, l'influence cléricale se fait beaucoup moins sentir.

D'un autre côté, Victor comptait sur la propagande féminine. En effet, cette élection occasionna plus d'une brouille dans les ménages : de graves questions de politique surgissaient là où ne s'élevaient d'ordinaire que des questions de pot-au-feu. La dévote tenait pour Victor; le mari, esprit fort, tenait pour Maurice. Or, il est plus de ménages qu'on ne pense où la loi salique est abrogée : souvent la femme l'emportait.

Scènes électorales.

Qu'il nous soit permis d'esquisser ici quelques-unes des scènes électorales dont ce petit pays fut le théâtre à cette occasion, et qui ne nous semblent pas dépourvues de tout intérêt au point de vue des mœurs contemporaines.

— Eh bien! père Latuli, disait un saint personnage à un rusé paysan des environs de C..., c'est
donc demain que nous allons voter?

— Bah! répondait le père Latuli, ils feront bien la
besogne sans moi.

— Si tout le monde disait comme vous, la besogne
ne se ferait pas du tout. Il faut voter, père Latuli, et
surtout faire votre devoir en honnête homme.

— Voter, voter! c'est bien facile à dire; mais voter pour qui? Il est d'abord venu un petit monsieur
qui avait la voix douce et qui regardait en dessous.
« Père Latuli, « *qu'il* me dit, » il faut voter pour
« nous, car, si vous votez pour les autres, le bon
« Dieu n'enverra plus de chalands dans votre au-
« berge; on vous fera des chemins de fer qui vous
« couperont les vivres. » Est-ce que vous croyez ça,
vous, monsieur, que le bon Dieu s'occupe de ma
petite auberge?

— Mais certainement; le bon Dieu nous punit ou
nous récompense selon nos mérites.

— Il est bien bon tout de même, le bon Dieu, de
penser au père Latuli. Et puis il est venu ensuite le
garde champêtre qui m'a dit : « Père Latuli, il faut
« faire votre devoir de bon citoyen; il faut voter pour
« nous; autrement, qui sait? on pourrait bien per-
« mettre au père Boissard de vous faire concurrence.
« Et puis, vous allez quelquefois braconner dans les
« bois; gare aux procès-verbaux! » Enfin, il en est
venu un troisième qui m'a donné un bulletin et qui
ne m'a rien dit du tout; et, ma foi! pour mettre
d'accord le bon Dieu et le garde champêtre, j'ai bien
envie de voter pour celui-là; d'autant plus qu'on dit

11

que c'est le fils du père Berthaud. Ah! un brave
homme, le père Berthaud, pas fier, et qui fait le bien
sans marchander, n'est-il pas vrai? .

— Certainement, certainement, il fait du bien ;
mais il ne faut pas suivre ses conseils en votant pour
ce Parisien, qu'on ne connaît pas dans le pays, et qui
pourrait bien ne pas être ce que vous croyez. Oh!
je n'en dis pas de mal, et j'aime à le croire très-honnête; mais on raconte tant de choses sur son compte!...
Des mauvaises langues, sans doute. Cependant, voudriez-vous vous exposer à donner votre voix à un
homme qui ne la mériterait pas, à un homme surtout qui professe des doctrines contraires à notre
sainte religion? Voyez-vous, père Latuli, quand on
est dans l'ignorance, il faut savoir le reconnaître, et
suivre les avis de ceux qui sont plus éclairés que
nous. Ainsi, vous ne risquez pas de vous égarer en
votant avec les honnêtes gens.

— En ce cas, il faut donc que je vote avec le garde
champêtre? dit finement le père Latuli.

— Non, non, avec le bon Dieu.

— Mais l'administration, c'est donc pas les honnêtes gens?

— Dieu me préserve, père Latuli, de vouloir dire
une pareille chose ! Mais l'administration nous vient
des hommes, et tout ce qui est humain est sujet à
l'erreur.

— Bon, bon, reprit le père Latuli, je comprends
maintenant : vous, vous venez de la part du bon
Dieu, et il n'y a que vous qui ne pouvez pas vous
tromper. Donnez-moi donc de vos bulletins, que je
vote avec les honnêtes gens.

Le dévot personnage, enchanté de sa diplomatie, remit au père Latuli un paquet de bulletins, en lui recommandant de les distribuer aux chalands qui venaient dans son auberge; ce qu'il promit de faire en conscience. Mais aussitôt qu'il fut seul, il alla les brûler conscienhcieusement au feu de sa cuisine; car la plus grande joie du paysan est de duper qui se croit plus fin que lui. Et le père Latuli vota pour Maurice.

M. Dumoulin est un grand propriétaire du canton de M..., fort attaché à l'ordre et au *statu quo;* il vote toujours avec l'administration. Agriculteur distingué, il dirige une vaste exploitation, et il a dans sa dépendance un grand nombre de domestiques, de fermiers et de journaliers.

Or, le maire de sa commune est un homme également riche; mais leurs propriétés sont voisines, et partant, ils sont ennemis.

M. le maire a des prés qui touchent à ceux de M. Dumoulin, et la question d'irrigation a fait naître entre eux plus d'un procès.

M. le maire a une plantation de peupliers qui aborne au midi les champs de M. Dumoulin, et les rend stériles en les privant des rayons du soleil; mais M. le maire aimerait mieux emprunter de l'argent et acheter des bois que de couper ses peupliers.

Enfin il est maire, et à ce titre il peut exercer vis-à-vis de M. Dumoulin une foule de petites vexations. Tantôt il enterre ses murs dans un exhaussement de chemin; tantôt il les fait écrouler en mettant par un

nivellement les fondations à nu ; tantôt, sous prétexte d'utilité publique, il s'empare, pour désaltérer
la commune, d'une source qui alimente sa fontaine,
ou obtient le tracé de chemins qui coupent et dépa-
rent ses propriétés.

M. Dumoulin ne va pas à la messe ; c'est un esprit
fort ; mais madame Dumoulin suit scrupuleusement
les offices. Ce n'est pas qu'elle soit dévote ; il s'agit
bien de cela ! mais madame Dumoulin est jolie et
coquette, et l'église est le seul terrain où il lui soit
permis d'entrer en rivalité de toilette avec madame
de Mesvres, la grande dame de l'endroit ; car si M. le
maire est le buisson d'épines qui torture l'existence
de M. Dumoulin, madame de Mesvres est l'épingle
empoisonnée qui pique incessamment la vanité de
madame Dumoulin.

Madame Dumoulin a pourtant des toilettes qui
éclipsent celles de madame de Mesvres ; mais madame de Mesvres donne des fêtes auxquelles assistent
toute la noblesse et l'ancienne bourgeoisie du pays,
et madame Dumoulin, dont le père était tanneur, n'y
a jamais été invitée.

Or, quelques jours avant les élections, M. le curé,
un homme du monde et un homme d'esprit, qui devinait les douleurs secrètes de madame Dumoulin,
vint lui rendre visite.

— J'ai vu hier madame de Mesvres, lui dit-il, elle
était fort occupée des préparatifs d'une grande
chasse à courre que les dames doivent suivre en voiture. Ce sera magnifique, madame de Mesvres m'a
parlé de vous.

— Elle vous a parlé de moi ! s'écria madame Dumoulin visiblement émue. Que disait-elle donc?

— Voici ce qu'elle me disait, reprit avec un fin sourire M. le curé : Madame Dumoulin est charmante; ses toilettes sont d'un goût exquis. Si je savais que M. Dumoulin, qu'on dit être un farouche impérialiste, voulût accepter une invitation, et s'il consentait à être des nôtres en votant pour notre candidat, je m'empresserais de faire cette politesse à madame Dumoulin, car les jolies femmes sont rares, et la beauté vaut bien quelques quartiers de noblesse.

Madame Dumoulin était rouge de bonheur. Cependant elle pensa d'abord que, par dignité, elle ne devait point paraître trop empressée à accepter ces avances; mais monsieur le curé était son directeur, à quoi bon dissimuler avec lui! Aussi répondit-elle naïvement :

— Oh! mon Dieu! monsieur Dumoulin n'est pas si gouvernemental qu'il le paraît, car il est tellement molesté par monsieur le maire... Tenez, monsieur le curé, il me vient une idée; mon mari, je vous le promets, votera pour M. de Castelneux.

— Je m'en vais donc porter cette bonne nouvelle à madame de Mesvres. La chasse aura lieu dans huit jours, votre toilette sera-t-elle prête? demanda cet aimable ecclésiastique, qui daigna descendre à ces détails mondains.

— Huit jours, c'est bien peu, répondit madame Dumoulin, mais c'est assez.

Quelques instants après, M. Dumoulin rentrait, le front chargé de soucis; et l'on ne sait pas jusqu'où peuvent aller les soucis d'un propriétaire qui vit au

milieu de ses domaines, et qui a pour maire un ennemi.

— Eh! bien! qu'est-ce qu'il y a encore? demanda
madame Dumoulin avec une sollicitude qu'elle ne
montrait pas d'ordinaire pour les tribulations de son
mari. Je gage que c'est ce maire de malheur qui vient
encore de te faire un tour de sa façon.

— Oh! cela passe toute permission, toute permission! s'écria M. Dumoulin, cramoisi de colère. Il faut
que je fasse sauter ce gredin-là. Comprends-tu qu'il
vient de me faire dresser un procès-verbal pour des
pierres entreposées depuis hier au soir seulement sur
la voie publique? J'en ai la fièvre, et, si cela devait
durer, j'en aurais une attaque d'apoplexie.

— Et quels moyens as-tu de le faire sauter? demanda encore madame Dumoulin, ravie de l'exaspé-
ration de son mari.

— Certainement, c'est très-difficile; sauf le cas de
malversation, et je suis loin de l'en accuser, il n'y a
qu'un ministre qui puisse prononcer la destitution
d'un maire.

— Et tu comptes sans doute sur monsieur Dorcy
pour obtenir du ministre cette révocation, dit madame Dumoulin en lissant négligemment ses bandeaux devant une glace.

— Mais oui, pardieu! M. Dorcy sait que je travaille activement pour son élection; enfin, c'est un
homme juste, et il me donnera raison.

— Eh bien! tu peux perdre cet espoir, reprit madame Dumoulin en arrangeant ses manches de den-
telle sur ses bras blancs; car monsieur le maire est
au mieux avec monsieur Dorcy; il se met en quatre

pour son élection, et on les a vus, le jour de la foire
de C..., sortir ensemble de la sous-préfecture, et se
promener bras dessus bras dessous sur la place.

— Comment, tu es sûre?...

— Très-sûre, répondit avec calme madame Dumoulin qui mentait effrontément. D'ailleurs, ce monsieur Dorcy, ajouta-t-elle, n'a, à ce qu'il paraît, que
de faibles chances. Il vaudrait donc mieux, je crois,
tourner tes vues d'un autre côté. M. de Castelneux
nous serait d'un plus sûr appui, d'autant plus que
M. de Mesvres, qui, lui aussi, est en bisbille avec le
maire, soutiendrait tes réclamations. Enfin il me semble t'avoir entendu parler d'un procès que nous aurions avec la commune; or, le père de M. de Castelneux est juge-suppléant du tribunal.

M. Dumoulin regardait sa femme avec ébahissement. C'était la première fois que madame Dumoulin
s'occupait d'aussi graves questions, et elle montrait
presque du génie.

— Parbleu! c'est étonnant, s'écria-t-il, comme
les femmes voient clair quelquefois où nous voyons
trouble! Tu as, ma foi! raison : je voterai pour M. de
Castelneux. Ces Castelneux, après tout, sont des gens
fort recommandables. Comme tu le dis, j'ai justement un procès en instance avec la commune au sujet de ma source, et, si je le gagnais, le maire sau-
terait de l'aventure, car il serait démontré qu'il sacrifie les intérêts de la commune à ses rancunes.

Et M. Dumoulin, ravi de cette idée, se frottait les
mains, embrassait sa femme, ce qui ne lui était pas
arrivé depuis longtemps, si préoccupé qu'il était par
les soucis que lui donnait M. le maire.

Madame Dumoulin écrivit immédiatement à monsieur le curé :

« Envoyez-moi cent bulletins Castelneux ; nous les
« placerons bien. Mon mari est complétement con-
« verti ; nous votons avec vous. »

Et M. le curé envoyait avec des bulletins une charmante lettre de madame de Mesvres qui invitait M. et madame Dumoulin à la grande chasse projetée.

M. Dumoulin n'était pas seulement propriétaire, il était aussi chasseur. Enfin il avait quelque vanité ; et cette invitation, qui le flatta, acheva de le gagner au parti de Victor.

Dans un misérable réduit, un homme, atteint d'une fièvre lente, grelottait sur un grabat. Une femme, maigre et livide, réchauffait contre son sein un petit enfant qu'elle allaitait.

Un membre de la première société que nous avons décrite, entra. On le reçut avec la servilité de la misère.

— Eh bien ! dit-il, cette mauvaise fièvre ne nous a donc pas encore quitté ? Mais cela va mieux, n'est-ce pas ? Il me semble que vous avez meilleure mine. Vous savez que c'est dimanche le jour de l'élection ? Il faut tâcher d'être guéri pour ce jour-là, afin de venir voter avec les honnêtes gens.

— Il fait bien froid, objecta le malheureux.

— En vous enveloppant bien, il n'y aura aucun danger.

— Hélas ! je n'ai pas de vêtement chaud pour me couvrir.

— Eh bien ! je vous enverrai un bon vêtement, et

vous viendrez, n'est-ce pas? Car, voyez-vous, dans une circonstance pareille, refuser de voter, c'est comme si, dans une bataille, le soldat refusait de marcher en avant. Il faut faire son devoir, et Dieu et les honnêtes gens ne vous abandonneront pas. Tenez, voici un bon de pain, un bon pour du bois et des médicaments, et voici le bulletin que vous déposerez dans l'urne. Vous voyez que nous ne vous oublions pas, et que nous vous secourons autant qu'il est en notre pouvoir. Mais nous ne sommes que les serviteurs de Dieu; c'est donc bien le moins, lorsque nous vous demandons une chose au nom de Dieu, que vous nous montriez un peu de dévouement. Songez, mon ami, que nous comptons sur vous, ajouta-t-il d'un ton dont la douceur n'excluait pas la fermeté.

Après ces paroles, le saint personnage s'en alla.

Aussitôt qu'il eut franchi le seuil de la porte, le malade indigné se dressa sur son grabat.

— Ah! s'écria-t-il, il croit que pour deux livres de pain et quelques bûches j'irai voter contre le père Berthaud!

— Ah! mon pauvre homme, dit la femme en pleurs, il faut bien faire ce qu'ils demandent; autrement ils nous retireraient le peu qu'ils nous donnent, comme ils ont fait à la veuve Michaud, parce qu'elle est allée consulter monsieur Berthaud pour son petit qui était malade. Pense donc que, par le fait, ils ne nous doivent rien.

— Non! non! s'écria avec vigueur le malheureux, je n'irai pas, quand nous devrions tous périr; car je ne veux pas voter contre le père Berthaud, qui est un brave homme.

11.

Cependant, le jour de l'élection arrivé, comme il n'y avait dans le pauvre réduit ni pain pour se nourrir, ni bois pour se chauffer, que les enfants pleuraient de froid et que la mère avait faim, le malade vota pour Victor.

A cinq ou six lieues de C..., dans le village de L...., les habitants se montraient réfractaires aux exhortations du parti clérical, et la candidature de Victor n'avait que peu d'adhérents. La population, dévouée au gouvernement, s'apprêtait à voter pour M. Dorcy, à part toutefois quelques libéraux appelés par les honnêtes gens du pays des *braillards*, et qui étaient du parti de Maurice.

Il ne fallait rien moins qu'un miracle pour opérer en faveur de Victor un revirement dans l'esprit des électeurs. Or, le miracle s'opéra.

Le dimanche même de l'élection, au sortir de la messe, une jeune fille, que sa piété exaltée avait fait surnommer la *sainte,* tomba à terre sous le portail de l'église. Ses membres étaient rigides, ses yeux, fixes, et sa figure inspirée. On s'empressa autour d'elle, on la releva, on chercha à la ranimer, car on la croyait évanouie ; mais ce fut en vain.

Un béat personnage, qui sortait de l'église, perça la foule et arriva jnsqu'à la sainte.

— Il se passe quelque chose d'extraordinaire, dit-il.

Il posa sa main sur le front de la jeune fille, dont les membres se détendirent aussitôt ; mais ses yeux et son visage conservèrent leur expression extatique. Elle commença à prophétiser.

En ce moment, une foule d'habitants se trouvaient

réunis sur la place ; car la maison commune est en face de l'église, et l'on allait voter.

— J'aperçois, s'écria la jeune inspirée, trois hommes qui s'avancent. Le premier a un bonnet rouge et des pieds de bouc ; le second porte au-dessus de sa tête une colombe entourée de lumière ; le troisième tient un aigle entre ses mains. Aussitôt qu'apparaît la colombe, la terre s'entr'ouvre et engloutit dans ses entrailles l'homme aux pieds de bouc et au bonnet rouge. Alors l'aigle se jette sur la colombe, et la lutte s'engage ; mais, je vous le prédis, en vérité, la colombe triomphera de l'aigle, et ceux qui dans le combat soutiendront l'aigle contre la colombe, seront maudits de Dieu : leur bétail périra, leurs vignes gèleront et leurs champs seront frappés de stérilité.

Et la sainte, ayant dit, tomba la figure contre terre, comme foudroyée par la lumière céleste. On la transporta dans la maison voisine, où elle resta longtemps privée de connaissance.

Cette prédiction symbolique, et d'une interprétation facile, fut expliquée par les cléricaux de l'endroit qui criaient au miracle, et qui profitèrent de l'attroupement pour distribuer des bulletins Castelneux. N'était-il pas évident en effet que l'homme aux pieds de bouc c'était Maurice, le représentant de Satan ; que la colombe, c'était l'Esprit saint reposant sur la tête de M. de Castelneux, et que le troisième personnage qui tenait un aigle entre ses mains, ne pouvait être que le candidat du gouvernement ?

— Vous voyez donc, mes amis, ajouta le béat personnage cité plus haut, que Dieu n'abandonne jamais les siens. Au moment du péril, il envoie aux multitudes aveuglées ces grandes manifestations devant lesquelles elles doivent se prosterner, croire et adorer.

Toute la commune, à l'exception des *braillards,* vota pour Victor.

Comme nous l'avons dit, M. Dupasquier prétendait diriger la conscience de ses ouvriers. La nature l'avait créé supérieur de couvent, à supposer toutefois que le couvent soit entré dans les prévisions de la nature. Elle lui avait donné une chevelure brune et rare, le teint bilieux, l'œil ardent et voilé, la bouche austère, le front étroit et fuyant et la tête conique, ce type enfin du fanatisme qu'on retrouve fréquemment dans les tableaux de l'ancienne école espagnole. Toutefois, comme M. Dupasquier ne dédaignait point les biens de la terre, il trouvait plus lucratif de diriger une filature, et une fabrique de tissus qui lui rapportaient 100,000 francs de bénéfice, que d'être supérieur de chartreux. Seulement, il avait transformé son établissement en un véritable couvent. Il assujettissait ses ouvriers à une foule de pratiques religieuses; tous les dimanches, il les réunissait, les sermonnait, les catéchisait, et surtout les endormait. Mais, dans ces pays de grande industrie, les ouvriers, plus éclairés, ont un sentiment plus énergique de leur dignité et de leur indépendance. Ces hommes robustes et intelligents supportaient donc avec impatience cette compression, et se révoltaient sourdement contre ces exigences fanatiques. Comme ils les subissaient avec une résignation forcée, M. Dupas-

quier était fort éloigné de se douter de ces protestations secrètes.

Le jour de l'élection, après la messe, il harangua
ses ouvriers.

« Mes frères, mes amis, leur dit-il de sa voix la
plus onctueuse, voici une occasion de montrer votre
attachement aux sentiments chrétiens que je m'ap-
plique à vous inculquer.

« Je ne suppose pas qu'un seul d'entre vous puisse
avoir la pensée de voter pour le candidat de M. Berthaud ; car cet homme représente non-seulement le
parti de l'impiété, mais encore le parti de ces uto-
pistes malfaisants, qui poussent les ouvriers et les
pauvres à l'insurrection et au brigandage, qui attaquent la propriété et la famille, ces institutions saintes qui nous viennent de Dieu. Non, je n'ai pas besoin de vous rappeler que vous êtes avant tout les
enfants de l'Eglise. Or, que diriez-vous d'un enfant
qui laisserait maltraiter sa mère et soutiendrait ses
ennemis contre elle? Vous devez donc un dévouement
sans bornes à l'Eglise, cette tendre mère qui vous
comble de ses indulgences et vous prépare le royaume
du ciel. Votez donc, mes amis, pour M. de Castelneux, et Dieu vous bénira. »

Après cette éloquente allocution, les ouvriers de
M. Dupasquier se rendirent au scrutin et votèrent en
masse pour Maurice.

Nous ne ferons que mentionner ces influences qui
se reproduisent à chaque élection, et qui résultent
de l'état de dépendance de certaines classes d'électeurs. Ainsi, fort souvent le petit marchand vote
comme sa clientèle, les ouvriers votent comme

leurs patrons, les domestiques comme leurs maîtres, et les fermiers comme leurs propriétaires. Nous ne décrirons pas non plus ces manœuvres si bien connues qu'emploient trop souvent aussi tous les partis, manœuvres plus ou moins honorables, selon le zèle et la loyauté des meneurs : pressions de toute sorte, substitution de bulletins, dénigrements et fausses nouvelles, etc.

Cependant, lorsque nous lisons les scènes électorales qui se passent chez nos voisins d'outre-Manche, chez ces Anglais dont la probité privée et la dignité sont presque proverbiales, devant ces luttes sauvages où le sang coule assez souvent, où l'on corrompt ouvertement les électeurs par l'argent ou par la boisson, où la rivalité politique légitime les plus honteux excès, les ruses les plus lâches, nous pouvons nous regarder encore comme des civilisés raffinés.

Espérons cependant qu'il y a un mieux à atteindre, et qu'un jour l'esprit de cabale, qui est une des plus fortes et des plus utiles passions de l'homme, s'exercera avec plus de loyauté.

Dans tous les camps, l'anxiété était grande ; car on ne pouvait prévoir encore le résultat de l'élection. Maurice avait la fièvre, les artistes ne riaient plus, Noël lui-même avait perdu sa verve et sa gaîté.

Le dimanche soir, on connut le résultat obtenu à C...; les couvents, les associations pieuses et les séminaires, un parti compacte et nombreux, avaient fait pencher la balance en faveur de Victor.

Lundi, dans l'après-midi, madame Mérieul, arriva à C... Les dernières nouvelles qu'elle avait reçues de Maurice étaient bonnes. Elle croyait au succès. Elle

était venue, autant pour savoir un jour plus tôt l'issue de l'élection, que pour remercier M. Berthaud
et accomplir son projet de vengeance.

Le lundi soir on connut le résultat définitif du
scrutin.

Maurice l'emportait, puis venait Victor à une faible distance, et enfin M. Dorcy.

Mais Maurice n'avait pas obtenu la majorité absolue. Il fallait procéder le dimanche suivant à un second scrutin, et huit cents voix seulement le séparaient de Victor.

Ce soir là, il y eut grande fête à l'atelier des artistes, enthousiasmés de ce premier succès.

Noël fit partir des pétards sur la place du Champ-
de-Mars, et, comme illumination, il accrocha un fal-
lot colossal au faîte de la fontaine Saint-Hilaire, gracieux monument renaissance situé au milieu même
du faubourg noble.

Maurice seul paraissait triste, car depuis plusieurs
jours il était sans nouvelles d'Eveline. Il n'avait reçu
qu'un billet d'Antoinette. Ce billet ne contenait que
ces mots tracés au crayon : « N'écrivez pas. Dès que
« je le pourrai, vous recevrez une plus longue let-
« tre. »

Il se passait donc quelque chose d'extraordinaire
dans la famille Tricault. Le laconisme de ce billet
avait fait supposer à Maurice que madame Tricault,
ayant surpris une de ses lettres, surveillait Eveline
et Antoinette elle-même.

En réalité, Antoinette, qui ne voulait pas alarmer
Maurice au milieu de ses tracas électoraux, avait résolu d'attendre le résultat de l'élection pour lui ra-

conter ce qui s'était passé et lui ôter tout espoir re-
lativement à la main d'Eveline.

Enfin, une autre préoccupation relative à son rival
paraissait encore obséder Maurice. Chaque fois qu'il
entendait prononcer le nom de Victor ou celui de
son père, une légère contraction révélant une émotion pénible, passait sur son visage.

La consternation qui régnait dans le cénacle de la
marquise faisait contraste avec la joie de l'atelier,
car là, on avait compté sur la majorité absolue, et l'on
faisait des réflexions sur la perversité des temps,
lorsque M. Dupasquier entra avec un air abattu.

— Mes quinze cents ouvriers ont voté pour M. Mérieul, dit-il avec dépit; il y a là quelque infernale
machination que je saurai découvrir! Espérons que,
avec l'aide de Dieu, les choses ne se passeront pas
ainsi dimanche prochain.

Et l'on se promit à l'envi de redoubler d'efforts, de
sermons, d'aumônes et de miracles.

La famille Tricault était également consternée, à
l'exception d'Eveline, qui paraissait indifférente. Un
instant seulement, quand arriva la nouvelle, sa pupille se dilata, et son regard brilla d'un éclat étrange.

— J'ai encore huit jours, pensa-t-elle.

Elle reprit tout aussitôt son air calme. Antoinette
s'étonna de cette tranquillité ; madame Tricault s'en
applaudit : elle crut avoir maté sa fille.

VIII.

LE SECOND TOUR.

Ce résultat inattendu frappa de stupeur la sous-
préfecture. Eh quoi! dans la circonscription la plus
calme, la plus modérée du département, le candidat
de l'administration avait échoué! M. le sous-préfet
ne comprit rien d'abord à ce revirement; mais, de
plusieurs côtés, des amis sincères du gouvernement
lui apprirent que cet échec était dû au zèle maladroit de ses agents. Il pensa qu'une fusion avec le
parti légitimiste pouvait seul sauver le candidat officiel.

Ce dernier, M. Dorcy, alla trouver M. de Castelneux, et lui fit entrevoir que, si Victor se retirait, la
place de président pourrait bien, tôt ou tard, dé-
dommager le jurisconsulte du désistement de son
fils.

— Je devais être nommé il y a un an, répondit le
légiste; maintenant il est trop tard.

Alors M. Dorcy se rendit à l'évêché. L'évêque était
malade. Ce fut un grand-vicaire qui le reçut. Il promit une forte allocation pour les réparations de la
cathédrale.

Le grand vicaire répondit :

— Nous voulons rester en dehors de ces luttes électorales. Il nous semble peu digne que, représentants
d'une religion qui est venue apporter la concorde
parmi les hommes, nous descendions dans l'arène

politique, où se meuvent les passions que notre ministère nous fait un devoir de réprimer.

M. de Castelneux étant nommé, obtiendrait certainement pour la cathédrale l'allocation que l'évêché demandait en vain depuis plusieurs années.

M. Dorcy échoua donc dans cette seconde tentative.

Il jugea inutile toute autre démarche auprès du parti légitimiste. La noblesse de C..., se modelant sur la noblesse du faubourg Saint-Germain, s'était toujours montrée très-hautaine vis-à-vis de l'administration, très tenace et très exclusive dans son isolement. Il est vrai de dire que cette rigidité de principes était plutôt esprit de parti et fierté de caste, que conviction bien profonde. Car les convictions fortes sont assez rares de nos jours. Cette indécision dans les croyances est sans doute un notable progrès ; car elle prouve que l'esprit humain raisonne enfin, que le vieux dogme politique s'écroule, que les principes nouveaux, acceptés aujourd'hui par la minorité seulement, deviendront bientôt la foi générale. On conçoit toutefois que cet absurde préjugé du droit divin groupe autour de lui les sectaires les plus obstinés et les plus fanatiques, puisqu'il découle de la foi sans contrôle.

Madame Mérieul, qui ne pouvait rester chez M. Berthaud, et qui craignait que son séjour à C... n'éveillât la curiosité publique, et ne fît naître de fâcheuses interprétations, alla attendre à M... le résultat de la seconde élection.

Malheureusement sa présence chez M. Berthaud était déjà connue. La voisine de la Barbaude en avait immédiatement averti M. Damerey.

Cette fois, Jules Damerey, au lieu d'étouffer la nouvelle, comme il l'avait fait pour l'équipée d'Eveline, se hâta de la propager, et, ainsi qu'il arrive toujours, chacun en la répétant l'ornait de ses commentaires.

— L'ancienne maîtresse de M. Berthaud, disait-on, est venue le voir; elle a passé deux nuits sous son toit. C'est un mépris insolent de toutes les convenances, un véritable scandale public.

Mais quelle était cette femme? La voisine de la Barbaude prétendit l'avoir reconnue pour une ouvrière, qu'elle nomma, qui avait mené à C... une vie fort légère quelque trente ans auparavant, et qui, depuis, avait disparu.

Cette supposition charitable s'ébruita rapidement et fit bientôt le tour de la ville. La vieille dévote appuyait son assertion de tant de détails, que tout le monde dut la croire.

Aux yeux d'un grand nombre d'électeurs, aux yeux des gens qui rendent les enfants solidaires des fautes de leurs parents, Maurice perdit de son prestige.

Elevé par une femme méprisable, disait-on, quels pouvaient être ses antécédents? Non-seulement son éducation avait dû se ressentir de cette vie humiliante, mais encore il devait avoir en lui quelque chose de l'organisation vicieuse de sa mère. Ses idées sociales ne prouvaient-elles pas qu'il était un de ces hommes turbulents, mécontents de leur sort, n'ayant d'autres convictions que leur intérêt personnel, une de ces natures indomptables n'aspirant qu'au bouleversement de la société et de toutes les lois divines et humaines?

Maurice eût pu répondre à ces attaques en nommant sa mère ; mais c'était ressusciter de vieilles histoires dont ses adversaires tireraient également parti pour le dénigrer. D'ailleurs, il lui répugnait de mêler le nom de sa mère à ces intrigues, et de la livrer en pâture à ses ennemis.

Roger, en remontant à la source de cette calomnie, découvrit M. Damerey. Il pensa que la meilleure manière d'y répondre, c'était de dévoiler la moralité du personnage.

Depuis longtemps Noël supposait au virtuose des mœurs moins platoniques que celles qu'il affichait.

Dans la maison habitée par lui demeurait une fort jolie femme, qu'en sa qualité d'artiste il avait remarquée. C'était la femme d'un chef d'atelier nommé Michel. Ce Michel, récemment converti par M. Damerey, était membre de plusieurs confréries.

C'était un homme sincère.

M. Damerey occupait l'appartement donnant sur la rue. Il n'y avait entre ces deux appartements contigus aucune communication, si ce n'était une porte condamnée en apparence et masquée par un meuble.

Madame Michel passait pour sage ; pourtant il y avait dans sa prunelle vert-orangé des lueurs de perversité.

Madame Michel avait pour voisine une ouvrière d'une beauté fort médiocre, à qui Noël sut persuader qu'elle était la plus belle personne de l'univers. Un peu blessée des grands airs que prenait vis à vis d'elle madame Michel, elle l'épia et ne tarda pas à constater l'existence d'une intrigue entre Damerey et sa belle voisine.

La malicieuse grisette s'empressa de communiquer le fait à Noël.

— Je vous le dis, ajouta-t-elle, car je n'ai certes pas l'intention de garder pour moi seule les galanteries de madame Michel. Ça lui apprendra à faire la prude et à nous mépriser parce que nous avons des amoureux.

Noël ne lui eût pas donné le conseil de divulguer sa découverte, mais il s'abstint naturellement de l'en détourner.

Deux jours après, le mari, prévenu par la rumeur publique, rentrait à l'improviste et surprenait sa femme chez M. Damerey. La porte condamnée était toute grande ouverte.

L'ouvrier, outré de la conduite et de l'hypocrisie de M. Damerey, fit un violent tapage.

Le jour même il déménageait, donnait sa démission de congréganiste, et défendait à sa femme de remettre les pieds dans une église.

Ce fut un gros scandale.

Toutefois, M. Damerey ne perdit pas pour si peu l'estime de ses amis. Il sut leur persuader sans doute, avec sa voix mélodieuse et son air candide, qu'il n'avait reçu madame Michel chez lui que pour la convertir.

La marquise continua à l'accueillir dans son salon, et mademoiselle de Curgy, à recevoir sa cour. Se montrer trop susceptibles, c'eût été augmenter le scandale et compromettre le parti tout entier. D'ailleurs les Castelneux avaient encore besoin de lui : ne tenait-il pas entre ses mains la réputation d'Eveline ? Enfin, si la marquise lui eût fermé sa porte, le

parti adverse n'eût pas manqué de gloser et d'attribuer à la jalousie cet excès de sévérité.

Puis, en général, les personnes pieuses croiraient
déconsidérer la religion et se flétrir elles-mêmes en
démasquant l'hypocrisie. Ne serait-ce pas au contraire le moyen de prouver leur sincérité, et de-
vraient-elles attendre que les hérétiques fissent cette
besogne éminemment morale et religieuse? Et, lorsque la besogne est faite, pourquoi se montrer si
courroucé, crier à l'immoralité, à la persécution?
C'est, répondent-elles, que le scandale est toujours
fâcheux, que la religion défend les jugements témé-
raires et commande la charité, l'indulgence. Ah!
qu'elles devraient alors pratiquer cette charité et
cette tolérance envers ces pauvres mécréants, qui ne
sont pas secourus par la grâce et auxquels il manque
les lumières d'en haut!

Ainsi, cette aventure scabreuse, qui révolta quelques gens honnêtes, n'enleva qu'un très-petit nombre d'électeurs à Victor. Et ce petit nombre se trouva
parmi le peuple, beaucoup plus entier dans ses jugements que la classe policée. Celle-ci, en effet, a
parfois à son service un arsenal de sophismes, de
nuances et de faux-fuyants tout à fait inconnus des
natures incultes, dont la conscience, lorsqu'elles en
ont, est toute d'une pièce. C'est bien, c'est mal; elles
ne sortent pas de là. Aussi, l'instinct populaire est-il
moins sujet à s'égarer que la conscience d'un ca-
suiste.

Si l'esclandre causé par M. Damerey détourna quelques suffrages du candidat clérical, d'un autre côté
la sainte de L... lui en gagnait un grand nombre.

L'événement miraculeux du dimanche précédent, propagé, corrigé et considérablement augmenté par la superstition, avait fait grand bruit aux alentours, et une foule considérable affluait des campagnes voisines pour visiter l'illuminée. Encouragée par ce premier succès, elle ne se bornait plus à des prophéties, elle faisait résolûment des miracles.

Deux mendiants, venus on ne sait d'où, l'un sourd et l'autre paralytique, furent guéris par un simple attouchement. Il est vrai qu'elle ne guérissait point les malades de l'endroit. A cela, on répondait que personne n'est prophète dans son pays, et que les malades du voisinage manquaient de foi.

Ces deux miracles eurent un grand retentissement, et M. de Castelneux fit imprimer à ses frais un petit opuscule où ils étaient relatés. Les curieux et les croyants remplissaient du matin au soir la cabane de la jeune inspirée.

Elle restait constamment couchée sur un lit, surmonté d'un Saint-Esprit en carton doré. Elle ne mangeait pas, disait-on, et paraissait plongée dans une continuelle extase; et lorsque l'auditoire était un peu nombreux, elle lançait une prédiction.

Le sous-préfet de C... pensa à la faire arrêter; mais, devant le fanatisme qu'elle excitait, il craignit le mécontement des populations, qui protesteraient en votant contre son candidat. Il dut attendre.

Mais Noël et Roger, entendant parler de ces merveilles et des défections qu'elles provoquaient dans le parti de Maurice, se rendirent à L..., afin de voir de près et de dévoiler les ficelles.

Ils arrivèrent comme deux pèlerins, et furent introduits dans le sanctuaire avec une trentaine de personnes.

La sainte se trouvait justement livrée à une de ces extases pendant lesquelles elle se disait ravie au septième ciel.

Si cette sainte eût été jolie, Noël se fût amusé de sa rouerie; mais il ne vit là qu'une fille assez laide, qui posait et faisait poser le public, et il résolut d'être féroce.

— Vous dites, demanda Noël à la femme chargée d'exhiber ce spectacle, que mademoiselle est complétement insensible, qu'elle n'entend, ne voit et ne sent rien?

— Rien absolument: on la brûlerait avec un fer rouge qu'elle ne s'en apercevrait pas.

Noël alors s'approcha du lit, prit un verre d'eau qui se trouvait sur une table.

— Tenez, dit-il à cette femme devant tout l'auditoire, toutes les fois que mademoiselle tombera en extase, faites ainsi, et cela ne lui arrivera plus.

Et, ce disant, il jetait au visage de la sainte le verre rempli d'eau.

La sainte sortit brusquement de son extase, et regarda le sacrilége avec des yeux pleins de colère.

La gardienne jeta les hauts cris.

Les deux artistes n'eurent que le temps de s'enfuir; car les assistants, loin de se rendre à l'évidence et de reconnaître la supercherie, les eussent lapidés.

Le jour des élections arriva.

Depuis huit jours, Maurice avait perdu du terrain au lieu d'en gagner. Cependant il comptait toujours sur les ouvriers de M. Dupasquier. Celui-ci, en effet, ne leur témoignait aucun ressentiment, aucune mauvaise humeur de leur défection. Ce silence les surprenait, car ils s'étaient attendus à une sévère réprimande.

— Allons, disaient-ils, il met en pratique la résignation qu'il nous recommande. Il nous fera encore dimanche prochain un petit sermon, et nous en serons quittes.

Mais, le dimanche arrivé, à leur grande surprise, M. Dupasquier faillit à toutes ses habitudes et s'abstint de les sermonner. Seulement, au sortir de la messe, il commanda aux chefs d'atelier de réunir tous les ouvriers. Puis il leur fit distribuer des bulletins.

Ils s'attendaient tous à aller voter dans l'après-midi, comme le dimanche précédent. Ils ne s'étaient donc pas munis encore des bulletins de Maurice.

Surpris, ahuris, là, sous l'œil du maître, n'ayant pu s'entendre d'avance, aucun n'osa prendre l'initiative d'une résistance.

Et tous, leur chef en tête, allèrent voter.

Cette fois, ce fut Victor qui l'emporta.

IX.

APRÈS L'ÉLECTION.

Lorsque cette nouvelle parvint à l'atelier de Roger, Maurice, entouré de ses amis, attendait le résultat de l'élection dans une fiévreuse angoisse. Ignorant la décision suprême de madame Tricault, il pou-

vait espérer encore que le succès lui permettrait
d'aspirer à la main d'Eveline.

Toutefois, le silence d'Eveline et d'Antoinette le
remplissait d'appréhension. Préoccupé comme il
l'était par cette inquiétude et par son amour, il n'a-
vait pas déployé dans ces derniers jours toute l'activité qu'une entière liberté d'esprit lui eût permis de
montrer.

L'ambition est une grande et noble passion, lorsqu'elle a pour principal mobile le désir d'être utile
à nos semblables, d'apporter notre pierre au progrès
social en propageant des idées justes et généreuses.

Maurice avait cette ambition-là. Comme tous les
hommes qui ont le sentiment de leur puissance, de
leur supériorité intellectuelle, il se sentait à bon
droit capable d'occuper une position élevée et d'y
faire le bien. En un mot, ses facultés étaient au ni-
veau de ses aspirations. On ne pouvait donc le con-
fondre avec ces ambitieux inféconds et souvent dangereux qui pullulent dans nos sociétés modernes, et
dont les organisations incomplètes ne sont pas en
rapport avec les désirs effrénés.

Mais en ce moment son ambition, si ardente qu'elle
fût, était dominée par un de ces amours fiévreux,
tyranniques, qui saisissent l'être tout entier. Cette
passion absorbait toutes les autres. Il désirait réussir,
parce qu'un insuccès le séparerait à jamais de celle
qu'il aimait. Il pensait aussi à sa mère que cette déception pouvait briser.

Quand il reçut la nouvelle de son échec, son orga-
nisme, tendu par la fièvre de l'impatience, se dé-
tendit tout à coup. La réaction fut si forte, si sou-

daine, qu'il lui sembla que le chaos se faisait instan-
tanément dans sa vie. Les êtres à imagination vive,
à nerfs impressionnables, sont seuls capables de comprendre quel coup terrible il reçut.

Le feu de son œil s'éteignit soudain, son front puissant et fier s'inclina, les muscles de son visage s'af-
faissèrent; l'accablement, le désespoir, l'amertume
se peignirent sur ses traits. Il semblait qu'il eût vieilli
de dix ans.

Il échouait devant un homme qui lui était de beaucoup inférieur; et pourquoi échouait-il? Il échouait
parce qu'il était bâtard. Il échouait, lui, le champion
des doctrines et des vérités nouvelles, vaincu par le
représentant de la superstition et des dogmes du
passé. Ainsi, les injustices sociales, nées du préjugé
et de l'ignorance, triomphaient en plein dix-neuvième
siècle. Il fut pris d'un découragement profond; il
douta de lui, de son talent et de sa destinée à laquelle
il avait cru jusqu'alors.

— Que peut un homme isolé, se demanda-t-il,
contre des erreurs que des siècles d'efforts et de lumières n'ont pu détruire? Et, à supposer que ma vie
ne soit pas tout à fait inutile, elle aura une si faible
importance qu'il ne vaut vraiment pas la peine de
vivre, de vivre malheureux.

Il pensait à Eveline, à sa mère, à sa carrière brisée, car l'idée ne lui vint pas qu'il pût recommencer
une semblable lutte. Il avait déjà tant souffert, il
avait supporté tant de déboires, qu'après cette dernière déception, la plus grave de toutes, il ne se sentait plus la force de rien tenter. La foi et l'espérance
l'avaient abandonné.

Les deux peintres et M. Berthaud partageaient son abattement.

— Il faut attaquer l'élection, proposa Noël, et provoquer l'arrestation de cette petite farceuse de L... L'administration, qui est déçue comme nous, s'empressera de faire droit à notre réclamation.

— Il n'y a rien à faire, répondit monsieur Berthaud. Ces gens-là sont trop adroits ; ils ne se compromettent jamais. A eux appartient la science de voiler leurs discours, de manière à leur donner une double interprétation. A part quelques sermons un peu vifs, mais toujours symboliques, je ne sache aucune parole ni aucun fait qui puissent motiver une attaque contre l'élection de M. de Castelneux.

— Mais la sainte de L... ? objecta Noël.

— La loi, repartit monsieur Berthaud, n'a pas prévu l'abus du fanatisme religieux en matière d'élection. Il y a là pourtant une pression morale d'autant plus dangereuse qu'elle est pour ainsi dire insaisissable.

En cet instant, un enfant d'une quinzaine d'années entra et remit une lettre à Maurice.

Cette lettre était d'Eveline.

Pendant qu'il la lisait, la feuille de papier tremblait dans ses mains. Un instant il sembla ranimé ; une expression de bonheur, de triomphe illumina son regard. Puis il se leva et se promena quelque temps dans l'atelier avec agitation ; sans répondre aux questions dont le pressaient ses amis. On devinait qu'il se faisait en lui une lutte violente. Enfin il froissa cette lettre avec désespoir, et revint s'asseoir plus accablé encore qu'il ne l'était auparavant.

— Quelle heure est-il? demanda-t-il brusquement.

— Dix heures, lui répondit-on.

— Je suis obligé de sortir, dit-il à M. Berthaud; je ne rentrerai guère qu'à une heure du matin. N'oubliez pas, ajouta-t-il en s'adressant aux artistes, que nous partons demain soir.

Il sortit.

Voici ce qui se passait à Aulny.

Depuis dix jours, madame Tricault surveillait Eveline sans la perdre de vue un seul instant. Effrayée des paroles de son frère : « Souvenez-vous que l'amour se moque des verrous et des grilles, » elle faisait coucher sa fille auprès d'elle, et l'observait aussi bien de nuit que de jour. Eveline n'avait donc pu faire parvenir un seul billet à Maurice.

Elle voyait avec une profonde anxiété approcher la fin des élections ; car elle se disait que Maurice, ne recevant aucune lettre d'elle, pourrait se croire abandonné et partir, surtout s'il échouait, sans chercher à la revoir.

Cependant, le lundi soir, madame Tricault, invitée à dîner chez madame de Fontanans, pour y attendre le résultat de l'élection, laissa Eveline sous la garde de son père et de l'abbé Boitrot, en leur enjoignant toutefois la surveillance la plus sévère. Elle emmena Antoinette avec elle, car elle redoutait une secrète intelligence entre la tante et la nièce. Enfin, le calme et la soumission qu'avait montrés Eveline depuis leur installation à Aulny la rassurait un peu.

Elle promit de rentrer à dix heures.

Pendant le dîner, Eveline parut très-gaie ; et bien

12.

que sa gaîté fût nerveuse et forcée , ses deux gardiens , qui ne pouvaient saisir cette nuance, partageaient sa bonne humeur ; car madame Tricault exerçait sur son entourage une pression de plusieurs
atmosphères ; et lorsqu'elle s'en allait, l'expansion
renaissait, on se trouvait à l'aise, on mangéait de
meilleur appétit, on se dilataît enfin. Le lourd Boitrot lui-même se sentait léger , et , pour peu qu'on
l'en eût prié , il eût de bonne grâce tenté un entre-
chat.

Au milieu du repas, il s'éleva une discussion œno-
logique.

— Voilà , dit monsieur Tricault en dégustant un
vin, d'excellent beaune 46.

— Je croirais bien plutôt, répondit le savant abbé
en faisant claquer sa langue contre son palais , que
c'est du clos-vougeot 49.

— Nous allons bien voir ,qui de vous deux a raison, dit Eveline.

Et elle ordonna au domestique d'aller chercher
une bouteille de chacun de ces crus.

M. Tricault, qui avait l'habitude de la soumission,
ne révoqua point cet ordre. Quant à M. Boitrot , il
adressa à Eveline un sourire plein de mansuétude et
un regard chargé de reconnaissance.

Or, on dégusta et l'on discuta si bien, que les trois
bouteilles furent vidées; et comme en buvant , on
mangeait, il était à présumer que la digestion serait
pénible.

Après le dîner, Eveline emmena ses deux gardiens
dans la bibliothèque et leur proposa une lecture.

Elle choisit le livre le plus indigeste qu'elle put

trouver : c'était la *Politique positive*, d'Auguste Comte, un composé incompréhensible d'adjectifs en *ique* et d'adverbes longs et lourds.

Elle fit sa lecture sur un ton monotone et languissant. Ces deux cerbères trop repus, dont l'âme candide ne pouvait concevoir la méfiance, livrèrent leurs oreilles à cette lecture perfide.

A la fin de la première page, l'abbé soufflait les pois en cadence, et M. Tricault l'accompagnait d'un ronflement, qui débutait sur un ton majeur grave et sonore et se terminait en mineur aigu.

Aussitôt qu'Eveline les vit endormis, elle rejeta son livre, saisit une plume et une feuille de papier. Mais tout d'abord elle ne put écrire, tant elle tremblait. Une sueur froide perlait à ses tempes et mouillait la paume de ses mains.

Enfin elle écrivit :

« Mon Maurice,

« Ce soir, à minuit précis, trouvez-vous avec une voiture sous les murs du parc, à la sortie du ruisseau, devant la petite porte ombragée de lierre. La porte sera ouverte. Vous viendrez jusqu'au pavillon ; je vous y attendrai. Je ne veux pas de réponse ; venez. Je suis prisonnière, et souvenez-vous que j'ai tout bravé pour vous sauver de la prison. Ainsi, quoi qu'il puisse arriver, ne manquez pas. C'est ma vie que je vous donne. »

Ayant achevé sa lettre, elle voulut se lever, mais ses jambes défaillaient. Elle fit un effort suprême, et courut au dehors jusqu'à la maison de ferme.

Sur la porte, elle rencontra un enfant qu'elle connaissait.

— Julien, dit-elle en phrases saccadées, voilà vingt francs, cours à C..., dépêche-toi. C'est une lettre très-pressante de la part de mon père. Tu la remettras à M. Mérieul, chez M. Berthaud, médecin. Il est sept heures. Ne t'arrête pas un moment; il faut que cette lettre soit à neuf heures entre les mains de M. Mérieul. Il y va de la vie de quelqu'un. Si M. Mérieul n'est pas chez M. Berthaud, il faut le chercher jusqu'à ce que tu le trouves, et ne remettre cette lettre qu'à lui.

— Soyez tranquille, mademoiselle, je ferai bien la commission.

— Enfin, Julien, ajouta-t-elle, il faut que tu sois de retour à dix heures. Si tu as trouvé M. Mérieul, tiens, tu m'enverras ce bracelet par Jeannette, en lui disant que tu l'as ramassé dans la cour.

Elle détacha un de ses bracelets et le remit à l'enfant. Elle lui répéta encore une fois toutes ses recommandations.

Et Julien, qui était intelligent et bon marcheur, s'élança au pas de course dans la direction de C...

C'était cette lettre que Maurice recevait à neuf heures dans l'atelier de Roger.

Eveline rentra au salon.

Ses gardiens continuaient leur harmonieux duo. Seulement, c'était M. Tricault qui soufflait les pois. Quant à l'abbé, il ronflait en soprano, et se permettait parfois de petites notes chromatiques, mélodieuses et flûtées.

Eveline courut à sa chambre, réunit en un petit

paquet ses bijoux et sa bourse, prit un manteau et un chapeau : puis elle descendit à la chambre de bain. Elle y déposa ses effets.

Cette pièce ouvrait sur le jardin par une petite porte, dont elle tira les verrous.

— Personne ne viendra ici ce soir, se dit-elle.

Enfin, elle remonta à la bibliothèque, où elle trouva son père et l'abbé toujours endormis. Seule la littérature d'Auguste Comte pouvait endormir ainsi !

Elle écrivit encore une petite lettre, et la mit dans sa poche. Puis elle reprit sa lecture.

Le bruit de sa voix succédant au silence, réveilla M. Tricault.

— Tiens ! s'écria-t-il, en s'étirant les bras, est-ce que j'aurais dormi ?

L'abbé s'éveilla aussi ; mais il ne voulut point paraître avoir cédé au sommeil.

— Cette lecture est vraiment fort attachante, dit-il en écarquillant les yeux, et la bouche encore empâtée ; cette philosophie est fort belle !

En cet instant, Auguste Comte, autant qu'on pouvait le comprendre, cherchait à démontrer que saint Paul était le véritable fondateur du christianisme, qui devait en conséquence s'appeler le *Paulisme*.

Eveline continua sa lecture.

— Ah ! ça, demanda tout à coup M. Tricault dont la digestion était achevée, qu'est-ce que tu nous lis donc là ? Est-ce de l'hébreu, du grec, du chinois, ou bien est-ce que je dors encore ? Le diable m'emporte si j'y comprends un mot !

— On parle beaucoup de spéculations, dit l'abbé, il s'agit sans doute d'affaires industrielles.

— Voyons, assez de lecture comme çà, Eveline, reprit le capitaine, prends ta broderie; car je me rappelle que ta mère m'a dit de te faire broder, et viens travailler à côté de nous. L'abbé et moi nous allons faire notre *bézigue*.

Lorsque madame Tricault rentra, vers dix heures, elle les trouva tous trois si tranquilles, Eveline paraissait si occupée à tirer son aiguille, qu'elle n'eut pas le moindre soupçon. D'ailleurs, ce soir-là, il n'y avait pas de place dans l'âme de madame Tricault pour la défiance. Elle était triomphante. Le nom des Castelneux, proclamé à la chambre, allait enfin reprendre tout son lustre. Ce vœu, le plus fervent de sa vie, était réalisé. Elle venait de décider, avec son frère, que Victor épouserait Eveline avant son départ pour Paris.

— Maintenant, avait dit le jurisconsulte, elle ne doit plus espérer se marier avec M. Mérieul. Elle épousera Victor, je n'en doute pas, sans répugnance.

— Elle l'épousera, soyez tranquille, avait répondu madame Tricault; j'aurai raison de ses idées romanesques et extravagantes.

En entrant dans la bibliothèque, elle proclama le succès de Victor.

A cette nouvelle, Eveline reçut comme un grand coup dans le cœur; mais elle fut héroïque et domina son émotion.

— Quel bonheur, pensa-t-elle, que j'aie pu lui écrire!

Antoinette remarqua qu'elle était très-pâle, mais elle ne communiqua pas son observation.

Quelques instants après l'arrivée de madame Tricault, Jeannette entra avec le bracelet que venait de
rapporter le commissionnaire d'Eveline.

On se retira pour se coucher.

Eveline fit longuement sa prière et laissa sa mère
se mettre au lit. Alors elle entr'ouvrit la porte, puis
elle se glissa tout habillée sous sa couverture.

Madame Tricault s'endormit bientôt d'un paisible
sommeil.

A onze heures et demie, Eveline, entendant le
souffle calme et régulier de sa mère, se leva sans
bruit et sortit par la porte entr'ouverte. Elle alla
jusqu'à la chambre d'Antoinette, et plaça sous la
porte le petit billet qu'elle avait écrit pour la prévenir de son départ. Puis elle descendit à la chambre
de bain, et de là elle se glissa, à travers les massifs,
jusqu'au pavillon.

Mais dans quelles mortelles angoisses elle accom-
plit sa fuite! Que de fois elle s'arrêta parce que ses
jambes refusaient de la porter! Que de fois elle appuya sur son cœur, dont les palpitations la suffo-
quaient, ses mains moites et glacées! Que de fois,
saisie de peur, de remords, de doutes, d'hésitations,
elle faillit retourner sur ses pas! Mais Maurice viendrait, et l'idée de lui causer une souffrance, une déception, à lui, qui était déjà malheureux, lui donnait
le courage d'avancer.

Lorsqu'elle arriva au pavillon, Maurice n'y était
pas encore. Il lui fallut attendre. Attendre dans une
situation pareille!...

S'il allait ne pas venir! se demandait-elle. Si ma
mère s'apercevait de mon absence! S'il ne m'aimait

pas assez pour comprendre tout ce qu'il y a d'amour
dans ma résolution !

A cette pensée, elle se sentait mourir.

Cependant il tardait, et les minutes lui semblaient
des heures, tant une minute contenait d'impatiences,
de terreurs, d'alternatives de doute et d'espoir.

Enfin, elle entendit le bruit lointain d'une voiture,
puis, bientôt après, le pas précipité d'un homme.

Maurice entra.

— Que vous est-il arrivé? demanda-t-elle. Ah! pourquoi m'avez-vous fait attendre? J'ai tant souffert !

— Il est minuit précis, repartit Maurice.

— Ah! mon Dieu! je n'ai donc attendu qu'un quart
d'heure. Je croyais que vous ne viendriez pas. La voiture est-elle là?

— Oui. Mais...

— Allons vite, alors; car j'ai peur. Si ma mère
s'éveillait !

— Eveline, mon amie, auparavant, écoutez-moi.

— Non, non; mon parti est arrêté ; venez, le temps
presse.

Et elle l'entraîna vers la porte.

Mais Maurice la retenant avec autorité :

— Ma pauvre enfant, dit-il, la voix pleine de larmes,
je suis venu pour vous faire mes adieux et non pour
vous chercher; car je refuse absolument votre dévouement.

— Mon dévouement ! s'écria Eveline. Pouvez-vous
appeler mon affection, une affection profonde, sans
bornes, qui domine toute ma vie, un dévouement?
Je me donne à vous, Maurice, parce que je vous aime
plus que tout au monde.

— Mais ne savez-vous pas, reprit Maurice avec accablement, que j'ai échoué, que Victor l'emporte ? Je suis pauvre, malheureux, et ce serait une infamie, mon enfant, de vous associer à ma triste destinée.

— Si vous étiez heureux, Maurice, repartit Eveline avec calme et fierté, j'eusse peut-être hésité à prendre ce parti ; mais votre malheur me décide. Allons, venez vite, venez vite, je vous en conjure, dans un instant il serait peut-être trop tard.

— Eveline, avez-vous pensé aussi que vous laissiez derrière vous une mère et un père désolés ? Et si demain, le moment du délire passé, en songeant à leur douleur, vous alliez regretter...

— Regretter, interrompit Eveline avec une énergie dont il ne l'eût pas crue capable. Sachez, Maurice, que je ne regretterai jamais d'avoir suivi l'impulsion de mon cœur. Quant à ma mère, continua-t-elle avec amertume, elle ne m'aime pas. Je puis vous le dire à vous, Maurice, puisque vous serez mon mari, ma mère ne m'a jamais considérée que comme un instrument d'ambition, que comme un moyen de reconstituer la maison des Castelneux. Je crois vraiment qu'elle a un blason à la place du cœur. Je lui ai avoué que je vous aimais, et elle m'a répondu qu'elle préférait me voir morte que mariée avec vous ; et comme je la suppliais toute en larmes, dans l'espoir de l'attendrir, elle m'a repoussée avec dureté. Sans doute, je regrette de l'affliger, ne fût-ce que dans sa vanité ; mais dois-je sacrifier à cette vanité le bonheur de toute ma vie en épousant un homme que je déteste ? J'y ai bien pensé, Maurice, et ma conscience m'a répondu que je ne le devais pas. Mon père, lui,

13

m'aime sans doute; mais ma mère le domine à un tel point qu'elle a brisé en lui tout ressort, même celui de l'amour paternel. Ma tante est la seule que je quitte avec douleur; mais, aussitôt que nous pourrons lui donner l'hospitalité, elle viendra nous rejoindre et demeurer avec nous. Je lui ai écrit d'ailleurs pour l'avertir de mon départ et pour la consoler.

Maurice était fort perplexe : il aimait Eveline de toutes les forces de son être ; elle se donnait à lui, et l'honneur, la probité, son amour même lui faisaient un devoir de repousser cette tendresse héroïque. Il essaya d'un autre argument pour la décider à rester.

— Pardonnez-moi, Eveline, reprit-il, si j'hésite encore par une raison personnelle, pour une question d'honneur. Vous avez une grande fortune, mon enfant, et je suis pauvre. Or, si je vous enlevais, on me flétrirait, on m'accuserait peut-être d'avoir voulu me venger, par une lâcheté, du triomphe de mon rival. Si j'étais seul au monde, je vous ferais sans doute le sacrifice de ma réputation ; mais ma mère...

— Ah ! mon Dieu ! mon Dieu ! s'écria Eveline en se cachant le visage dans les mains, vous ne m'aimez pas. Ai-je hésité, moi, à tout vous sacrifier ?

Elle se laissa tomber anéantie sur son siége.

Maurice se jeta à ses genoux, et lui réitéra les protestations de l'amour le plus tendre. Il mit en œuvre, pour la persuader de rester, toute l'éloquence qu'un autre, moins loyal, moins désintéressé, moins véritablement noble et bon, eût pu déployer pour l'engager à fuir.

Eveline ne répondait pas ; mais Maurice entendait distinctement les battements de son cœur. Tout à coup elle se leva, et montrant à Maurice le château qu'on apercevait comme une masse sombre depuis la fenêtre du pavillon,

— Voyez, voyez, dit-elle avec effroi, il y a de la lumière dans la chambre de ma mère ; on s'est aperçu de mon absence. Voyez-vous deux lumières maintenant? On me cherche. Maurice, Maurice, ne m'abandonnez pas ! Si vous saviez comme je souffre !

Elle lui prit la main et la posa sur son cœur. Maurice fut effrayé du désordre qu'il remarqua dans les mouvements du cœur.

— Pauvre enfant ! disait-il éperdu, en la serrant dans ses bras.

— Emmenez-moi, Maurice, je vous en supplie, je mourrai si vous me laissez ici ; car je ne pourrai vivre, à jamais séparée de vous.

En la voyant souffrir ainsi, Maurice fut vaincu. Il réfléchit un instant.

— Eveline, lui dit-il, je ne puis partir avec vous, car je n'avais pas prévu ce départ, et j'ai plusieurs affaires à terminer à C... D'ailleurs ce départ précipité, coïncidant avec le vôtre, mettrait immédiatement votre famille sur nos traces. Enfin, partant seule, vous serez moins compromise qu'en partant avec moi. J'ai là un homme sûr. N'aurez-vous pas peur d'aller avec lui au milieu de la nuit jusqu'à M...? Ma mère s'y trouve, voulez-vous aller la rejoindre?

— Oui, oui, s'écria Eveline avec joie ; partons, partons vite.

En quelques minutes, ils eurent rejoint la voiture. Le cocher de cette voiture était tout dévoué à

M. Berthaud, et par conséquent à Maurice. C'était
lui qui les avait conduits dans leurs perégrinations
électorales. Maurice le connaissait honnête et dis-
cret.

— Père Moreau, lui demanda-t-il, pouvez-vous
être arrivé avant le jour à M...?

— Certainement. Il est minuit et demi, et il n'est
pas jour avant six heures. Les bêtes marchent bien;
cinq heures suffisent pour faire la route.

Eveline monta dans la voiture.

Maurice, à la lueur des lanternes, écrivit quelques
mots au crayon sur une feuille détachée de son calepin, et remit le billet à Eveline.

— Avec ce mot de moi, lui dit-il, ma mère vous
recevra comme sa fille.

Il lui serra tendrement la main et ferma la portière.

— A M..., hôtel des Trois-Couronnes, dit-il au
cocher.

Le père Moreau fouetta ses chevaux, et la carriole
partit.

X.

L'INTERROGATOIRE.

Cependant madame Tricault s'était éveillée, et
n'entendant plus à côté d'elle la respiration d'Eveline, elle se releva et alluma sa bougie. Quelle fut
alors sa stupéfaction en apercevant un lit vide!

Elle regarda de tous côtés et ne vit aucun des vêtements de sa fille.

Dans le premier moment, elle la crut auprès de sa tante, elle courut à la chambre d'Antoinette.

Alarmée de cette étrange disparition, Antoinette s'habilla en toute hâte.

Elles supposèrent d'abord qu'Eveline s'était cachée quelque part pour écrire à M. Mérieul, et parcoururent toute la maison.

Madame Tricault tremblait de colère; mais, à mesure que ses recherches restaient vaines, sa colère se changeait en terreur.

Serait-elle partie avec ce misérable? se demandait-elle.

A cette pensée, qu'elle n'osait formuler tout haut, ses artères bourdonnaient dans ses tempes.

Antoinette n'était pas moins inquiète.

Elles allèrent vérifier l'état de toutes les portes; toutes étaient exactement fermées.

Antoinette pensa à la chambre de bain; elle y courut, et trouva la porte ouverte. Les deux sœurs se regardèrent; mais elles n'osèrent s'avouer leur frayeur.

— Allez éveiller monsieur Tricault, dit Antoinette. Je vais voir dans le jardin.

Et tandis que madame Tricault, dont les genoux fléchissaient, remontait pour éveiller son mari, Antoinette s'élança vers le bassin. Elle craignait qu'Eveline, égarée par le désespoir, ne s'y fût précipitée.

Elle ne découvrit aucun indice.

Alors, elle courut au pavillon; mais, lorsqu'elle y entra, Eveline l'avait quitté depuis un quart d'heure.

Antoinette désappointée revint au château et conseilla d'éveiller les domestiques.

— Eveiller les domestiques! s'écria madame Tricault. Et s'ils allaient la trouver en tête à tête avec ce Mérieul?

Il vint une idée à Antoinette.

— Si elle est partie, dit-elle, elle a dû emporter un chapeau, un châle, peut-être quelques objets. Il faut aller voir.

Et les deux sœurs remontèrent à la chambre d'Eveline, pendant que M. Tricault, armé jusqu'aux dents, se chargea de faire une perquisition minutieuse dans le parc et aux abords du château.

Antoinette et madame Tricault ne tardèrent pas à reconnaître qu'il manquait un chapeau et un manteau dans la garde-robe d'Eveline, et que ses bijoux avaient disparu.

— Elle est partie! Elle est partie! répéta madame Tricault terrassée.

Et elle tomba presque évanouie dans un fauteuil.

Sans doute, dans cette heure de torture, madame Tricault expia bien des torts. Ses rêves d'ambition, caressés depuis vingt ans, et qui allaient être réalisés, devenaient tout à coup impossibles. Par moment, elle sentait la raison lui échapper.

M. Tricault rentra consterné de l'insuccès de ses recherches.

— Ah, les artistes! quels brigands! s'écria-t-il avec indignation. Qui se fût jamais imaginé qu'ils songeaient à nous jouer un tour pareil! Ce M. Mérieul surtout, qui paraissait plus sérieux que les autres! Ah! tout ça, c'est de la race d'insurgés, et si jamais ils tombent sous ma baïonnette, derrière une barricade!...

— Elle ne peut être partie sans m'avoir prévenue, pensa Antoinette, qui alla voir dans sa chambre si elle n'y trouverait pas une lettre d'Eveline : elle aperçut alors sur le parquet le billet qu'Eveline avait glissé sous la porte au moment de son départ.

Voici ce qu'il contenait :

« Je pars ; mais ne sois pas inquiète, et rassure mes parents ; car je suis sous la sauvegarde d'un homme d'honneur. Quand je serai la femme de Maurice, si tu m'aimes, si tu me pardonnes, comme je l'espère, tu viendras, n'est-ce pas, demeurer avec nous ?

« Ta petite Eveline qui t'embrasse du fond de son cœur mille et mille fois. »

Antoinette ne pouvait montrer cette lettre à sa sœur, sans dévoiler sa complicité antérieure dans les relations d'Eveline et de Maurice ; mais elle rentra en toute hâte auprès de madame Tricault.

— Voici mon avis, dit-elle avec autorité : elle n'est plus à Aulny, autrement elle serait de retour. Je la crois à C...., ou du moins M. Mérieul saura peut-être ce qu'elle est devenue. Il faut donc, Thérèse, que vous alliez immédiatement à C... prévenir notre frère. Dans sa position, il pourra aviser aux démarches nécessaires pour retrouver Eveline.

Brisée par tant d'émotions, madame Tricault, pour la première fois de sa vie, suivit un conseil d'Antoinette.

— Oui, tu as raison, répondit-elle.

Et, mue par ce dernier espoir, elle retrouva toute son énergie.

— Mais, reprit-elle, les domestiques n'ont pas encore remarqué nos allées et venues. Il importe qu'ils ignorent jusqu'au soir la disparition d'Eveline; car, si nous parvenions à la retrouver, il faut autant que possible que sa fuite reste secrète. Tu vas donc t'installer dans ma chambre, et tu n'y laisseras entrer personne. Nous dirons qu'Eveline est indisposée, et que je vais chercher un médecin.

Elle s'habilla, et M. Tricault alla dire au cocher d'atteler.

Il était cinq heures du matin lorsque madame Tricault entra chez son frère.

En apprenant la nouvelle, il fut, comme sa sœur, atterré, car cet événement détruisait ses projets ambitieux.

— Je vous avais bien avertie, s'écria-t-il avec colère, de ménager cette tête exaltée !

— Ah ! ne m'accablez pas dans un pareil moment, repartit madame Tricault d'un air suppliant. Avisons plutôt au moyen de retrouver cette insensée.

Elle lui fit alors le récit détaillé des faits.

Le jurisconsulte réfléchit pendant quelques instants.

— Il n'y a qu'un moyen, dit-il enfin, de retrouver promptement les traces d'Eveline ; il faut faire une descente de justice chez M. Berthaud. Si. M. Mérieul n'y est plus, comme il est probable, nous aurons toujours quelques indices, et s'il s'y trouve encore, nous le ferons arrêter. Il doit savoir où Eveline s'est réfugiée; nous le forcerons bien à parler.

— Y pensez-vous! un pareil scandale! répliqua madame Tricault épouvantée.

— Eveline ne sera pas compromise, reprit le légiste. Au lieu d'accuser M. Mérieul d'enlèvement de mineure, nous le ferons arrêter, que sais-je? sous prétexte de délit politique, d'affiliation à quelque société secrète. Son incarcération, du reste, ne durera qu'un jour ou deux. Ce délai nous suffira sans doute pour retrouver la fugitive. Puis, nous étoufferons immédiatement l'affaire.

A sept heures, Maurice était arrêté et conduit au Palais de Justice.

Comme juge suppléant, M. de Castelneux, en l'absence du magistrat chargé de l'instruction, s'y prit de manière à être prié de faire lui-même le premier interrogatoire et de compulser les papiers saisis chez M. Berthaud.

Maurice parut donc devant lui.

M. de Castelneux avait un regard dur et sévère; Maurice était très-pâle et paraissait fort ému.

— Monsieur, dit le juge-suppléant, si vous me voyez remplir ici les fonctions de juge d'instruction, c'est qu'il ne s'agit point d'un délit politique; nous avons employé ce moyen pour couvrir une accusation beaucoup plus grave qui pèse sur vous, et dans laquelle se trouve compromise une personne de ma famille. Il s'agit de l'enlèvement d'une mineure; m'avez-vous compris?

— Non, répondit sèchement Maurice.

— Eh bien! monsieur, vous êtes accusé d'avoir enlevé cette nuit, à Aulny, vers une heure du matin, mademoiselle Tricault. Qu'avez-vous à répondre?

13.

— Qui m'accuse? demanda Maurice.

— Moi, répondit le jurisconsulte, d'un ton menaçant; moi, qui représente ici sa famille et la justice.

— Et sur quoi, s'il vous plaît, basez-vous cette accusation?

— Sur le fol amour qu'avait conçu pour vous mademoiselle Tricault, amour coupable qu'avec vos phrases romanesques vous avez su lui inspirer, trompant ainsi la confiance d'une famille honorable, et abusant de l'hospitalité que mon fils, votre ami d'alors, vous accordait.

Maurice eut sur les lèvres un sourire d'amère ironie.

— Que répondrez-vous à cela? demanda monsieur de Castelneux.

— Continuez, je vous prie; c'est de la haute comédie, répliqua Maurice.

— Oui, je continuerai, reprit M. de Castelneux indigné, je continuerai malgré votre attitude inconvenante, je remplirai jusqu'au bout mon devoir de parent et de magistrat Non content d'avoir trahi l'amitié et l'hospitalité en exaltant l'imagination d'une candide enfant, vous mettez le comble à votre déloyauté en poussant cette enfant à l'oubli des affections les plus saintes; en lui persuadant d'abandonner, pour vous suivre dans une voie de désordre et de honte, une famille respectable, que cette fuite laisse livrée au désespoir. Quelle triste éloquence avez-vous donc pour exercer une influence aussi perverse sur une jeune fille pieuse, élevée dans le respect de tous ses devoirs et jusque alors restée soumise à ses parents et aux convenances sociales? Vous aviez habilement calculé, sans doute, et vous

faisiez là une fort belle affaire. Un bâtard, sans fortune, épouser un million! C'était, en même temps,
n'est-ce pas? un moyen de vous venger de votre
échec. Vous n'avez donc pas songé, monsieur, que la
justice divine et la justice humaine ne permettraient
pas l'accomplissement d'une telle félonie?

— Avez-vous fini? demanda Maurice, d'un ton dé-
daigneux.

— Oui, monsieur. A vous de répondre maintenant.

— Soit! dit Maurice. Comme je ne connais pas le
langage des réquisitoires, je parlerai simplement. En
182., il y avait à C... une jeune fille, belle, bonne,
intelligente, mineure aussi, mais pauvre; c'était la
fille d'un officier en retraite : elle s'appelait Henriette
Simerey.

A ce nom, prononcé haut et ferme, M. de Castelneux pâlit.

—Nous ne sommes pas ici, s'écria-t-il troublé, pour
écouter des historiettes; restons dans la question.

— Je n'en suis pas sorti, repartit Maurice avec
autorité.

Et il continua :

— Il y avait à C..., à la même époque, un jeune
avocat, pauvre aussi, mais ambitieux, il s'appelait...

M. de Castelneux fit un soubresaut d'impatience.

— A votre pâleur je vois que vous avez deviné son
nom, reprit Maurice. Cet homme, abusant de *l'hospitalité* et de la *confiance* que lui accordait une *famille
honorable,* se fit aimer de cette jeune fille. De la part
de mademoiselle Simerey, c'était l'amour avec toutes ses illusions naïves et tous ses sublimes dévoue-

ments. Elle ne pouvait pas aimer autrement, car c'é-
tait une belle âme. Mais, de la part du jeune homme,
ce n'était qu'une affection égoïste. « Quelle triste élo-
« quence avait-il donc cet homme pour exercer une
« influence aussi perverse sur une jeune fille can-
« dide, pieuse, élevée dans le respect de tous ses de-
« voirs, et jusqu'alors restée soumise à son père et
« aux convenances sociales? » Il ne l'enleva pas, oh!
non, car elle était pauvre; mais il l'abandonna, alors
qu'elle était mère. Et cette pauvre fille séduite, mère,
abandonnée, s'enfuit de la maison paternelle pour
cacher sa honte. Son père en mourut de chagrin.
Quant au vrai coupable, il n'eut aucun remords. Il
connaissait la loi, et sa conscience se modelait sur le
code; car la loi n'atteint pas l'homme qui séduit une
mineure et la livre à l'abandon, à la honte, à la misère, au désespoir; mais elle condamne celui qui,
plus aimant, plus loyal, enlève une mineure pour
l'épouser.

— Eh bien! soit, monsieur, s'écria M. de Castelneux frémissant de colère, je profite donc du droit
que me donne la loi, et je vous enjoins de répondre
à mes questions. Je vais dresser procès-verbal de
vos réponses. Par quels moyens étiez-vous en communication avec mademoiselle Tricault?

— Autant que je sache de procédure, dit Maurice,
il me semble que vous devez me demander d'abord
mes noms et prénoms, et vous enquérir de mon origine. Or, veuillez donc relater dans votre procès-verbal que je me nomme Maurice Simerey, et que je
suis fils de Henriette Simerey et de M. Pierre de Castelneux, aujourd'hui avocat, juge-suppléant au tri-

bunal de C..., et devant qui j'ai l'honneur de compa-
raître. Ah! vous voulez un scandale? vous serez servi
à souhait! Oui, monsieur, sachez-le donc, je suis votre fils... Vous m'accusez d'enlèvement de mineure?
Lisez les lettres que vous avez entre les mains, et
vous verrez si j'ai cherché, moi, à détourner cette
jeune fille de ses devoirs. Ah! il vous sied bien, vraiment, d'attaquer ma loyauté et de venir, au nom de
l'honneur, de la justice et de la famille, me faire des
réprimandes, vous qui avez abandonné une jeune
fille qui vous aimait, vous qui avez abandonné votre
enfant! Ah! il vous sied bien de me reprocher de
honteux calculs, vous qui délaissez une femme parce
qu'elle est pauvre ; vous qui, par une odieuse contrainte, voulez marier mademoiselle Tricault à votre
fils, qu'elle hait ; vous qui donnez mademoiselle de
Curgy à un Damerey pour le payer de ses services !
Ah! il vous sied bien de m'accuser de lâche vengeance, vous qui avez remboursé mon créancier pour
me faire arrêter la veille de l'élection! Ah! vous voulez une enquête? faites-la donc maintenant!

M. de Castelneux resta quelques instants atterré de
la révélation que venait de lui faire Maurice; il ne
savait que répondre. Toutefois, ne pouvant rester sous
le coup d'une pareille accusation, il reprit troublé :

— Je suis votre père, dites-vous ? Quelles sont vos
preuves ?

— Je les produirai quand il le faudra, répondit
Maurice, qui, lors du duel, avait tout appris de monsieur Berthaud.

M. de Castelneux resta encore un moment indécis.
Devant une pareille complication, que devait-il faire?

Relâcher Maurice, c'était perdre la seule chance de retrouver Eveline.

— Monsieur, dit-il avec émotion, avant de les avoir vues, ces preuves, vous me permettrez de douter. D'ailleurs, je suis ici, non un homme privé, mais un magistrat chargé de vous interroger. Voulez-vous, oui ou non, répondre à mes questions?

— Je n'ai rien à répondre ici, répliqua Maurice d'une voix ferme. Je parlerai devant mes juges.

— Sachez alors, reprit M. de Castelneux qui était parvenu à dominer son trouble, sachez que vous resterez en prison, et au secret, jusqu'à ce que vous m'ayez dit, à moi, à moi seul, où se trouve actuellement mademoiselle Tricault. Lorsque vous serez décidé à parler, vous me le ferez savoir.

Il sonna.

— Conduisez monsieur à la cellule n° 10, dit-il, monsieur est au secret.

Et Maurice fut conduit en prison.

Lorsqu'il se trouva seul, M. de Castelneux se prit la tête à deux mains.

Cette révélation inattendue le jetait dans une grande perplexité. Depuis si longtemps il n'avait entendu parler de Henriette Simerey et de son enfant, qu'il les croyait morts tous deux ou expatriés. En effet, le bruit avait autrefois couru à C... que mademoiselle Simerey était partie comme institutrice pour l'Amérique.

Il se trouvait donc accablé, non par le remords, mais par l'embarras que lui causait la situation.

— Comment sortir de là? se demandait-il. Comment le faire parler? Si je le tiens, il me tient également. S'il a envie d'épouser Eveline, évidemment il ne parlera pas. Et si je le laisse en prison, ce seront des commentaires, et, à sa sortie, un affreux scandale. Car s'il n'est pas coupable (et vraiment les coupables n'ont pas autant d'aplomb) il va tout dévoiler.

Il parcourut rapidement les lettres d'Eveline, et trouva le dernier billet dans lequel elle lui donnait rendez-vous.

— Enfin, pensa-t-il, voilà une charge contre lui. Evidemment il est allé au rendez-vous. C'est là que se sera opéré l'enlèvement. S'il ne l'a pas provoqué, il y a du moins consenti.

Il se rappela alors que madame Tricault l'attendait dans les plus vives angoisses.

Il alla la rejoindre.

— L'affaire se complique beaucoup, lui dit-il, et nous ne nous en tirerons pas facilement. Monsieur Mérieul n'est pas aussi coupable que nous l'avions supposé. Tenez, ajouta-t-il en lui montrant le billet d'Eveline, voilà comment vous avez gardé votre fille !

— Que faire, mon Dieu ! que faire, s'écria madame Tricault.

Nous allons retenir M. Mérieul en prison un jour ou deux, répondit M. de Castelneux ; c'est tout ce que je puis faire sans m'exposer à provoquer de sa part, ou de celle de ses amis, de fâcheuses accusations. D'ici à demain il peut se décider à parler. Et Eveline, qu'il devait sans doute rejoindre aujourd'hui, ne le voyant pas arriver, reviendra sans doute. Tenez, écrivez plutôt à M. Mérieul. Peut-être se laissera-t-il toucher, et consentira-t-il à vous livrer la retraite d'Eveline.

Et madame Tricault, sous la dictée de son frère, humilia son orgueil jusqu'à écrire à Maurice une lettre presque suppliante. Puis elle reprit le chemin d'Aulny, dans l'espoir d'y trouver quelque nouvelle de la fugitive.

XI.

MADAME MÉRIEUL.

A six heures du matin, Eveline, arrivée à M..., descendait à l'hôtel des *Trois-Couronnes*, et se faisait conduire auprès de madame Mérieul.

Madame Mérieul attendait avec anxiété des nouvelles de son fils.

Eveline entra tremblante de froid, de fatigue et de crainte aussi ; car elle appréhendait que la mère de Maurice ne la reçût mal et ne blâmât sa conduite. Intimidée d'abord de l'aspect grave et mélancolique de madame Mérieul, elle se sentit rassurée lorsqu'elle rencontra son regard doux et indulgent, et qu'elle entendit les intonations sympathiques de sa voix, qui lui rappelait celle de Maurice.

Elle lui tendit le billet de son fils.

Pendant que madame Mérieul lisait, Eveline l'observait attentivement, afin de découvrir sur son visage ce qu'elle devait craindre ou espérer.

Madame Mérieul avait cinquante ans environ. Ainsi que toutes les femmes qui ont réuni dans leur jeunesse la beauté, la grâce, la pureté, elle était belle encore. Une vie consacrée tout entière au dévouement, avait imprimé à ses traits une remarquable noblesse.

Cependant on devinait les privations et les douleurs à ses paupières flétries, à ses joues amaigries,
à ses cheveux blanchis avant l'âge. Il y avait sans
doute beaucoup de fierté et d'énergie dans son nez
légèrement busqué et dans son front haut et droit ;
mais la bouche et le regard exprimaient tant de
bonté qu'il était facile de découvrir dans cette énergie l'héroïsme de la tendresse.

Voici ce que contenait le billet de Maurice :

« Ma mère bien-aimée,

« Je vous envoie cette noble enfant. Recevez-la
comme votre fille ; car elle sera bientôt la femme de
votre fils. Partez immédiatement pour Lyon avec
mademoiselle Tricault. Descendez à l'hôtel le plus
proche du débarcadère. Je vous y rejoindrai demain
soir. Ce départ vous dit assez que j'ai échoué. Pauvre
mère !... »

Tout d'abord, madame Mérieul ne vit qu'une chose
dans ce billet : l'échec de son fils, car elle avait mis
dans ce succès sa suprême espérance. Elle ferma les
yeux et se laissa retomber sur son oreiller. Elle
resta quelques instants comme privée de sentiment.

Eveline la regardait sans oser lui parler. Uniquement préoccupée de sa fuite, elle attribuait à cette
cause l'abattement de madame Mérieul. Elle se hasarda pourtant à lui demander si elle souffrait.

La voix d'Eveline rappela à la mère de Maurice
qu'il y avait là quelqu'un. Elle rouvrit les yeux. Eveline tomba à genoux et la supplia en pleurant de ne
pas la repousser. Puis elle lui raconta, avec l'exal-

tation de l'amour, qu'elle avait voulu fuir avec Maurice pour lui consacrer sa vie.

Madame Mérieul regarda alors cette jeune fille avec une curiosité mêlée de compassion, puis elle lui tendit les bras.

— Ma pauvre enfant, dit-elle, vous l'aimez donc bien, mon Maurice? Il est si beau, si bon, n'est-ce pas? qu'on est heureuse de pouvoir se dévouer à lui.

Eveline, pour toute réponse, se jèta dans les bras de madame Mérieul, et ces deux femmes, qui s'étaient si vite comprises, car elles se ressemblaient par le cœur, restèrent longtemps embrassées en mêlant leurs larmes.

— Ah! disait Eveline, je le sens là, vous êtes ma véritable mère.

Mais tout à coup madame Mérieul la repoussa.

— Maurice, s'écria-t-elle, ne m'écrit-il pas que vous vous appelez mademoiselle Tricault? Seriez-vous donc la nièce de M. de Castelneux?

— Oui, répondit Eveline, étonnée de la brusquerie de son geste et de sa question.

Madame Mérieul ne put retenir un cri de surprise et de douleur.

— Mon Dieu! qu'avez-vous? souffrez-vous, demanda Eveline avec anxiété.

— Attendez, repondit madame Mérieul, je vais me remettre. Laissez-moi réfléchir quelques instants.

Mais comme elle vit Eveline pâlir et trembler,

— Ecoutez, mon enfant, reprit-elle. Vous êtes fatiguée par les émotions, par le voyage, il faut prendre quelque nourriture et vous reposer un peu. Si vous partiez dans cet état, vous pourriez tomber malade en route. Voyons, je le veux, insista-t-elle avec bonté. Il faut d'ailleurs que je me recueille avant de prendre un parti, car la chose est fort grave. Vous m'avez surprise tout à l'heure. Je ne m'attendais pas à vous voir; et puis vous me disiez que vous aimiez mon fils, j'ai eu le cœur pris, sans songer qu'il fallait aussi écouter la raison.

Madame Mérieul se leva, fit servir à Eveline un léger repas, l'obligea à se coucher, la soigna enfin comme elle eût soigné son enfant.

Eveline, brisée de fatigue, obéit à cette douce sollicitude et bientôt s'endormit, la main dans celle de madame Mérieul.

Alors madame Mérieul alla trouver le père Moreau.

— Ne partez pas encore, lui dit-elle; tout à l'heure j'aurai peut-être besoin de vos services.

Et elle revint s'asseoir au chevet d'Eveline. Elle la regarda longtemps, tantôt avec une expression d'amertume et de haine, tantôt avec un air de pitié et de tendresse.

Les sentiments les plus divers s'agitaient en elle.

Elle avait entre les mains la destinée d'une Castelneux. Elle pouvait, sans concourir directement à sa perte, l'abandonner à l'exaltation de son esprit. Elle pouvait ainsi laisser dans le désespoir une famille maudite, qui lui avait fait à elle-même une vie misérable. N'était-ce pas, pensait-elle, la Providence qui lui envoyait cette vengeance? D'un autre côté, cette jeune fille aimait son fils, son fils l'aimait; un mariage entre eux lui semblait une sorte de réparation pour ce qu'elle avait souffert.

Mais, mademoiselle Tricault était riche et mineure.

Cet enlèvement rendait Maurice coupable devant la
loi. Pouvait-elle sans déchoir elle-même à ses propres
yeux, se prêter à ce rapt, paraître céder à un calcul d'intérêt? pouvait-elle aussi approuver son fils,
qu'elle avait élevé dans les sentiments d'honneur les
plus délicats, et le seconder dans cette fuite clandes-
tine?

Enfin, devant cette charmante enfant, cette suave
et touchante figure, cette affection exaltée, ce dévouement sublime, qui lui rappelaient son infortunée
jeunesse, elle se sentait profondément attendrie.

Enlever cette jeune fille à sa famille, se disait-elle,
et lui préparer une vie de misère, de souffrance, ce
serait lâche. C'est un noble cœur, qu'il serait cruel
et injuste de rendre responsable des torts de son
oncle envers moi. D'ailleurs, elle aime Maurice, n'est-
ce pas une raison pour que je la sauve malgré elle?

Dès lors, son parti fut arrêté.

Il était onze heures quand Eveline s'éveilla. Son
premier mouvement fut d'attirer la main de madame
Mérieul sur ses lèvres.

— J'ai dormi bien longtemps, dit-elle. Partons tout
de suite, je vous en supplie, car si l'on allait me
trouver, si ma mère...

A cette dernière parole, elle ne put réprimer un
frémissement de terreur.

— Ecoutez-moi, mon enfant, dit madame Mérieul
en serrant les mains d'Eveline dans les siennes. Quoique je ne vous connaisse que depuis quelques heures,
je vous aime déjà comme ma fille; or, croyez-vous
que, si vous étiez ma fille, je vous laisserais enlever
par un homme, cet homme fût-il Maurice?

Eveline, à ce préambule, sentit son cœur se serrer.

— J'ai pour moi, continua madame Mérieul, une trop douloureuse expérience. Vous savez, n'est-ce pas? que Maurice n'a pas de père légitime. Ne vous étonnez pas, mon enfant, si je parle de cette faute de ma jeunesse, la tête haute et sans rougir; car cette faute, fruit de l'inexpérience et d'un amour exalté pour un homme méprisable, je l'ai durement expiée; je l'ai rachetée par trente d'années de douleurs vaillamment supportées. Elevée dans le luxe et l'oisivité, abandonnée dans la misère, j'ai travaillé. Ah! ma fille, si vous pouviez savoir tout ce que ce mot contient, pour une femme de notre condition, de tortures, de dégoûts, de misère! Si vous pouviez savoir tout ce qu'il faut à cette femme d'énergie, de courage pour gagner sa vie, dans un milieu qui lui refuse le travail, ou lui accorde de si faibles salaires, qu'ils ne peuvent suffire à la vie de chaque jour, vous comprendriez quelle rude existence a été la mienne!

Il me fallait travailler, non-seulement pour me nourrir, mais pour nourrir et élever mon enfant. Bien heureuse, quand le pain ne manquait pas dans notre pauvre mansarde! Moi, j'étais exceptionnellement forte, et l'amour maternel nous fait, à nous autres femmes, accomplir des miracles. Mais toi, ma pauvre enfant, tu es frêle et délicate, et tu succomberais à la tâche.

— Non, non, dit Eveline avec exaltation, je suis forte aussi!... vous verrez! Vous avez fait de Maurice un homme supérieur; votre tâche est accomplie. Laissez-moi la continuer, en le soutenant par mon amour dans la glorieuse destinée que vous lui avez préparée.

Madame Mérieul secoua tristement la tête.

— Maurice aujourd'hui est un homme de talent, c'est vrai, dit-elle; mais, par cela même, il est impropre à gagner sa vie. N'ayant ni famille, ni appui, ni fortune, il ne parviendra jamais peut-être à la position que lui assignent ses facultés, et peut-être payera-t-il encore par le martyre de toute sa vie, la faute que j'ai commise. Ah! croyez-moi, mon enfant, ce n'est jamais impunément qu'on brave les préjugés, les lois établies. Voyons, répondez sincèrement à ma question. Croyez-vous que votre mère autorise tôt ou tard votre mariage avec Maurice?

— Oh! jamais, répondit Eveline. Si je l'avais crue susceptible de changer d'opinion, avant de prendre le parti extrême de la fuite, j'aurais essayé de l'attendrir. Mais, mariée sans son consentement, je sais que je suis morte pour elle.

— Alors, mon enfant, je n'ai qu'un conseil à vous donner : retournez auprès de votre mère, car je dois vous avouer encore que je porte avec moi depuis trente ans un affreux remords. Un an après ma disparition de la maison paternelle, mon pauvre père mourut en me maudissant. Sans doute je me dis bien: « Ce n'est pas moi qui fus coupable, c'est l'homme sans cœur qui m'a séduite, ce sont les préjugés, les convenances sociales, cruellement sévères à l'égard de la femme, et indulgentes envers l'homme jusqu'à l'iniquité. » Mais, hélas! je n'en porte pas moins le châtiment et le remords. Croyez-moi donc, ma chère fille, je suis profondément touchée de votre beauté, de votre jeunesse, et surtout de votre grand amour pour mon fils; c'est du fond du cœur et dans votre intérêt seul que je vous dis : « Retournez dans votre famille et rentrez dans la voie tracée. Profitez de mon expérience, et, croyez-moi, ne vous brisez pas, comme je l'ai fait, contre la société. »

Eveline se jeta dans les bras de madame Mérieul et protesta de son courage.

— Mais, dit-elle, Maurice ne m'abandonnera pas, lui, et avec lui, soutenue par son amour, je saurai tout supporter.

— Même la mort de votre mère?

Eveline baissa la tête et se tut.

— Enfin, chère enfant, ajouta madame Mérieul, d'autres considérations m'engagent encore à vous arrêter sur cette pente fatale. Si je favorisais votre fuite, mon honneur, bien plus même, ma probité et celle de Maurice en seraient gravement compromis. Je dois les sauve-garder. Ne sommes-nous pas déjà assez humiliés par notre situation fausse? Ne devons-nous pas nous réhabiliter dans l'estime du monde par une conduite plus pure, par des sentiments plus nobles, plus délicats qu'on n'en exige des autres? Tel a toujours été le mobile de ma vie, tels sont les principes dans lesquels j'ai élevé mon fils; et soyez sûre que, lorsque cette nuit il s'opposait à votre départ, il obéissait à cette loi d'honneur inflexible que je lui ai toujours imposée. Enfin, il ne faut pas qu'il sorte de cette lutte électorale en laissant une tache à son nom, quelque légère qu'elle soit.

Eveline n'osa répondre à ces derniers arguments; mais, à mesure que madame Mérieul parlait, elle pâlissait; son cœur se soulevait par une contraction douloureuse. Enfin, les sanglots brisèrent sa poitrine.

Madame Mérieul sut la calmer et la guérir par ces tendres paroles, par ces douces caresses qui magnétisent la douleur. Enfin, elle sut la convaincre.

La dernière terreur d'Eveline, c'était la colère de sa mère. Madame Mérieul s'offrit à la reconduire et à plaider sa cause.

A deux heures, la carriole du père Moreau, emportant Eveline et madame Mérieul, reprenait la route de M... à C..., et, à sept heures du soir, descendait la pente rapide qui conduit à Aulny.

Il commençait alors à faire nuit. Eveline, redoutant les regards curieux des domestiques, fit arrêter la voiture en dehors du parc. Grâce au trouble qui avait régné pendant toute la journée au château, la petite porte ombragée de lierre par laquelle elle était sortie se trouvait encore ouverte. Madame Mérieul et Eveline purent donc se glisser sans être aperçues dans le parc, puis dans la maison, par le même chemin qu'Eveline avait suivi la veille pour s'enfuir.

Madame Tricault se trouvait alors avec sa sœur dans sa chambre à coucher.

M. Tricault et l'abbé veillaient aux abords du château, afin de dissimuler aux yeux des domestiques, en cas de retour, la rentrée d'Eveline.

Sans doute les domestiques, à voir l'air consterné de toute la famille, les allées et les venues mystérieuses, soupçonnaient quelque événement étrange. Mais, grâce aux précautions prises, ils n'avaient pu acquérir aucune certitude.

Jusqu'alors madame Tricault avait espéré à chaque instant revoir sa fille. Cependant le dernier message de son frère lui annonçait que M. Mérieul persistait à se taire.

Pâle, les yeux rougis par les larmes, elle allait de son fauteuil à la fenêtre, de la fenêtre à la porte, d'où elle cherchait à percevoir les bruits lointains. Tantôt elle restait accablée dans un muet désespoir; tantôt elle exhalait sa colère en récriminations contre Eveline, contre Maurice, contre Antoinette elle-même.

Antoinette, moins inquiète depuis qu'elle avait lu le billet d'Eveline, gardait le silence. Elle était rêveuse et triste; car elle appréhendait que cet événement n'eût pour sa nièce des suites funestes.

— J'aurais donc, disait madame Tricault avec une rage sourde, j'aurais pendant vingt ans renié ma noblesse, refoulé ma fierté; j'aurais, moi, une descendante des Castelneux, passé ma vie derrière un comptoir pour aboutir à un semblable résultat!

Je verrais ma fille, ma fille unique, l'héritière d'un grand nom et d'une fortune amassée au prix de toutes mes répugnances et des plus cruelles blessures de l'amour-propre, je la verrais perdue, déshonorée, forcée peut-être, pour laver sa honte, d'épouser un misérable, un homme de rien, un bâtard!

Antoinette eût pu objecter que ce bâtard était après tout un homme de talent; mais elle savait par expérience qu'il ne fallait point heurter madame Tricault dans ses emportements.

— Je ne survivrai pas à une telle douleur, reprenait Marie-Thérèse. Si Eveline a compté obtenir, par de pareils moyens, mon consentement, elle se trompe.

14

Si nous la retrouvons, et si elle est compromise, elle entrera dans un couvent. Je dénaturerai ma fortune, et la ferai passer sur la tête de Victor. Car, je le répète, je préfère cent fois voir ma fille morte pour le monde, que mariée à ce Mérieul.

En cet instant, elles entendirent dans la chambre voisine un bruit de pas et de robes qui glissaient sur le parquet.

Antoinette se leva vivement et alla ouvrir.

Eveline tomba dans ses bras.

Sans doute, en revoyant sa fille, les premiers sentiments de madame Tricault furent l'attendrissement et la joie. Mais elle se rappela bientôt ce que lui commandait sa dignité; et, au lieu d'accueillir Eveline avec indulgence, elle la reçut d'un ton froid et sévère. Enfin, en apercevant une étrangère, elle crut devoir se tenir sur la réserve, et adressa à madame Mérieul un regard défiant et investigateur.

Alors la mère de Maurice, pour répondre à ce regard, s'avança.

— Madame, dit-elle, je vous ramène votre fille; et, si je me suis permis de l'accompagner, c'est d'abord, à sa prière, pour implorer votre pardon, et ensuite pour vous attester qu'elle est toujours digne de vous.

— Puis-je du moins savoir, demanda madame Tricault, toujours avec défiance, quelle est la personne à qui nous sommes redevables d'un si éminent service?

— A Madame Mérieul, répondit noblement la mère de Maurice.

A ce nom, madame Tricault pâlit d'indignation.

— Ma fille, pensa-t-elle, dans la compagnie de cette femme perdue !

Elle ne put réprimer une expression de dédain et de haine. Madame Tricault était incapable de concevoir la véritable noblesse. Elle attribuait donc la généreuse action de madame Mérieul à un calcul, à une machination organisée entre elle et son fils pour la circonvenir, pour lui arracher un consentement au mariage d'Eveline avec Maurice. Elle répondit avec beaucoup de hauteur :

— Si ma fille n'est pas revenue d'elle - même, si c'est à vous que je le dois, je vous en remercie, madame. Votre fils avait fait le mal, vous avez compris que c'était à vous de le réparer. Du reste, ce que vous avez fait pour moi, je le ferai pour vous. Sur une plainte déposée ce matin au parquet, votre fils a été arrêté sous prévention d'enlèvement de mineure. Or, je vous promets d'user de toute mon influence pour le faire sortir de prison immédiatement. Vous m'avez rendu ma fille, je vous rendrai votre fils.

De tout ce que dit sa mère, Eveline ne comprit qu'une chose : c'est que Maurice était en prison. Elle éprouva comme un vertige.

— En prison ! Maurice est en prison ! s'écria-t-elle, soudainement folle de surprise et de douleur. Maurice ! Et c'est moi qui suis cause... Pardon, grâce... je veux aller auprès de lui... grâce... grâce !...

En prononçant ces paroles incohérentes, elle se dirigeait, chancelante, égarée, vers la porte, qu'elle ne put ouvrir, car elle s'évanouit.

Pendant qu'on lui donnait des soins, M. de Castelneux entra accompagné de M. Tricault.

La première personne que vit Eveline en reprenant
ses sens, ce fut le jurisconsulte. Elle tomba à ses genoux.

— Grâce, mon oncle, pour M. Mérieul. Il n'est pas
coupable. J'ai voulu fuir malgré lui. Il ne le voulait
pas, je vous le jure. Faites-le sortir, et je ne partirai
plus, j'épouserai mon cousin, je ferai tout ce que
vous voudrez.

Pendant cette scène, madame Mérieul s'appuyait
tremblante contre un meuble pour ne pas tomber;
car elle se sentait aussi défaillir. L'émotion de revoir
cet homme, qu'elle reconnaissait après trente ans
de séparation, la détention de son fils, la morgue
de madame Tricault, l'avaient d'abord accablée. Mais
aussi c'en était trop, l'indignation l'emporta.

— Monsieur, dit-elle, en s'avançant, et en saisis-
sant par une étreinte nerveuse le bras de M. de Castelneux, si dans deux heures mon fils n'est pas libre,
je vous démasquerai ! Tout le monde saura que vous
êtes son père.

M. de Castelneux regarda alors cette femme qui lui
parlait et reconnut Henriette Simerey. Il baissa la tête.

— Madame, dit-il humblement, votre fils sera libre tout à l'heure. Si vous avez à me parler, nous
passerons dans la chambre voisine.

— Je n'ai pas à vous parler, monsieur, repartit
madame Mérieul. J'aurais voulu pour toute vengeance
vous accabler du triomphe de mon fils; mais, vain-
cue, je me retire.

Elle se dirigea vers la porte.

Eveline alors se releva, courut à elle, la serra dans
ses bras.

— Pauvre enfant! adieu! murmura madame Mérieul.

Elle lui pressa silencieusement la main et sortit.

Eveline voulut la reconduire. Mais madame Tricault lui enjoignit de rester.

— Monsieur Tricault, dit-elle à son mari, reconduisez madame jusqu'à sa voiture.

Au moment où madame Mérieul sortait, l'abbé entra tout effaré. Son nez était pâle, et soh gosier était complétement desséché par l'émotion.

— Une voiture! s'écria-t-il; une voiture qui stationne en dehors du parc!

Mais en cet instant il aperçut Eveline, et les rubis reparurent avec un plus vif éclat sur son nez vénérable.

— Ah! je savais bien, dit l'excellent homme, que le bon Dieu nous la ramènerait.

XII.

LES DERNIERS ÉVÉNEMENTS.

Le lendemain, à quatre heures du matin, madame Mérieul, Maurice et les deux peintres prenaient congé de M. Berthaud et montaient dans l'intérieur de la voiture de M...

— Adieu, ville gothique, fossile, antédiluvienne! s'écria Noël, lorsqu'il vit disparaître dans un pli de terrain les toits gris de C... et les grands arbres de la promenade de l'Arquebuse; adieu, ville pétrifiée et pétrifiante! moderne Herculanum, ensevelie toute

14.

vivante sous la croûte des préjugés ! C'est égal ! nous sommes de glorieux vaincus. Je me souviendrai long-temps de cette campagne, et je compte bien encore la raconter *ad usum* des Lecrique du vingtième siè-cle, afin de les prémunir contre les *Bigotie* et les *Ca-fardini* de ce temps-là, si toutefois dans cinquante ans le rôle n'est pas usé.

— La race a la vie dure, dit Roger, puisque elle a résisté à grand-papa Voltaire.

— Sans doute, repartit Maurice, il est dans la des-tinée de l'humanité d'avoir une longue enfance. Son éducation morale est plus lente à faire que son édu-cation scientifique. Comme l'enfant, elle observe d'a-bord et recueille des faits. De ses patientes observa-tions sortira un jour le splendide édifice social que nous rêvons, basé sur les sciences positives, sur le libre essor des facultés et sur la raison dégagée de tout préjugé. Mais ce sera l'œuvre des siècles. En attendant, tous ceux qui veulent marcher en avant, succombent : c'est la loi. L'erreur accréditée triom-phe toujours de la vérité qui ne fait que s'annoncer.

En cet instant, la carriole de M... s'engageait dans la creuse d'Aulny. A la clarté du jour naissant, on voyait poindre au-dessus des arbres dénudés les tou-relles gothiques de la forteresse des Tricault.

A cette vue, Maurice sentit son cœur se serrer douloureusement, et il ferma les yeux pour voiler les larmes qui les remplissaient.

Madame Mérieul, brisée de corps et d'esprit, dor-mait.

Péniblement impressionnés par ce moment de ma-laise et de tristesse qui précède l'apparition du jour,

les deux peintres regardaient d'un air morne les accidents de la route, de cette même route que six
mois auparavant ils avaient si gaiement parcourue.

M. Dorcy n'attaqua pas l'élection. La question en
fut pourtant agitée en sous-préfecture; mais l'administration recula devant une pareille enquête. Cependant, afin de prévenir le retour de semblables
abus, on résolut de faire un exemple.

La sainte de L..., qui trouvait le métier lucratif,
continuait son débit de prophéties et de miracles.
Elle montrait, en outre, à ses mains et à ses pieds de
petites écorchures qu'elle faisait passer pour des stig-
mates. On accourait de tous côtés pour la voir. Elle
ne quêtait pas les dons des visiteurs; mais chaque pé-
lerin déposait en entrant son offrande ou son *ex-voto*.

La police la surveilla, et lorsque le délit de fraude
fut suffisamment établi, on l'arrêta.

Les fanatiques crièrent au sacrilége, à la persécution, au martyre. Mais l'instruction constata que la-
dite sainte s'écorchait elle-même les pieds, les mains
et le côté droit, de manière à figurer les empreintes
sanglantes; qu'à la vérité elle ne mangeait pas durant le jour, mais que pendant la nuit l'aubergiste
voisin, qui trouvait grand profit à la vogue de la
sainte, lui portait clandestinement des morceaux de
choix pour entretenir sa précieuse santé.

En conséquence, la sainte de L... fut condamnée
à huit jours d'emprisonnement et à vingt-cinq francs
d'amende (1).

(1) Un fait analogue s'est passé dernièrement. Voir la *Ga-
zette des Tribunaux* (janvier 1862).

Grâce aux précautions prises pour la cacher, la fuite d'Eveline ne fut pas positivement connue à C... Le père Moreau avait reçu pour se taire une forte somme. Mais comment cacher complétement dans une petite ville un fait de cette importance ! Il en transpira quelque chose, et ces rumeurs arrivèrent aux oreilles de madame Tricault. Or, il n'y avait qu'un moyen de démentir et d'étouffer ces bruits fâcheux, c'était de conclure au plus tôt le mariage d'Eveline avec son cousin.

Depuis le départ de Maurice, Eveline était tombée dans un morne désespoir, dans une profonde indifférence pour tout ce qui l'entourait. Les tendres consolations d'Antoinette ne pouvaient adoucir son chagrin. Elle se sentait bien malade et se réjouissait à l'idée de mourir.

Cependant madame Tricault avait complétement changé de manières à l'égard de sa fille. Au lieu de la traiter comme autrefois avec sévérité, elle lui témoignait presque de la tendresse et de la douceur. Mais Eveline, qui devinait là une tactique pour l'amener à épouser son cousin, ne supportait qu'avec impatience les caresses de sa mère.

Un jour donc, madame Tricault, l'attirant à elle, lui fit de tendres reproches de sa froideur, l'embrassa avec effusion, et s'informa avec une vive sollicitude de l'état de sa santé.

Eveline se dégagea doucement de cette étreinte.

— Vous voulez, n'est-ce pas, ma mère, que j'épouse mon cousin ? dit-elle d'une voix émue, mais ferme.

Madame Tricault allait répondre. Mais Eveline l'interrompit.

— Je sais, ma mère, tout ce que vous allez me dire. Je sais que vous alléguez, à l'appui de votre cause, vos vingt années de travail. Moi, je n'ai, pour soutenir la mienne, que mon amour. Je sais aussi que ma réputation se trouvant compromise, je dois me marier ou entrer au couvent. Le couvent m'a toujours inspiré un effroi et une horreur dont je ne suis pas maîtresse. J'aimerais mieux être enterrée vivante. Je crois que je ne vivrai pas longtemps ; je veux donc mourir au grand air et en liberté. Votre désir le plus cher est que je me dévoue à une ambition de famille. J'y consens. Je me marierai quand vous voudrez. Aujourd'hui, peu m'importent la vie et tout ce qui s'y rattache.

Devant ce consentement inattendu, presque inespéré, madame Tricault eut peine à dominer sa joie. Toutefois, à la manière dont il était accordé, elle comprit qu'elle devait se disculper.

— Mon enfant, dit-elle, tu méconnais ma tendresse pour toi. Sans doute je n'ai pas su toujours manier ta nature délicate et sensible, j'en conviens ; mais au fond, crois-le bien, ma fille, je n'aime que toi, et le véritable but de mes efforts, c'est ton bonheur. Si, à l'heure qu'il est, je persiste dans mon désir de te marier à Victor, c'est que je suis convaincue que ton amour et tes idées romanesques se dissiperont, et que, avec la grâce de Dieu que j'invoque, tu finiras par comprendre tes devoirs et les mettras en pratique, en honnête femme et en bonne mère de famille ; car j'espère, ma fille, que tu ne renieras pas ainsi en un jour tes principes religieux. Or, la religion nous commande d'abord l'obéissance, puis

la résignation qui nous fait courageusement supporter les épreuves auxquelles il plaît à Dieu de nous
soumettre.

— Ma mère, répondit Eveline avec la même fermeté, n'invoquez pas Dieu dans tout ceci. Si Dieu
s'occupe de nous, ce n'est pas pour nous imposer
des devoirs absurdes et injustes, c'est pour nous enjoindre de suivre nos sympathies, quand elles ne font
de tort à personne; car la véritable loi de Dieu, c'est
le bonheur et non la souffrance.

— Je reconnais là les dogmes de M. Mérieul, reprit madame Tricault avec ironie, mais sans colère.
Toutefois, je ne te gronderai pas aujourd'hui, ma
fille. Voyons, calme ta pauvre tête malade. Nous allons, puisque tu y consens, nous occuper immédiatement des préparatifs du mariage. J'espère que les
surprises de la corbeille auront raison de cette grande
douleur.

Madame Tricault sortit, et Eveline fondit en larmes.

Un mois après, elle épousait son cousin, et, le
jour même, elle partait pour Paris.

La semaine suivante se célébrait pareillement à
C... le mariage de M. Damerey avec mademoiselle de
Curgy.

La marquise signa au contrat et fit un très-riche
cadeau à sa filleule.

De retour à Paris, madame Mérieul tomba malade
de chagrin. Cette campagne électorale avait épuisé
ses dernières ressources, Maurice dut solliciter un
emploi. D'ailleurs il ne pouvait plus accepter le dévouement de sa mère, qui jusqu'alors avait subvenu

à leurs besoins par des leçons au dehors. Il avait à la vérité un ouvrage sur le chantier, un ouvrage de longue haleine qui eût pu lui valoir un grand succès; mais une œuvre semblable eût demandé avant tout l'indépendance matérielle, l'espérance et une entière liberté d'esprit. Or, il manquait d'argent et de courage. Enfin le souvenir d'Eveline obsédait sa pensée. Un amour semblable, le seul qu'il eût jamais éprouvé, pouvait-il s'oublier, même au milieu des plus dures nécessités de la vie?

On dirait vraiment qu'il existe entre deux cœurs fortement épris des liens que l'éloignement ne peut briser. Ce n'est point là un effet de l'imagination qui évoque des souvenirs; c'est la tyrannie de l'idée fixe contre laquelle la volonté ne peut réagir.

Après de nombreuses démarches et avec de bonnes protections, Maurice obtint un emploi de secrétaire dans une administration industrielle, aux appointements de trois mille francs. Pour lui, c'était la torture, c'était la mort de ses riches facultés; mais il dut accepter, et il accepta.

Ce martyre dura deux ans, au bout desquels madame Mérieul mourut. Alors il quitta son emploi, et rentra dans la bohème littéraire; mais pendant ces deux années qu'avait duré sa vie de bureaucrate, il avait contracté, pour donner le change à ses souffrances, à son chagrin, l'habitude de prendre de l'absinthe et du haschich. Au milieu des hallucinations enfantées par le délire, il revoyait Eveline, belle, aimante, heureuse. Enfin cette superbe organisation qui eût réclamé pour son complet déploiement une large scène, et qui étouffait dans la vie de bureau, trouvait du moins dans les rêves de l'ivresse, la réalisation factice de ses vastes désirs.

Cependant, sous l'influence de cette habitude funeste, sa santé s'altéra et son intelligence s'affaiblit. Revenu à la vie d'artiste, il essaya de reprendre la plume; mais dans cette existence au jour le jour, il ne pouvait se livrer à un travail suivi. Il écrivit quelques articles qui parurent dans diverses *revues*. Déjà on n'y reconnaissait plus son vigoureux talent. Il ne pouvait écrire que sous l'influence d'une excitation artificielle. Ce n'étaient plus l'amour, l'ambition et les grandes pensées qui l'inspiraient.

En un mot, Maurice, cette belle et forte nature, succombait. Sans doute le bonheur eût pu la faire refleurir, mais le bonheur ne vint pas.

Un jour que sa promenade le poussa aux Champs-Elysées, il s'appuya contre un arbre, et là regarda machinalement les belles femmes, les calèches brillantes, les élégants cavaliers. Le bruit des voitures, la succession rapide des objets lui causaient une sorte de vertige, au milieu duquel il ne percevait rien d'une manière distincte. Il était là, rêveur, morne, l'œil éteint, la bouche triste. Sa noble figure n'offrait plus qu'un pâle reflet de cette beauté fière et juvénile qu'on admirait trois ans auparavant.

Tout à coup une voiture richement armoriée, qui allait plus lentement que les autres, frappa son regard. Sur les coussins bleu-ciel de la calèche se détachait, comme entourée d'une auréole lumineuse, la suave figure d'Eveline. A sa pâleur maladive, à son ovale amaigri, on devinait qu'elle se mourait d'une maladie de langueur. Elle était presque méconnaissable; mais Maurice la reconnut à sa magnifique chevelure blonde où scintillait la lumière, à ses yeux bleus, profonds et doux, plus grands peut-être, plus brillants et plus beaux.

Il poussa un cri.

A ce cri Eveline tressaillit, et son regard rencontra celui de Maurice. Elle se souleva, lui tendit les bras, puis retomba évanouie.

Et la voiture continua d'avancer, laissant derrière elle Maurice comme frappé de la foudre.

Cette rencontre, en réveillant chez lui de douloureux souvenirs, augmenta sa tristesse et son abattement. Il avait aimé Eveline, comme savent aimer les grandes âmes, c'est-à-dire d'un amour pur et dévoué. Depuis qu'elle était mariée, elle ne lui avait jamais écrit; lui-même n'avait point cherché à la revoir. Il se fût fait un crime de la troubler, de lui causer un remords ou une douleur. D'ailleurs il l'avait aimée avec le noble désir de lui consacrer sa vie entière. et non avec l'espoir de satisfaire une passion éphémère et coupable. Enfin il pensait qu'elle pourrait un jour se résigner à leur séparation, et cette pensée allégeait ses propres regrets.

Mais il l'avait revue. Son cri, son regard, son évanouissement, ne lui prouvaient-ils pas qu'elle l'aimait toujours et qu'elle se mourait de cet amour.

Cependant la laisserait-il mourir sans aller à elle, sans lui dire du moins une dernière fois que lui aussi l'aimait encore.

Un instant même, il conçut le projet de la voir ou de lui écrire pour lui proposer de s'enfuir avec lui dans quelque pays lointain où ils pourraient vivre

15

heureux et ignorés. Mais sa pauvreté l'arrêtait; et puis, si la passion parlait impérieusement, sa nature généreuse et loyale résistait. Enlever la femme de son ancien rival, de son frère après tout, d'un homme qui avait eu des torts envers lui sans doute, mais contre lequel il n'avait conservé aucune jalousie, aucune haine, lui semblait indigne de lui; car avec son sentiment élevé de la justice, il ne pouvait concevoir de rancunes personnelles. A ses yeux, les vices des hommes, comme les malheurs qui en découlent, n'étaient le plus souvent que le résultat des circonstances sociales.

Il se ploya donc sous la pression de la destinée.

Mais on ne se résigne pas ainsi sans souffrir.

Ses amis, s'apercevant de ce redoublement de tristesse, cherchèrent à le distraire.

Un jour il entra chez Roger. Noël était d'une gaîté folle. Il venait de gagner à la loterie.

— Mille francs, s'écriait-il en faisant sauter dans ses mains des pièces d'or, mille francs, mes amis! une journée de prince! La prévoyance est mère de l'avarice; si l'on m'en croit, nous dépenserons tout en un jour. Mais en un jour nous mettrons en réserve de la joie pour une année. D'ailleurs, coûte que coûte, il faut avoir raison de la tristesse de Maurice !

Maurice refusa, alléguant que son chagrin était de ceux qui ne peuvent se guérir. Mais quelques nouveaux amis qui entraient en cet instant tranchèrent la question, et la motion de Noël fut adoptée avec transport.

Maurice se laissa entraîner.

Le lendemain, une voiture à la Daumont portait le

joyeux cénacle et sillonnait le bois de Boulogne dans tous les sens.

Noël, vêtu en dandy, avait des accès de joie délirante.

— Un écusson, je veux un écusson! s'écriait-il; un écusson ou la mort! Mais pas de griffons, par exemple! Je leur garde une griffe. Désormais, les Lecrique, marquis de la Loge, porteront de gueule, à trois balais d'argent mis en fasce, et une clef d'or en pointe, emblèmes de leurs augustes fonctions, avec cette devise : *Cordon s'il vous plaît!*

Le soir, dans un salon des Frères-Provençaux, une douzaine de convives se trouvaient réunis autour d'un véritable festin. La société se composait de gens d'esprit, de talent et d'enthousiasme. Les femmes étaient jeunes, belles, élégantes. Les vins généreux coulaient à flots, et l'esprit des convives pétillait comme le champagne.

On porta des tostes.

— Moi, dit Noël en élevant joyeusement son verre, je porte un toste à l'extinction de la race des cagots, bigots et cafards, de tous les tartuffes mâles et femelles. Et, comme ils nous condamnent charitablement au feu éternel, je les voue pour l'éternité à l'eau trouble, au hareng saur, à la contemplation des femmes borgnes et bossues, et au supplice de la célèbre complainte : *Histoire sentimentale de madame de Bigotie et d'il signor Cafardini.*

On demanda la complainte, et elle obtint les honneurs du *bis.*

On continua les tostes.

— Moi, reprit un jeune philosophe, j'en porte un à la morale.

— A laquelle ? cria Noël, chaque pays a la sienne.

— Je demande la parole, répondit le philosophe.

— Vous l'avez, seigneur.

— Composons, séance tenante, un code de morale universelle.

— Le sujet est usé, dirent plusieurs voix.

— Mais le problème est loin d'être résolu, insista le moraliste, puisqu'il y a si peu de gens qui mettent la théorie en pratique.

— Si ce n'est les auteurs dramatiques dans leurs dénoûments, fit observer un homme de lettres.

— Jusqu'à présent, reprit le philosophe, on a fait fausse route : on a écrit des traités de morale pour étouffer les facultés de l'homme ; faisons-en un qui régularise leur essor au lieu de le comprimer, et tout le monde le pratiquera. Voici l'article 1er : Tous les gens d'esprit auront droit à 100,000 fr. de rente.

Art. 2. Tous les imbéciles seront envoyés à l'engrais. Seulement ils seront admis aux concours régionaux, et on leur accordera des primes.

Art. 3, opina une des dames présentes, nous aurons toutes des cachemires.

— Adopté l'Art. 3, appuya Noël.

— Art. 4, continua le philosophe, je réclame un profond silence pour l'article 4, car il contient une haute philosophie.

Art. 4. Tout le monde sera tenu à mettre en pratique les principes qu'il professe, afin de détruire l'hypocrisie qui règne sur la terre. Tous ceux qui prêchent le mépris des richesses seront immédiatement obligés de se dépouiller de ces biens périssables au profit de ceux qui affichent hautement leur faible pour les billets de banque. *Item* ceux qui professent le mépris des grandeurs terrestres, renonceront logiquement à leurs titres et à leurs dignités. Conséquence rigoureuse : le pouvoir temporel, par exemple, aura fait son temps, et l'Italie sera pacifiée, unifiée.

— Vive l'Italie! crièrent les convives.

— Maurice, dit Roger, *fais-nous* l'Italie.

Jusqu'alors Maurice n'avait pris aucune part à la gaîté de ses amis; au milieu de l'épanouissement de tous les visages, le sien restait voilé d'un nuage de tristesse. Mais à ce cri, l'inspiration gonfla sa narine, son œil amorti s'illumina; il se leva, et, au lieu de la charge que lui demandait Roger :

— Je porte un toste à l'Italie! s'écria-t-il, à cette terre des glorieux souvenirs et des radieuses espérances, à cette grande ressuscitée qui vient de soulever la pierre du tombeau, et qui réunit avec tant d'efforts ses membres mutilés; à cette illustre patrie des arts, sainte vestale qui a rallumé et entretenu parmi les hommes le feu sacré, c'est-à-dire le culte du beau, de l'idéal! O Italie, viens verser encore la flamme de ton enthousiasme sur le sceptique et froid Occident, viens ranimer par ton exemple chez les nations souffrantes et humiliées l'orgueil patriotique et l'amour de l'indépendance!

Puis il parla des destinées futures de l'Italie et de la France. ces deux sœurs héroïques. Il parla des voies nouvelles ouvertes à l'humanité, qui sortait enfin des limbes de l'ignorance et epoussait la tyrannie du fanatisme.

Son improvisation fut entrainante. Il avait cette

15

éloquence claire, saisissante, imagée, qui passionne
les foules, qui rend accessibles à toutes les intelligences les plus hauts sommets de la pensée. Ses au-
diteurs, les, femmes comme les hommes, sentaient
courir en eux le frisson de l'enthousiasme.

A trois heures du matin, chacun regagna son gîte.
Maurice ne put fermer l'œil de la nuit. Accoudé sur
sa table et la tête appuyée sur l'une de ses mains, il
se rappelait toute cette folle journée avec une tristesse amère.

— Voilà donc, pensait-il, la plus grande somme
de plaisir que la société puisse offrir à ses affamés
de félicités ! J'ai trente-cinq ans ; j'ai vécu par conséquent la vie moyenne d'un homme ; j'ai connu toutes les douleurs, tous les déboires, et je n'ai pas
éprouvé encore un seul instant de satisfaction complète. Je n'ai fait qu'entrevoir le bonheur, et cette
apparition m'a laissé à jamais malheureux.

Alors le touchant souvenir d'Eveline, qui l'avait
un instant quitté, lui revint à l'esprit. Bientôt une
hallucination divine s'empara de son cerveau. L'a-
mour, prêtant au souvenir sa puissance d'évocation,
lui fit revoir Eveline avec la précision de la vie, de
la réalité. Elle lui apparut dans toute sa beauté, avec
son profond regard, son sourire enivré, et sa voix
qui lui murmurait de tendres paroles.

Puis tout à coup, comme il arrive dans un rêve,
la vision se transforma. Eveline se montra à lui en-
veloppée d'un long vêtement blanc qui ressemblait
à un linceul. Son visage était celui d'une morte. Au
milieu de cette figure de marbre, le regard seul était
vivant, et ce regard empreint d'une ineffable pitié

semblait lui adresser une ardente prière. Elle étendait le bras et lui désignait une grande foule qui s'avançait derrière elle.

Alors se déroulèrent, comme en un tableau fantastique, toutes les misères sociales. Il vit apparaître une longue suite de malheureux, de mendiants, de femmes flétries, d'enfants étiolés, d'hommes courbés sous un travail répugnant ou homicide.

Puis, aux misères matérielles succédèrent les misères morales, non moins hideuses, non moins révoltantes. Chaque groupe portait sa légende symbolique; chaque visage portait le stigmate particulier d'une dégradation ou d'un vice. Et cette apparition s'offrait à lui également avec une effrayante réalité.

Eveline marchait toujours en avant, et de ses lèvres livides et immobiles tombaient lentement ces paroles :

« Voilà cette humanité créée pour la vertu et pour le bonheur! Que font-ils donc, ces élus que leur génie place à la tête du mouvement social? que font-ils ces apôtres dont la mission est d'annoncer aux hommes la loi d'amour et de progrès qui doit les régénérer? »

Lorsque la vision cessa, Maurice ne sut point s'il avait dormi. Une sueur froide perlait à ses tempes. Il avait le cœur serré, comme il arrive parfois à certaines natures nerveuses, à l'approche d'un grand malheur.

Dès le matin on vint lui remettre un pli cacheté. L'écriture de l'adresse était celle d'Eveline.

Cette enveloppe renfermait ces simples mots, tracés d'une main tremblante :

      « Recevez, Maurice, la dernière pensée de
                « Votre EVELINE. »

Et puis en *post-scriptum* ces deux mots presque il-lisibles :

« Travaillez, Maurice. »

Cette lettre était comme l'explication de son rêve.

Il resta quelque temps plongé dans un accable-ment profond, puis il sortit et il ne rentra que le soir.

Où alla-t-il pendant toute cette journée? Il marcha sans savoir où le portaient ses pas, obéissant à ce besoin impérieux d'espace et de locomotion que ré-clament les grands désespoirs.

Le lendemain Maurice était un autre homme; il avait surmonté ses défaillances et pris la résolution énergique de se remettre au travail. La lettre d'Eve-line avait opéré ce miracle. Il avait compris enfin que, étant exceptionnellement doué, il n'avait pas le droit de rester dans l'inaction; que, tant que l'huma-nité souffre, il est injuste de réclamer un bonheur égoïste; que l'ambition doit avoir un but plus élevé, et que la solidarité est la première des lois sociales.

A partir de ce moment il réforma complétement sa vie. Il reprit son grand ouvrage commencé trois ans auparavant.

Aux heures de doute et de découragement, il in-voquait le souvenir d'Eveline, il relisait sa lettre d'a-dieu et le courage lui revenait.

Cette œuvre, qui contient la théorie complète du progrès, qui résume la vie entière de l'humanité, son histoire dans le passé, ses tendances actuelles et ses destinées nécessaires; cette œuvre, qui joint à la profondeur philosophique la foi et l'enthousiasme de la jeunesse, sera peut-être le souffle puissant qui imprimera à la génération nouvelle le mouvement et la vie.

Maurice croit d'ailleurs que l'humanité touche à une période décisive de son existence, et qu'une ère de rénovation sociale, inaugurée par la consécration du droit populaire, par la chute des vieux préjugés et des institutions décrépites, va bientôt s'ouvrir. Il pense enfin qu'on ne peut tarder longtemps à reconnaître à chaque homme le droit de vivre heureux, en lui assurant le développement harmonique de toutes ses facultés.

Quoi qu'il en soit de l'influence de son œuvre sur le mouvement moderne, elle placera son auteur, nous n'en doutons pas, au premier rang parmi les penseurs et les écrivains de l'époque.

Quelque temps après la mort d'Eveline, Victor reçut à Paris la visite de son père.

M. de Castelneux paraissait morne et abattu. Quant à Victor, depuis qu'il était devenu un personnage, il était gourmé, froid et impénétrable. Mais en cet instant son visage exprimait une tristesse qu'il ne cherchait point à cacher.

Après les premiers embrassements, ils restèrent quelque temps silencieux.

— Mon père, dit Victor, je ne m'attendais pas à vous voir. Se passe-t-il donc dans notre famille quelque chose d'extraordinaire?

— J'ai donné ma démission, répondit M. de Castelneux avec accablement. Depuis ton élection, je suis poursuivi à C... par l'animadversion publique. Toute cette histoire d'élection, de créance achetée, de paternité illégitime, de conversion intéressée, a circulé, je ne sais comment. La calomnie s'en est emparée, l'a grossie, l'a envenimée ; et l'intégrité de ma vie entière n'a pu fermer la bouche à mes détracteurs. Que te dirai-je ? Je suis aujourd'hui pour le peuple de C... un objet de réprobation ; et moi, qui avais joui jusqu'alors d'une réputation intacte, je suis flétri, presque déshonoré. Enfin, il y a quelques jours, mes collègues m'ont fait entendre que je devais céder à la pression de l'opinion, et donner ma démission. Ainsi je n'ai plus que toi, mon fils ; et par toi j'espère encore triompher de mes ennemis. Tu comprendras cependant que ta prochaine élection est gravement compromise ; tu pourrais même échouer d'une manière humiliante, car il se fera nécessairement contre nous une violente réaction. Il y aurait un moyen peut-être de prévenir cet échec, ce serait d'épouser madame de Fontanans, dont la famille jouit dans le pays, tu le sais, autant par sa fortune que par son ancienneté, d'une très-grande influence.

— Ah ! mon père, répliqua Victor, je vous en prie, ne me parlez plus de mariage, comme moyen d'ambition. J'ai trop souffert.

— Eveline ne t'a pas rendu heureux, je le sais, mais madame de Fontanans t'aime, et...

— Et moi je ne l'aime pas, interrompit Victor, et je ne veux point d'une union où l'amour ne peut être partagé ; car une pareille union, c'est l'enfer. J'avais fini par aimer passionnément Eveline, et cependant j'ai vécu trois ans auprès d'elle en tête-à-tête, ne recevant en retour de mon amour, que haine et que

mépris. Oui, je l'aimais. Elle était si belle, si touchante dans sa douleur! Mais rien n'a jamais pu l'attendrir. Pendant trois ans, je me suis brisé contre ce
cœur qui m'était fermé, et que je savais tout entier
à un autre. Tantôt je l'aimais jusqu'au délire, tantôt
je la haïssais, et ces sentiments ont été pour moi
une horrible torture. Que de fois n'ai-je pas souhaité
d'être pauvre et malheureux comme celui qu'elle
aimait! Ah! croyez-moi, mon père, quelques jouissances de vanité ne peuvent guère compenser ce malheur de tous les instants... Enfin, vous l'avouerai-je?
ma souffrance dure encore, car j'aime Eveline jusque
dans la tombe, et je me reproche aujourd'hui d'avoir
causé sa mort.

Il s'arrêta, et deux larmes coulèrent de ses yeux.
Son père lui prit la main et la serra silencieusement.

— Ne pensez-vous pas, mon père, reprit Victor,
que nous sommes quelquefois punis, dès ici-bas, des
fautes que nous avons commises? En ambition surtout, la ligne la plus droite, pour être souvent la plus
longue, ne serait-elle pas encore la meilleure à suivre?

M. de Castelneux courba la tête et ne répondit pas.

Par une journée de janvier de l'année dernière,
nous retrouvons madame Tricault et l'abbé Boitrot
dans l'immense bibliothèque gothique du château
d'Aulny.

Les traits de Rosamonde-Pétrona-Marie-Thérèse
se sont encore durcis, et son teint s'est parcheminé.

L'abbé n'a pas changé. A peine compte-t-il quelques rubis de plus sur le sommet de son nez vermeil.

Il tient une plume et paraît écrire.

Tous deux sont placés devant une table sur laquelle se trouvent deux ou trois bouteilles dont une est déjà vide, et un verre que remplit fréquemment pour l'abbé la descendante des Castelneux.

A la sollicitude qu'apporte Rosamonde à remplir le verre, on devine qu'elle cherche à faire jaillir l'étincelle de l'inspiration dans le cerveau engourdi du vénérable antiquaire.

— Ainsi, disait l'abbé en écrivant, lorsque les Titans tentèrent d'escalader le ciel...

— *Titans tentèrent* me paraît un peu dur, hasarda Marie-Thérèse.

Or, voici à quelle occasion la rhétorique de l'abbé et de madame Tricault se mettait en frais.

Après les événements d'Italie, les dames de la *société* de C..., et à leur tête madame de Fontanans, voulant comme toujours se modeler sur l'aristocratie du faubourg Saint-Germain, envoyèrent une adresse à la reine de Naples pour lui exprimer leurs sympathies. Mais la marquise avait eu à se plaindre de Victor. Après la mort d'Eveline, elle avait espéré épouser le député de C..., et Victor, comme nous l'avons vu, était resté insensible à ses avances. Elle se vengea en tenant à distance madame Tricault, qui ne fut point appelée à signer l'adresse. C'était faire un affront sanglant à la descendante des Castelneux. Mais l'héroïque Marie-Thérèse ne se laissa point abattre pour si peu. Elle résolut de rédiger une adresse, qu'elle signerait seule, et de l'envoyer à la reine de Naples.

C'est pour la confection de ce morceau d'éloquence que les talents de l'abbé et la cave de M. Tricault étaient mis à contribution.

Voici le chef-d'œuvre qui en résulta :

« Madame,

« Permettez à une de vos humbles admiratrices de vous exprimer la douleur, l'indignation, l'épouvante que son cœur, tout dévoué à votre illustre race, a ressenti du forfait inouï dont vous êtes la noble victime.

« Lorsque les Titans tentèrent d'escalader le ciel, étaient-ils plus audacieux que ce forban diabolique, ce pirate sanguinaire, venu à la tête d'une troupe de bandits voler à votre noble époux le trône de ses aïeux ?

« Quelle âme honnête et chrétienne n'a lamentablement gémi devant cette abomination de la désolation, devant cette violation inqualifiable de toutes les institutions divines et humaines, devant l'accomplissement de crimes si atroces que l'histoire épouvantée reculera quand il faudra les enregistrer !

« Car méconnaître l'autorité de votre auguste époux, c'est méconnaître l'autorité de Dieu même, puisque c'est Dieu qui, de sa propre main, avait assis ses pères sur le trône.

« Mais le règne de Satan sera de courte durée. Il reviendra à son souverain légitime, ce peuple qui l'aime au fond, et qui ne l'abandonne qu'à la surface.

« Et comme les audacieux Titans qui tentèrent d'escalader le ciel furent précipités dans le Tartare, ainsi vos ennemis seront précipités dans l'enfer. C'est la prière que chaque jour adresse au ciel votre admiratrice la plus humble,

« Marie-Thérèse-Rosamonde-Petrona

« DE CASTELNEUX. »

16

Quand il eut achevé ce morceau d'éloquence for-
cenée, le bonhomme Boitrot s'essuya le front, huma
voluptueusement un verre de chambertin, aspira une
prise de tabac, et reprit sa sérénité.

FIN.

TABLE.

———

PREMIÈRE PARTIE.

DEUXIÈME PARTIE.

Paris. — Imp. VALLÉE et Ce, 15, rue Breda

www.ingramcontent.com/pod-product-compliance
Lightning Source LLC
Chambersburg PA
CBHW051638050726
47502CB00011B/1169